Coupés du monde

Sarah A. Denzil

Traduction par
Ingrid Lombart

Translation by Valentin Translation and Ingrid Lombart

Cover design by Damonza

La Mariée

Elle ouvrit les yeux. Un coup de vent mordant couvrit son visage de flocons glacés. Elle cligna des paupières. Ses yeux la brûlaient, et elle se fit violence pour se concentrer. Peu à peu, elle réalisa que le pare-brise de la voiture n'était pas là où il aurait dû être. De minuscules éclats de verre parsemaient ses jambes et scintillaient sur sa robe de soie blanche. Les bords aussi tranchants qu'une lame de rasoir, une branche d'arbre cassée pendait entre elle et le conducteur à travers le pare-brise éclaté. Elle laissa échapper un long souffle tremblotant.

C'était le jour de son mariage.

Elle épousseta les morceaux de verre de sa robe et détacha sa ceinture de sécurité. La douleur irradiait dans ses côtes. Après un tête-à-queue sur la route verglacée, la voiture avait foncé dans un champ et finit sa course contre un chêne massif. Elle se souvenait de la ceinture s'enfonçant dans la chair de sa poitrine, expulsant tout l'air de ses poumons lorsque la voiture avait percuté l'arbre. Elle passa doucement une main sur ses côtes douloureuses et grimaça. Étaient-elles cassées, ou n'aurait-elle que des bleus ? Elle n'en avait aucune idée.

Un gémissement lui parvint du siège du conducteur, et elle tourna aussitôt la tête vers l'origine de ce bruit. L'homme releva la tête du volant et gémit de douleur. Cette vision lui retourna l'estomac. Du sang s'écoulait sur la bouche et le menton de cet homme, dégoulinant de ce qu'il restait de son nez. Enfin, il était difficile d'appeler encore cela un nez, c'était plutôt une grosseur difforme désormais. Il ouvrit la bouche et un filet de salive rougeâtre coula de sa lèvre inférieure.

— Aide-moi...

Elle le fixa, les yeux écarquillés, figée, de marbre. Il leva une main vers elle, les doigts tremblants et ensanglantés. Elle jeta un œil à la portière défoncée du côté de l'homme. Ils avaient percuté le tronc de l'arbre de biais. Le châssis avant s'était déformé, bloquant les jambes de l'homme. Un long et fin morceau de métal ressortait de son ventre.

— S'il te plaît...

Au lieu de se demander si cet homme survivrait, elle se demanda s'il mourrait.

Il laissa sa main retomber sur le siège, et sa tête bascula en arrière. Elle décida de ce qu'elle allait faire ensuite, et cette décision la fit se sentir plus légère.

Au début, il sourit, ses lèvres se recourbant d'un mouvement infime quand elle passa les mains au-dessus de la branche pour l'atteindre. Cependant, cela ne dura pas. Peut-être remarqua-t-il l'éclat de détermination dans le regard de celle qui lui faisait face, ou peut-être était-il déjà aux portes de la mort. Toujours est-il qu'elle lui fut reconnaissante lorsqu'il ferma les yeux et laissa échapper un léger souffle résigné. Elle appuya sa main de toutes ses forces contre la bouche de l'homme et son nez éclaté. Comme elle s'y attendait, il était trop faible pour lutter. Lorsqu'il secoua la tête d'un côté et de l'autre, elle le maîtrisa sans difficulté, et bientôt il devint immobile. Par précaution, elle attendit encore une vingtaine, voire une trentaine de secondes, puis elle rabattit la tête de l'homme vers l'avant afin qu'il ait l'air de s'être noyé dans son propre sang. Elle essuya ses mains ensanglantées sur la veste qu'il portait, puis la lui ôta. Elle la passa autour de ses épaules pour se réchauffer avant de vérifier son pouls.

Il était mort.

Elle ouvrit sa portière et scruta les alentours à la recherche d'un téléphone. Les robes de mariée étaient malheureusement rarement dotées de poches, et son téléphone se trouvait dans une petite pochette ornée de perles très peu pratique avec sa presque belle-mère. Toutefois, le téléphone de l'homme, lui, elle l'avait vu voltiger lors de l'accident. Il devait être dans le coin, quelque part.

À l'air libre, la peau nue de ses clavicules se couvrit de chair de poule. Le bout de ses talons hauts était fermé, mais elle hoqueta tout de même lorsque ses pieds foulèrent la neige. Elle resserra la veste autour de ses épaules et jeta un œil devant la voiture dans l'espoir d'y repérer le téléphone. Elle finit par le trouver à quelques mètres du véhicule, l'écran en miettes. Il n'avait pas fière allure, mais semblait toujours fonctionner. Cependant, avant qu'elle n'essaie de contacter les secours, elle remarqua un message non lu sur l'écran de verrouillage et tenta d'agrandir la notification pour le lire. Le message s'afficha, envoyé par un numéro masqué : « JE VAIS TUER TA SALOPE DE FIANCÉE ».

Elle balaya le message et tapa le numéro des secours. Il n'y avait qu'une seule petite barre de réseau. Lorsqu'elle entendit la tonalité de l'appel, les larmes lui montèrent aux yeux. Sa voix se brisa tandis qu'elle expliquait à l'opérateur des secours ce qui s'était passé. Ils avaient pris la route à la recherche d'une invitée du mariage assez âgé qui s'était perdue dans la neige. Ils avaient perdu le contrôle du véhicule et percuté un arbre. Le conducteur n'avait pas survécu. Elle allait bien, mais toute cette neige...

— Où êtes-vous ? lui demanda son interlocuteur.

— Je ne sais pas quelle est cette route. Je suis à environ huit kilomètres de Rookthwaite. Il neige beaucoup, je vois à peine la route. Et j'ai tellement froid...

— Pouvez-vous rester dans la voiture ?

— Non, le pare-brise est éclaté, je gèlerais.

— Nous vous envoyons quelqu'un au plus vite, mais la tempête nous complique la tâche. Nous devons contacter les équipes de secours, ça risque de prendre du temps. Pouvez-vous vous mettre à l'abri et au chaud quelque part ?

Elle se rappela avoir vu une brochure dans le porte-gobelet de la voiture. Elle se précipita vers le véhicule et s'en empara. Elle avait vu ces brochures partout dans l'hôtel et elles contenaient une carte. L'organisatrice de mariage avait beaucoup parlé d'un vieux chalet pour les randonneurs et les chasseurs, quelque part dans les alentours.

— Il y a un chalet, déclara-t-elle. Je crois qu'il n'est pas loin. J'ai une carte. Enfin, si je peux la suivre dans cette tempête.

— D'accord, répondit l'opérateur. Mettez-vous au chaud et gardez votre téléphone allumé.

Elle raccrocha, remonta la veste autour de sa gorge et s'aventura dans la brume neigeuse.

Colleen

Colleen faisait les cent pas dans le hall de l'hôtel, un téléphone serré dans sa main. Elle jeta un œil à l'écran pour la cinquième fois. Pas de réseau. Elle tenta sa chance en haut du grand escalier principal, tout en sachant que c'etait vain.

Par chance, le groupe électrogène avait pris le relais, sinon le bâtiment entier serait plongé dans l'obscurité. L'hôtel accueillait trois réceptions de mariage et était au cœur de la pire tempête de neige des trente dernières années. Il n'y avait aucun réseau téléphonique, même les lignes fixes ne fonctionnaient pas, et la moitié des invités étaient partis à la recherche de la femme âgée qui avait disparu.

Oh, et c'était le jour de Noël.

En vingt ans d'organisation de mariages, dont douze passés au service de l'hôtel Wilder House, jamais autant de choses n'avaient tourné à la catastrophe. Ils étaient parvenus à organiser trois mariages le même jour à plusieurs reprises au cours des douze dernières années en jonglant avec les plannings et en orientant les mariées vers les choix de menus qui faciliteraient la tâche aux cuisines. Tenter le triple mariage le jour de Noël était certes ambitieux, mais il neigeait rarement aussi fort en décembre dans la région de Lake District.

Colleen frissonna. *Pitié, faites que le chauffage ne rende pas l'âme.* Ce serait le coup de grâce.

— Excusez-moi ?

Colleen se pencha par-dessus la balustrade et aperçut un grand homme à la peau hâlée qui la scrutait. Ses yeux étaient écarquillés et une cascade de cheveux gris tombait sur son col de chemise.

— Pourriez-vous me dire ce qui se passe, s'il vous plaît ?

— J'arrive tout de suite, monsieur Rodriguez, répondit-elle.

La quinquagénaire descendit les escaliers et manqua de se prendre les pieds dans le tapis rouge. M. Rodriguez, un bel homme d'environ son âge au fort accent espagnol, était le père d'un des mariés. Il avait été la gentillesse incarnée… jusqu'à ce qu'on perde sa mère.

— La tempête semble avoir coupé toutes les communications, expliqua Colleen. Je n'ai de réseau nulle part. Mais rassurez-vous, la plupart des employés sont partis à la recherche de votre mère. Nous allons bientôt la retrouver, c'est promis.

— Le temps est glacial dehors, elle risque de mourir de froid, répliqua-t-il. Ne pouvez-vous rien faire de plus ?

— Je vais essayer de…

— Colleen ? la coupa une voix.

L'intéressée pivota sur ses talons et se retrouva face à Adrianna, l'une des mariées. Sa robe glissait sur le carrelage au fil de ses pas. Elle avait rassemblé une grande partie de la dentelle entre ses mains, mais quelques pans s'en échappaient à mesure qu'elle avançait.

— Ma fiancée Claire a disparu, souffla Adrianna, haletante.

— Est-ce que… commença Colleen tandis que son ventre se nouait.

— C'est urgent, insista Adrianna. Elle est en danger.

Colleen ouvrit la bouche et la referma, ayant du mal à trouver ses mots.

— Qu'est-ce que vous…

— La moitié des invités ont disparu à ce stade, l'interrompit M. Rodriguez. Mon fils, sa fiancée… Et de l'autre mariage, je n'ai pas vu le marié ni sa fiancée non plus. Est-ce que vous avez la moindre idée d'où est qui que ce soit ? Vous savez ce qui se passe dehors ? Ma mère pourrait être blessée ! Comment avez-vous pu laisser une femme âgée s'éloigner comme ça ? Comment ?!

Alors que Colleen fixait le doigt accusateur que M. Rodriguez pointait vers elle, Adrianna partit en trombe, probablement pour retrouver Claire, sa fiancée. Colleen n'avait jamais autant souhaité prendre ses jambes à son cou et se cacher auparavant. Il avait raison. Cinq futurs époux avaient disparu, et à sa connaissance, ils étaient tous à la recherche de Dolores Rodriguez, quatre-vingt-six ans, qui s'était aventurée dans la neige. Cependant, elle était désormais inquiète de ce qui pourrait arriver d'autre. Claire Rivers serait-elle en danger ?

Elle s'écarta doucement de l'homme en colère et secoua la tête.

— Je vais essayer d'utiliser le téléphone de mon bureau, il faut que la police nous vienne en aide, indiqua-t-elle.

Elle déglutit avec difficulté. Dans son bureau, elle avait aussi une bouteille de gin planquée dans un tiroir. Le téléphone ne fonctionnerait pas, mais un bon remontant l'aiderait au moins à se remettre d'aplomb.

En la voyant partir, le père du marié ne bougea pas, interloqué. Elle passa près de nombreux invités désorientés qui parsemaient le hall. Elle s'assura de ne croiser aucun regard.

Ils devraient peut-être faire l'appel. Elle avait la liste des invités dans son bureau, ainsi elle pourrait faire le point sur qui avait réellement disparu. Comment les choses avaient-elles pu autant dégénérer ? Elle atteignit son bureau, se précipita à l'intérieur et claqua la porte derrière elle. Un merveilleux silence l'enveloppa. Il n'aurait plus manqué que quelqu'un meure, et là, on aurait touché le fond.

Première Partie

Mila

Elle contemplait son beau fiancé au corps et au visage taillés dans le marbre et souriait tandis qu'il parlait. Les personnes autour de la table buvaient ses paroles, envoûtées par l'éclat de son regard, les mouvements de ses mains, la ligne aiguisée de sa mâchoire, le marron profond de ses yeux et sa tignasse ondulée. Elles riaient et souriaient au bon moment, se penchaient vers lui quand il baissait la voix, captivées par son récit.

— Ça m'a changé, déclara Rafael en baissant les yeux vers la table, ses longs cils effleurant sa peau délicate, avant de relever le menton pour révéler le voile d'émotion dans ses yeux. Ça m'a profondément changé, à un point inimaginable. Je suis un mec plutôt banal, vous savez, je l'ai toujours été.

Il serra le genou de Mila et elle se rapprocha de lui. Elle promenait son doigt sur le bord de son verre de vin doucement, sensuellement.

— Je voulais partager la vie d'une belle femme, avoir un bon boulot et des enfants, vous voyez ? Mais depuis l'accident, je vois le monde autrement. Je veux toujours ces choses-là évidemment, mais avant, j'avais peur. Aujourd'hui, je n'ai plus peur. Je me sens invincible. Par exemple, on a sauté en parachute le mois dernier.

Tout le monde hoqueta de concert. Mila se retint de lever les yeux au ciel.

— On a plongé dans des grottes, fait du saut à l'élastique, tout ce qui peut vous passer par la tête. Il n'y a aucune raison de craindre la mort. Aucune. Je l'ai vue.

— Tu as vu la lumière au bout du tunnel ? demanda Félicia, la femme de Peter, l'un des meilleurs amis de Rafael.

Toutes ces femmes se ressemblaient, avec leurs cheveux méchés, leur teint lumineux et leurs lèvres refaites. Il était aisé de les confondre.

— Je l'ai vue, oui, affirma Rafael en scrutant son audience.

Mila avait déjà vu cette expression chez lui à de nombreuses reprises, chaque fois qu'il racontait cette histoire. Des dizaines de fois, même. Peter avait sans doute déjà entendu tout ça aussi.

— Je ne me souviens pas de la voiture, mais j'étais à l'envers, suspendu. À l'hôpital, j'entendais des voix tout autour de moi, celles des médecins et des infirmiers qui paniquaient et tentaient de me maintenir en vie. Puis toutes les voix se sont muées en un silence, et les lumières de l'hôpital ont disparu. Je me suis retrouvé à marcher dans l'obscurité tel un enfant perdu dans un tunnel, seul et effrayé. Et puis une lumière est apparue au bout de ce long tunnel, et là-bas se tenait mon grand-père qui m'attendait. Il était jeune, beau et portait son costume de mariage. Il m'a fait signe de la main et m'a interpellé en espagnol.

Il murmura « *nietastro* » et Mila vit Félicia frissonner dans sa robe dos-nu.

— Est-ce que tu as marché vers la lumière ? demanda la jolie femme aux mèches caramel en se mordant la lèvre, visiblement plongée dans le récit.

— Pas quand j'ai entendu l'autre voix, répondit Rafael en secouant la tête.

— C'était qui ? fit Félicia.

— Je ne le savais pas à l'époque, mais aujourd'hui si. C'était Mila.

Rafael posa les yeux sur cette dernière, et Mila se remplit d'une chaleur dont elle espérait irradier la pièce.

— Mais je croyais que vous vous étiez rencontrés après l'accident ? s'étonna Félicia.

— En effet, affirma Rafael. J'ai rencontré Mila six mois après avoir réappris à marcher, et ça a été le coup de foudre. La promesse de cette belle femme, ma future épouse, est ce qui m'a ramené de la mort ce jour-là. Mila m'a sauvé la vie sans même le savoir.

Félicia tapa dans ses mains et les plaqua sur sa poitrine.

— Oh là là, c'est magnifique. N'est-ce pas magnifique, Peter ?

— Si, si, approuva celui-ci en adressant à Rafael un regard qui semblait lui demander quel sort il avait bien pu jeter à sa femme.

Les hommes du groupe d'amis de Rafael avaient tous la même allure. Une chemise au dernier bouton défait, parfois une veste de sport, quasiment toujours un jean, et une raie nette sur le côté. Ils sentaient le Paco Rabanne ou le Bleu de Chanel et entretenaient soigneusement leur barbe de trois jours.

— On se reprend une tournée ? suggéra Peter. Histoire de trinquer aux futurs mariés ! Le grand jour approche !

Rafael sourit et serra Mila contre lui. Il déposa un baiser sur son front et elle caressa sa jambe affectueusement.

— Shots de tequila ? C'est ma tournée, proposa le fiancé.

— Tu me prends par les sentiments, rétorqua Peter en se frottant les mains.

Les deux amis laissèrent Mila et Félicia seules, et la

seconde se mit à parler de son fils de neuf mois, Oscar, apparemment le bébé le plus gentil et adorable du monde. Toutefois, plus elle s'épanchait, plus Mila remarquait ses failles, comme les cercles bleutés dissimulés par une couche d'anticernes, ses mâchoires serrées lorsque son sourire se figeait, ou encore son rire haut perché peu naturel.

— Il est tellement mignon, mon petit Oscar, sourit-elle. Il fait toujours ses nuits, il ne se plaint jamais.

Mila sirota une gorgée de son vin. Elle savait que Félicia mentait et cela lui semblait étrange. Pourquoi se refuser à admettre que la parentalité n'était pas un long fleuve tranquille ? Mila mentait tout le temps, mais au moins elle avait de bonnes raisons. Mentir pour garder la face et prétendre être une mère parfaite lui semblait stupide.

Félicia regarda par-dessus son épaule pour voir si leurs conjoints revenaient, mais non, ils n'avaient même pas encore passé commande au bar. Peter semblait se prendre pour un footballeur en faisant rebondir sur son pied un dessous de verre.

— Bref, reprit-elle, assez parlé de moi. Comment se passe la préparation du mariage ?

— Oh, ça va, assura Mila en haussant les épaules. Pour être honnête, j'ai engagé un prestataire et j'ai tout délégué. Après tout, qui ça intéresse, les housses de siège et les chemins de table ?

— Oh, eh bien, j'imagine que c'est une façon de...

— Je ne veux pas être l'une de ces mariées à cran qui se plaignent de tout, tu vois ? Je laisse ça aux autres.

— Et ta robe ?

Mila engloutit une grande partie de son vin, blasée.

— C'est la mère de Rafael qui s'en occupe.

Félicia parut à la fois horrifiée et enjouée. Ses yeux écarquillés se firent brillants, et sa moue choquée laissa place à un sourire. Puis elle se reprit et toute émotion disparut de son expression.

— Est-ce que c'est... une sorte de tradition espagnole ?

— Pas à ma connaissance, répondit Mila. Mais je voulais qu'elle se sente impliquée. Et puis elle a bon goût, alors... Je l'ai laissée prendre mes mesures et elle m'apportera la robe le jour du...

— Le jour du mariage ?! devina Félicia.

— Oui, voilà.

— Waouh. Chapeau. Je ne sais pas si j'aurais pu avoir autant confiance en ma belle-mère.

— C'est juste une robe. Au fait, j'adore ton rouge à lèvres, c'est quelle teinte ?

Félicia sortit de sa pochette un tube argenté.

— Prune confite. C'est mon préféré. Malheureusement, cette teinte n'est plus produite et c'est mon dernier. C'est la même couleur que celui que portait ma mère. Tous les matins, elle s'asseyait à sa coiffeuse et se mettait ce rouge à lèvres. C'est l'un de mes plus beaux souvenirs d'elle.

— Oh, fit Mila en posant une main sur son cœur, je suis désolée. Ta mère nous a quittés ?

— Oui, il y a deux ans. Cancer du sein, déclara-t-elle en faisant tourner le tube entre ses doigts, avant de le ranger dans sa pochette.

— Ça doit être dur d'être une jeune maman sans avoir la sienne à ses côtés.

— Oui, très.

Pour une fois, sa voix sonnait sincère, chargée de tristesse, à peine audible par-dessus la musique jazz qui animait le bar branché. Et puis elle reprit contenance.

— Enfin, ça le serait si Oscar n'était pas aussi parfait. Et j'imagine que Rafael et toi allez bientôt avoir le vôtre !

— J'ai hâte d'avoir des enfants, sourit Mila. J'adore quand les gens me parlent des leurs, encore et encore.

Mila s'arrêta là, sentant le sarcasme sur le point de transparaître dans sa voix. *Maîtrise-toi.*

— Et je suis sûre que le mariage sera merveilleux, se réjouit Félicia. Si tu savais comme ça me fait plaisir de compter les jours avant ce bel événement ! Et puis le jour de Noël, c'est tellement romantique.

— Merci de venir à notre mariage, lui répondit Mila, un sourire plaqué sur le visage. C'est beaucoup demander aux gens de venir le jour de Noël, surtout avec un enfant en bas âge à la maison.

En réalité, l'une des raisons qui l'avaient poussée à choisir ce jour-là était l'espoir que la liste des invités présents ne s'allonge pas trop. Malheureusement, bon nombre de leurs amis avaient trouvé l'idée particulièrement romantique et attrayante.

— Ce sera une superbe journée. Nous avons choisi une belle propriété reculée près des lacs, et il y aura évidemment du pudding de Noël et de la dinde au menu.

Mila termina son verre. Elle avait une boule au ventre qui se resserrait de plus en plus à mesure que le mariage approchait.

— J'ai hâte, Mila. Vous êtes vraiment un couple magnifique.

— Oui, n'est-ce pas ?

Mila croisa une jambe sur l'autre et jeta un œil à son fiancé près du bar. Il la remarqua, se tourna vers elle et lui souffla un baiser. Au moins, elle savait qu'il l'aimait plus que tout au monde.

Lucy

Lucy serra son gilet en laine contre elle en observant le ciel d'hiver se teinter de gris foncé. Assise à la table de la salle à manger, elle tentait de travailler, mais fut distraite par la brise glacée qui lui parvint de l'extérieur. La porte d'entrée se referma en claquant, et elle entendit son fiancé, Henry, souffler tout en ôtant ses chaussures dans le couloir. Il entra dans la pièce et jeta une lettre sur la table en soupirant. Lucy étudia son futur mari du regard, de son sac besace qui lui barrait la poitrine au manteau qu'il n'avait pas encore retiré. Ses chaussures jonchaient très certainement le milieu du couloir. Elle ne voulait pas lui poser de questions sur la lettre, mais elle le devait. Alors, elle sirota son thé et se prépara à l'impact.

— Tout va bien, mon cœur ?

Henry se débarrassa de son sac et de son manteau. Le premier atterrit sur le sol, et le second sur le dossier d'une chaise.

— Tu as trois essais.

Lucy pinça les lèvres. Elle savait que cela avait un lien avec Jacob, le fils d'Henry. Ça ne concernait certainement pas son travail à l'université ni le mariage – dans lequel Lucy était plongée jusqu'au cou –, non, cela devait être Jacob, car rien d'autre dans leur vie ne pouvait pousser Henry à faire cette tête. La tête de quelqu'un qui venait de se faire emboutir sa voiture, bafouer son honneur et marcher dessus allègrement. Et Lucy savait ce qui allait suivre.

— Il a encore des problèmes à l'école ? demanda-t-elle en tapotant l'anse de sa tasse nerveusement.

— Il a apparemment rendu une rédaction qui a mis tout le monde dans tous ses états. C'est sans doute beaucoup de bruit pour pas grand-chose, déclara Henry en s'asseyant sur une chaise face à Lucy. Je donne un cours à la première heure demain matin, et la proviseure de Jacob veut en parler de vive voix.

— Je travaille aussi, tu sais, souligna Lucy.

Elle voulait lui rappeler que Jacob n'était même pas son fils à elle, mais elle savait que cela aurait été cruel. Dans quatre semaines, Jacob deviendrait officiellement son fils, en quelque sorte. Du moins, son beau-fils.

— Certes, je travaille à la maison, mais...

— S'il te plaît, Lucy, soupira-t-il, de l'épuisement dans la voix.

Il avait quinze ans de plus qu'elle, mais elle ne le remarquait quasiment jamais. Et puis de temps en temps, un détail le lui rappelait, comme à ce moment-là.

— J'ai des tonnes de recherches à faire et des doctorants à voir.

Ses yeux se baladaient dans la pièce sans qu'il croise le regard de Lucy, signe révélateur qu'il ne disait pas tout.

— Il y a... autre chose, ajouta-t-il. La rédaction... Elle parle de toi.

Et voilà.

— De moi ?

Henry baissa la tête, révélant le haut de son crâne dégarni au milieu de sa chevelure gris foncé.

— Tu devrais la lire avant d'y aller. Il faut que tu sois préparée. Et... Eh bien, ce serait mieux que tu parles directement à son professeur, vu le sujet.

Lucy sentit de la chaleur lui monter aux joues. Elle n'aimait pas sa façon de dire « vu le sujet ». Elle lâcha sa tasse, ne voulant plus de sa chaleur et souhaitant plutôt trouver quelque chose qui la refroidirait.

— Henry, dis-moi ce qu'il a écrit.

L'homme poussa l'enveloppe sur la table du bout du doigt, puis se leva et se dirigea vers la cuisine. Il alluma le four et sortit des légumes du frigo tout en sifflotant. Lucy ouvrit l'enveloppe et en sortit deux feuilles de papier. Elle frémit. Du haut de ses quinze ans, Jacob pouvait rivaliser avec un homme des cavernes en nombre de mots prononcés par jour. Au fond d'elle-même, Lucy détestait ce garçon, et elle savait qu'il la détestait aussi. D'abord, parce qu'elle avait trente ans et qu'il méprisait cette différence d'âge entre elle et son père, et ensuite, parce que Jacob avait de petits yeux brillants qui lui filaient la chair de poule. Il croisait rarement son regard, mais quand cela se produisait, Lucy en frissonnait et cherchait aussitôt le réconfort de son gilet le plus doux.

Elle déplia les feuilles et lut la première.

Cher M. Farrah,

J'ai le regret de vous informer de l'exclusion temporaire de Jacob, à cause de la rédaction que vous trouverez dans ce courrier. Il me semble que Jacob l'a écrite à propos de sa belle-mère, et elle revêt un caractère tout à fait inapproprié. Il a été

demandé à Jacob et à ses camarades de rédiger un texte sur un méchant célèbre dans un contexte moderne. Cependant, comme vous pouvez le constater, il n'a pas suivi cette consigne et a choisi d'écrire des choses pour le moins troublantes. Vous devriez lire cela par vous-même.
Jacob est convoqué dans mon bureau demain matin accompagné d'un tuteur.

La lettre se poursuivait sur le même ton.

Lucy fronça les sourcils. Ça ne sentait pas très bon du tout. Un méchant ? Et où se trouvait Jacob, d'ailleurs ? Les cours étaient finis depuis une heure. Henry n'était pas le père le plus impliqué du monde, il l'avait peut-être laissé aller jouer aux jeux vidéo chez un ami. Au moins, elle n'aurait pas à voir l'expression de Jacob tandis qu'elle découvrait sa rédaction.

Elle inspira un bon coup et s'empara de l'autre feuille.

Un démon du quotidien – par Jacob Farrah

Je connais un démon. Elle s'appelle Lucy et elle vit chez moi. Elle dort dans le lit de mon père à la place de ma mère, et elle prend l'argent de mon père. C'est pour ça qu'elle est là, pour l'argent. C'est une salope. Elle couche avec mon père parce qu'elle sait qu'il lui paiera ses fringues et son coiffeur de luxe.

Lucy hoqueta en lisant le mot « salope ». Sa gorge était sèche et elle déglutit avec difficulté avant de poursuivre sa lecture.

. . .

C'est un vampire. Elle aspire toute la bonne humeur dans une pièce et nous fait agoniser avec sa putain de voix stridente. Elle passe ses journées à tout critiquer et ses nuits à gémir en se tapant mon père. C'est une salope de vampire dégueulasse. S'il y avait une forme de justice dans ce monde, et apparemment non vu que ma mère est morte et que Lucy est en vie, alors quelqu'un lui en collerait une pour effacer le sourire suffisant de son visage horrible. Je le ferai peut-être un jour. J'en rêve. Je rêve de beaucoup de choses. En coller une à Lucy, la malmener, lui flanquer mon poing dans le nez. Elle le mérite. Ma mère meurt et c'est elle que mon père choisit ? Il est trop bien pour elle. Il est intelligent, alors qu'elle est stupide. Elle a un petit job de secrétaire à la con. Elle ne fait rien d'intéressant. Elle ne fait que parler de son mariage à longueur de journée.

Alors voilà le méchant que vous vouliez. Elle n'est pas célèbre, mais le monde se porterait bien mieux sans elle. Il n'y a rien de pire que ce genre de femme vide et pathétique.

Les doigts de Lucy tremblaient alors qu'elle reposait la feuille sur la table. La chaleur qui lui était montée au visage disparut aussi vite qu'elle était apparue. Désormais, elle se sentait glacée et tout son sang avait quitté son visage. Une douleur aiguë lui chatouilla le nez lorsque les larmes lui montèrent aux yeux, mais elle était trop sous le choc pour pleurer. Ces mots étaient tellement lourds de haine… La rage fit se saccader son souffle et s'affoler son cœur. Elle jeta un coup d'œil à son fiancé en espérant qu'il vienne la soutenir. Cependant, il s'entêtait à l'ignorer. Évitait-il d'avoir à la réconforter ? Il semblait ne même pas remarquer sa détresse.

Quatre semaines la séparaient encore de son mariage et non seulement elle devait prendre la place d'une épouse et d'une mère décédée, mais son beau-fils fantasmait de lui faire du mal et son fiancé fermait les yeux là-dessus.

— Tu as lu ? lui demanda-t-elle, des trémolos dans la voix.

— Oui, se contenta-t-il de répondre en ouvrant un sachet de carottes pour en sortir une.

— Et tu n'as rien à redire à ce qu'il a écrit ?

— Bien sûr que si, assura Henry.

— Tu as dit que c'était beaucoup de bruit pour pas grand-chose.

— Arrête, Lucy, soupira-t-il. Ne te tracasse pas. Je connais mon fils, il est toujours en deuil, tu le sais.

— C'est... Ce sont des menaces contre moi. Et s'il me faisait du mal ?

Henry se tourna enfin vers elle.

— Ce n'est qu'un ado. Il est en colère, triste, et il cherche à se faire remarquer. Il ne fait ça que pour attirer l'attention, il n'y a pas une once de vérité là-dedans. Ce n'est pas toi qu'il déteste, mais la situation. Tout finira par s'arranger, je te le promets.

— Henry... commença-t-elle.

Mais elle s'interrompit, ne sachant pas quoi dire. À la place, elle secoua la tête et déglutit pour retenir ses larmes. Henry fit quelques pas vers la table et soupira.

— Ce n'est qu'une phase. Ça va lui passer. Va voir son prof avec lui demain, et le fait de s'asseoir à côté de toi dans ce bureau lui fera prendre conscience de ce qu'il a fait.

— Je crois que la punition devrait venir de toi, argua Lucy, ça aurait plus d'impact.

— Je le punirai, oui.

La bouilloire siffla et Henry fit demi-tour pour retourner à ses fourneaux. Lucy baissa de nouveau les yeux sur la feuille et relut la dernière phrase : « Il n'y a rien de pire que ce genre de femme vide et pathétique. » Il la détestait. Il ne détestait pas leur situation, non, il la détestait *elle*.

La porte d'entrée s'ouvrit et sa colonne vertébrale se tendit. Elle replia soigneusement la lettre et attendit que Jacob arrive. Il était grand et large d'épaules pour un ado, mais sa musculature n'était pas encore totalement développée. Ses épaules anguleuses laissaient présager qu'il serait un jour un homme imposant. Il n'en était qu'à la moitié du chemin, mais cela suffisait à intimider Lucy.

— Jacob, viens ici, s'il te plaît, lui lança Henry en versant de l'eau bouillante dans une casserole. Tu dois des excuses à Lucy.

L'intéressé apparut dans l'encadrement de la porte et les muscles de Lucy se contractèrent. Elle ne pouvait le regarder, alors elle fixait le papier plié devant elle.

— C'est quoi, ça ? lui demanda Jacob en faisant mine de ne pas avoir entendu son père.

Du coin de l'œil, Lucy apercevait ses cheveux blond foncé tomber devant ses yeux.

Henry se tourna vers son fils.

— Excuse-toi auprès de Lucy pour ta rédaction.

— Désolé, marmonna Jacob.

Henry soupira et ajouta :

— Tu iras voir ta proviseure avec Lucy demain.

— OK.

— Tu auras intérêt à lui présenter de meilleures excuses, lui lança Henry de sa voix de professeur autoritaire.

Cependant, même aux oreilles de Lucy, cela sonnait en demi-teinte.

Jacob haussa ses larges épaules et pivota sur ses talons, jetant un regard vers Lucy avant de partir. Elle leva les yeux et croisa les siens, aussi sombres et menaçants que le ciel à l'extérieur.

Claire

Elle se leva, fébrile, les jambes en ébullition, prête à s'enfuir en courant. Elle s'extirpa de la couette et posa les pieds sur le parquet blanc. La fraîcheur du bois l'ancra dans la réalité, loin du cauchemar horrible qui la hantait depuis le procès.

L'instinct de Claire lui dictait de se précipiter sous une douche chaude, mais elle se força à rester immobile. Peu à peu, son rythme cardiaque ralentit et ses pensées en vrac s'apaisèrent. Elle se tourna et jeta un œil au lit, où Adrianna était encore emmêlée dans la couette, un bras pendant dans le vide, ses boucles étalées sur les deux oreillers. Claire pouffa. Adrianna était la reine pour accaparer la couette. Elle s'étendait à travers le lit façon étoile de mer pendant la majeure partie de la nuit, tandis que Claire était le parfait opposé, pelotonnée en position fœtale pendant ses sept bonnes heures de sommeil.

Elle se leva et se rendit à la salle de bain attenante à la chambre. Elle trouvait que c'était un luxe d'en avoir une. Depuis la fac, elle avait essentiellement partagé des appartements londoniens avec des colocs en enchaînant les petits boulots pour financer son diplôme de bibliothécaire. Toutefois, elles vivaient désormais à Manchester, et Claire avait un boulot stable à l'université pour la première fois de sa vie. Adrianna, quant à elle, travaillait corps et âme dans les ressources humaines, et ses revenus avaient plus ou moins financé leur logement tout neuf en banlieue.

Néanmoins, malgré toutes les bonnes choses qui remplissaient sa vie, ses cauchemars ne la quittaient pas. Sans eux, sa vie serait parfaite. Cependant, la perfection n'existe pas, n'est-ce pas ? Il y a toujours une entourloupe, un grain de sable dans l'engrenage.

Après sa douche, Claire se prépara des tartines et du thé tout en consultant ses messages, ses notifications sur les réseaux sociaux et tout ce qui allait avec. C'était son rituel du dimanche matin pendant qu'Adrianna, l'oiseau de nuit, faisait la grasse matinée.

L'organisatrice de mariage lui avait envoyé des photos supplémentaires de la superbe bibliothèque de Wilder House. Son cœur se gonfla de joie, et elle les enregistra dans son téléphone pour les montrer à Adrianna plus tard. La bibliothèque avait été l'élément décisif dans le choix de Wilder House, étant donné qu'elles étaient toutes deux passionnées de bouquins. Elles avaient longuement discuté des possibilités que cela offrait : peut-être pouvaient-elles transformer la pièce en une grande salle à manger façon Winterfell ? Ou enfiler toutes les deux la robe de Belle ? Ou encore se lancer dans un mariage sur le thème d'*Orgueil et Préjugés* avec des robes de la Régence anglaise et du thé et des biscuits pour le petit déjeuner de mariage ? Finalement, elles avaient décidé de rester dans la simplicité, de s'en tenir aux livres de manière générale. Préparer la décoration devint le plus enthousiasmant, entre les cœurs en papier à suspendre aux poutres et les petites piles de leurs livres préférés comme centres de tables, en passant par les cartes de bibliothèque au lieu des traditionnels marque-places. Elle sourit et mordit dans sa tartine de confiture tout en parcourant Pinterest.

Lorsqu'une notification lui signalant l'arrivée d'un nouvel e-mail apparut sur son écran, elle cliqua dessus sans réfléchir.

Elle ne fit pas attention à l'expéditeur, vit qu'il y avait une pièce jointe et pensa qu'Adrianna lui avait envoyé de nouvelles pistes d'inspiration pour le mariage. Cependant, lorsque la photo s'afficha sous ses yeux, son sang se figea. Elle sursauta, comme frappée par la foudre, lâcha sa tartine et son téléphone et repoussa brusquement sa chaise en arrière. Elle ferma les yeux et pria pour que cette vision disparaisse, mais elle lui brûlait les paupières, tel un reste d'image ignoble.

C'était horrible. Sanglant. Violent. Le corps d'une femme brisé et lacéré, du sang parsemant les murs et le plafond. Ce n'était pourtant pas la première fois qu'elle voyait cette photo. Elle était déjà ancrée dans son esprit. La pièce miteuse, la lumière vive soulignant la pâleur de la victime... Elle en cauchemardait toutes les nuits. Et maintenant, quelqu'un venait de la lui envoyer. Mais qui ?

Trois mois plus tôt, Claire avait reçu un courrier l'informant qu'elle était appelée à faire partie d'un jury populaire. Avant le début du procès, elle avait plaisanté avec Adrianna sur les petits criminels qu'elle allait croiser au tribunal. Peut-être un voleur à l'étalage. Peut-être même un dealer si l'affaire était croustillante. Au lieu de ça, elle s'était retrouvée jurée dans une affaire de meurtre au cours de laquelle les photos de la scène de crime projetées étaient si horribles qu'elles avaient failli la faire s'évanouir en pleine audience. Cela avait été une affaire difficile, non seulement à cause de la violence du crime, mais également parce que la défense avait dressé le portrait d'un homme innocent qui fréquentait la victime. L'avocat avait soutenu que Kévin Botham, dont le casier faisait déjà état de sa violence, avait été piégé pour un meurtre qu'il n'avait pas commis. Il avait trouvé une explication à toutes les preuves exposées durant le procès, même les plus accablantes. Cela avait même bousculé certains membres du jury, avant que celui-ci ne finisse par rendre son verdict : coupable.

Toujours est-il que les arguments de la défense ne l'avaient jamais convaincue. Claire avait scruté le regard froid de Kévin Bothan chaque jour au tribunal. Elle avait écouté tous les experts détailler les preuves ADN et avait vu tous les enregistrements de caméras de surveillance. Elle savait qu'elle avait envoyé la bonne personne derrière les barreaux.

— Claire ?

Elle n'avait même pas remarqué l'arrivée d'Adrianna dans la pièce. Elle leva les yeux et aperçut sa fiancée à quelques pas d'elle, les sourcils froncés.

— Tout va bien ?

— Je ne comprends pas, balbutia Claire, encore sous le choc. Comment connaît-il mon adresse e-mail ?

— De quoi tu parles ?

Claire lui indiqua son téléphone. Elle avait conscience que l'ambiguïté de ses paroles ne devait pas aider Adrianna, mais elle n'était pas capable de trouver les mots pour lui expliquer ce qui se passait.

— Quelqu'un m'a envoyé ça.

Adrianna s'empara du téléphone et tapa le code de Claire. Elles connaissaient chacune les mots de passe de l'autre pour la plupart des choses. Elles étaient comme ça, elles partageaient tout et s'ouvraient l'une à l'autre, pourtant Claire avait gardé pour elle ses cauchemars. Pourquoi ?

— Mon Dieu. Est-ce que… Est-ce que ce sont des photos de la scène de crime ? Celles du procès ?

Claire hocha la tête.

— Qui a bien pu me les envoyer ? se demanda-t-elle à haute voix.

— Ça vient d'une adresse e-mail bizarre… jevousretrouverai@ymail.com…

Le sang quitta le visage de Claire.

— Est-ce que ça te dit quelque chose ? s'inquiéta Adrianna.

— Le meurtrier, Kévin Botham, il a dit ça au tribunal. Il était furieux en apprenant le verdict, alors il s'est tourné vers nous tous dans le jury et a chuchoté « Je vous retrouverai ».

— Tu ne me l'avais jamais dit, souligna Adrianna en scrutant la photo sur le téléphone. Mon Dieu, c'est horrible. C'est...

Elle secoua la tête. Aucun mot ne pouvait qualifier cette vision avec justesse.

— C'est une menace, déclara Claire qu'une migraine était en train d'assommer. Non ?

Adrianna reposa le téléphone sur la table de la salle à manger, s'en éloigna comme s'il était radioactif et répondit :

— Je pense qu'on devrait appeler la police.

Une vague de nausée faillit avoir raison du petit déjeuner de Claire.

— D'accord. OK.

Adrianna s'empara de son propre téléphone, tandis que la photo était toujours visible sur l'écran de Claire. Son cauchemar était matérialisé là, sous ses yeux. Peut-être qu'il avait été là pour la préparer à ce moment. Tout ce temps, elle avait su que quelque chose de terrible allait se produire. Son esprit dériva vers le procès. Elle avait dû se rendre à Londres, car l'affaire était jugée à l'Old Bailey. Toutefois, le crime avait été commis à Macclesfield, pas si loin de Manchester. À sa connaissance, Simon Botham, le frère de Kévin, vivait toujours là-bas, ce qui était trop proche pour qu'elle se sente en sécurité.

Elle l'avait remarqué dans la galerie du tribunal. Il avait les mêmes yeux bleus glaçants que son frère. Il était bouillonnant de rage et avait dû être sorti du tribunal à deux reprises à cause de ses interventions intempestives. Chaque nuit, elle rêvait de Kévin et lui en train de tuer des femmes, traquant leurs victimes dans des ruelles sombres, du sang recouvrant leur visage inhumain. Durant tout le procès, elle s'était demandé si Simon Botham était aussi mauvais que son frère. Désormais, elle venait de recevoir cette menace qui lui était directement adressée. La photo venait forcément de Simon Botham. C'était forcément lui. Il en avait après elle.

La Mariée

Alors qu'elle marchait, son voile fut emporté par le vent et s'envola de ses boucles soigneusement coiffées. Elle ne prit pas la peine de s'arrêter pour le ramasser. Elle le laissa là, sur la neige. Peut-être gèlerait-il jusqu'à devenir rigide, figé à jamais tel un coquillage de dentelle.

Ses pieds lui semblaient de plus en plus lourds et engourdis au fil de ses pas. Ses cheveux, son visage et ses vêtements étaient trempés par les flocons de neige qui l'assaillaient. Pourtant, cela passait au second plan à mesure que grandissait en elle la sensation dérangeante que quelqu'un la suivait.

Elle jetait un coup d'œil par-dessus son épaule toutes les quelques secondes et fronçait les sourcils en ne voyant personne, perturbée par sa propre intuition. Pourquoi se sentait-elle observée ? Elle n'avait vu personne, mais la météo ne le lui permettait pas vraiment non plus, à moins que la personne soit juste sous son nez. D'ailleurs, suivre la carte s'était vite révélé impossible.

Elle se rappela que l'être humain avait généralement une bonne intuition quand il se sentait observé. Les poils de la nuque qui se dressent à l'approche d'un prédateur dans un angle mort. Une silhouette floue aperçue du coin de l'œil, en train de vous épier. Elle ne pouvait ignorer cette sensation, aussi improbable fût-elle.

À cause de la brume dense qui semblait s'étendre à l'infini, elle tomba presque littéralement sur le chalet. Elle avait réussi. Sans qu'elle puisse se l'expliquer, elle avait suivi le bon chemin en dépit des conditions météorologiques, et elle pouvait désormais attendre la fin de la tempête à l'abri.

Aussitôt à l'intérieur, elle ôta ses chaussures et sa veste détrempée. Elle analysa la pièce du regard en se frottant les bras. Il y avait une cheminée, Dieu merci, et un tas de couvertures empilées sur un petit canapé. Elle enroula une couverture autour de ses épaules. La laine lui semblait froide contre sa peau, mais elle savait qu'elle finirait par la réchauffer.

Elle trouva du petit bois et s'affaira tout de suite à allumer un feu. Elle n'était pas experte en la matière, alors elle tenta d'abord de faire une grande pile avec le bois, avant de se raviser et d'en ôter un peu. Elle se servit du briquet pour enflammer un morceau de papier et jeta celui-ci sur le petit bois. Quand le feu sembla prendre, elle leva les mains et lâcha un petit rire.

Ça y est, c'était fini ?

Tout était donc fini ?

Elle s'assit un peu près du feu. Quand les flammes grondèrent, elle y ajouta une bûche. Quelques braises jaillirent du feu dans un crépitement et atterrirent près de ses genoux. Elle recula, plaça l'écran de cheminée devant les flammes et alla s'asseoir dans le canapé. Maintenant qu'elle était à l'abri dans le chalet, son impression d'être observée s'évapora progressivement. Cela n'avait été que le fruit de son imagination. Il était normal qu'elle soit un peu à cran après avoir survécu à un accident de voiture et... Hmm, peut-être ne devait-elle pas repenser à ce qu'elle avait fait. Du moins, pas maintenant.

Le chalet était mignon. Des lits superposés occupaient le mur opposé, ainsi qu'un petit lavabo. Elle remarqua une lanterne sur une étagère et se demanda si elle marchait au gaz. Elle se hissa sur ses pieds fatigués et fouilla les différents placards à la recherche de quelque chose qui pourrait lui servir. Elle mit la main sur quelques barres de céréales ainsi que sur un jean d'homme, des chaussettes propres et un pull épais.

— Des bottes, murmura-t-elle. Pitié, faites que je trouve des bottes.

Ses prières furent exaucées dès le placard suivant. Trois paires de bottes en caoutchouc se tenaient aux côtés d'une brosse à récurer et d'une paire de chaussures de randonnée plutôt grandes. Elle souleva chaque paire, choisit la plus petite, les retourna pour s'assurer qu'aucune araignée n'y logeait et rapporta son butin près du feu. Elle se faufila hors de sa robe de mariée humide. À moitié dénudée, elle en profita pour faire un point sur son état. Des ecchymoses marquaient ses côtes et une traînée bleutée traversaient son buste à l'emplacement de la ceinture de sécurité, mais elle avait eu de la chance, elle n'avait rien de cassé. À peine quelques petites coupures dues aux éclats du pare-brise. Le chemin jusqu'au chalet n'avait pas trop empiré ses blessures, et elle avait fini par s'habituer à la douleur au fil de ses pas jusqu'à ne plus la sentir.

Elle enfila ses nouveaux vêtements avec satisfaction. Toutefois, tout était trop grand : le jean tenait à peine sur ses hanches et les bottes faisaient deux pointures de trop. Elle retourna vers le placard en quête d'une ceinture ou même d'une cordelette. Elle finit par tomber sur une bobine de ficelle de bricolage et une paire de ciseaux. Ça ferait l'affaire. Elle glissa la ficelle dans les passants de son jean et fit un nœud bien serré. Elle garda les ciseaux avec elle et retourna sur le canapé pour grignoter les barres de céréales.

Enfin, elle sentait se réchauffer ses entrailles. Elle observa sa robe étalée sur le sol froid et ne ressentit rien. Cela aurait dû lui faire quelque chose, n'importe quoi, mais non, rien. Elle releva la tête et ferma les yeux un instant.

Et elle entendit un pas.

La neige tombait toujours abondamment autour du chalet, alors elle savait que ce bruit n'était pas celui de la neige qui se tassait, mais celui d'une botte sur des pavés. *Le chemin.* Quelqu'un marchait sur ses pas le long du chemin de pavés qui menait à la porte.

Elle bondit sur ses pieds, mit dans sa poche la paire de ciseaux et la dernière barre de céréales et scruta la porte. Qui était là ? D'un geste vif et silencieux, elle s'empara de la veste gisant au sol et en fouilla les poches à la recherche du téléphone. Le message, pensa-t-elle. La menace. Quiconque l'avait envoyé devait être déséquilibré, et elle n'avait pas envie de faire sa connaissance.

Pouvait-il s'agir de l'homme qui avait débarqué à son mariage sans y avoir été convié ? L'adrénaline parcourait ses veines, la mettant sur le qui-vive. La porte du chalet ne possédait pas de verrou, et le temps lui manquait. Elle se précipita vers la fenêtre opposée, l'ouvrit aussi silencieusement que possible et l'escalada pour retourner dans le froid mordant. Par chance, son pantalon tint bon. Elle enfila la veste par-dessus son pull épais, puis s'enfonça dans le blizzard en courant.

Le chalet étant niché dans une vallée, il était aisé de trouver un point d'observation en hauteur. Après avoir grimpé suffisamment, elle se cacha derrière un arbre large. L'air brûlant ses poumons, elle pencha discrètement la tête sur le côté pour jeter un œil au chalet.

Elle aperçut le visage d'un homme à la fenêtre.

Elle le vit lever une main tenant un objet long et fin.

Un fusil.

Mila

Dans le salon, Rafael faisait les cent pas. Mila touillait son thé en l'observant depuis la cuisine. Elle l'entendait soupirer et s'exprimer en espagnol. Il marqua un temps d'arrêt, haussa les épaules, leva les bras, puis se remit à arpenter la pièce en élevant la voix. Au bout du fil se trouvait la belle-famille de Mila, qui voulait lui faire signer un contrat de mariage pour s'assurer qu'elle ne mettrait pas ses sales pattes sur la fortune familiale.

Elle ne signerait pas ce contrat de mariage.

Hors de question.

— Mon cœur, l'interpella Rafael en revenant dans la cuisine tandis qu'elle se remettait une couche de son rouge à lèvres prune confite. C'était mon père. Il nous invite à dîner la semaine prochaine. C'est bon pour toi ?

— Pas de souci, répondit-elle avant de déposer un baiser sur sa joue.

Elle lui sourit et essuya la trace de rouge à lèvres qu'elle avait laissée. Cependant, lorsqu'elle s'écarta, il passa un bras autour de sa taille et l'attira dans un baiser passionné.

— Foutu boulot, lui souffla-t-il à l'oreille d'une voix rauque. Si je n'avais pas rendez-vous avec mon père, je te ferais mienne sur cette table sur-le-champ.

— Hmm, évite de parler de ton père et de me faire tienne dans la même phrase. Tu as le don pour m'exciter et me refroidir en même temps, Raf.

Elle lui fit un clin d'œil et se dirigea vers l'évier.

Il lui emboîta le pas, l'emprisonna dans ses bras et se pencha contre elle, le visage plongé dans sa chevelure sombre et soyeuse.

— Plus sérieusement, j'ai tellement hâte que tu sois ma femme. Tu n'imagines pas à quel point, Mila. Tu es mon univers, tu sais ?

Elle se blottit contre lui, pressant son corps contre les endroits qu'elle savait sensibles.

— Mais… ? demanda-t-elle.

— Mais rien.

— Si, il y a quelque chose, et ça commence par un C.

Il soupira.

— Tout serait tellement plus simple pour nous deux si tu signais ce contrat.

— Non.

— Chérie…

Elle pivota pour lui faire face.

— Je t'ai déjà dit ce que je pensais des contrats de mariage. Soit tu me fais 100 % confiance, soit pas du tout. Et non, je ne ferai pas une croix sur ce mariage les mains vides si un jour te prend l'envie de te taper ta secrétaire ou de…

— Tu me demandes de te faire confiance et ensuite tu me balances ça ? la coupa-t-il en s'écartant, le visage écarlate.

— Non, Raf, ne te méprends pas. Je ne dis pas que tu me tromperas, mais il faut aussi que tu réfléchisses à ce que tu me demandes de faire. Tu veux que je n'aie aucune sécurité. Écoute, je suis du genre traditionnel…

— Traditionnel, toi ? pouffa-t-il à moitié. Arrête un peu !

— Si, je t'assure.

Elle rit avec lui jusqu'à ce qu'ils s'embrassent de nouveau. Elle s'éloigna la première. Comme toujours. Elle savait comment alimenter son désir.

— J'estime qu'un mari et une femme devraient tout partager, y compris leur argent. Tu sais que si les rôles étaient inversés, je partagerais tout avec toi. Bref, tu devrais filer. On en reparlera plus tard.

Il déposa un baiser sur son front et quitta la maison en coup de vent, sa veste sur une épaule et sa mallette dans l'autre main. Mila nettoya sa tasse, puis tendit la main vers le fond du placard de la cuisine qui contenait toutes les casseroles et les poêles que Rafael ne touchait jamais et en sortit une boîte de chocolats à moitié entamée.

Depuis ses fiançailles avec Rafael, elle avait quitté son emploi d'agent immobilier et était devenue femme au foyer à plein temps. Cependant, Rafael avait une femme de ménage et Mila achetait toujours de quoi préparer des repas faciles, alors elle n'avait pas grand-chose à faire de ses journées. Parfois, elle regardait la télé. D'autres fois, elle matait des pornos ou lisait un bouquin en grignotant du chocolat.

Ce jour-là, elle consulta ses e-mails tout en déambulant avec la boîte de chocolats et une tasse de café fumant en équilibre dans une main. Des e-mails à la noix pour le mariage, encore et encore. Pour sa manucure, préférait-elle du semi-permanent ou des faux ongles en gel ? Pour les fleurs, plutôt de la lavande ou des lys ? Elle s'affala sur le canapé et répondit à tout ça à la va-vite, avant d'engloutir le reste de ses chocolats. Elle remarqua seulement à ce moment-là l'e-mail d'un expéditeur anonyme.

« 10 000 livres ou je publie ces photos. »

Elle était sur le point de l'ignorer et de continuer de faire défiler les messages, quand son regard se posa sur les pièces jointes qui portaient son nom. Elle se figea. Les documents n'étaient pas nommés « Mila Davidson », mais affichaient son ancien nom. Son *vrai* nom. Elle lut la suite de l'e-mail.

« Ton petit fiancé Rafael aimerait sans doute savoir qui tu étais, non ? Je peux le lui dire, sauf si tu achètes mon silence. »

Mila ouvrit les pièces jointes et se retint de rire. Il s'agissait de photos d'elle nue d'il y a très longtemps. Elle se rappelait les avoir prises dans sa chambre quand elle avait dix-huit ans. Inspirée par les clips musicaux et le magazine GQ, elle avait compris très tôt que la beauté pouvait se monnayer.

Même à l'époque, il n'était pas difficile de trouver des hommes qui se sentaient seuls, voulaient parler à une jolie jeune fille et étaient prêts à mettre la main à la poche pour quelques photos et échanges de messages. OnlyFans n'existait pas encore, mais elle avait tout de même réussi à se dégoter des hommes au compte en banque bien fourni. Elle avait fait le nécessaire pour fuir sa maison minable et n'en avait pas honte.

Peut-être pouvait-elle faire passer ça pour du *revenge porn*. Rafael compatirait à son malheur, surtout si elle pleurait et lui répétait combien elle avait honte. Elle pouvait aussi ajouter qu'elle avait moins de dix-huit ans à l'époque. Toutefois, c'était risqué. Est-ce que la police parviendrait à dater précisément les photos ? Déjà qu'elle refusait de signer le contrat de mariage et que les parents de Rafael la détestaient, il ne faudrait pas en plus qu'il découvre ses anciennes pratiques.

En outre se posait la question de son véritable nom, employé par l'expéditeur anonyme. Elle devait empêcher Rafael et sa famille de l'apprendre à tout prix.

Elle se mordit la lèvre et réfléchit un instant. Elle se souvenait des hommes à qui elle avait envoyé des photos. Avait-elle toujours leur adresse e-mail ? Quelques-uns avaient été anonymes, d'autres s'étaient montrés moins prudents. Dans tous les cas, elle devait découvrir si cette personne possédait davantage de photos d'elle et si elle détenait des preuves de son vrai nom.

Elle s'éclaircit la gorge et répondit :

« Bien tenté. Je ne te filerai pas un rond, mais je sais qui tu es et tu vas le regretter. »

Mila était douée en bluff, c'était son quotidien depuis toujours. Elle savait parfaitement mentir et naviguer entre des obstacles qui viendraient à bout du commun des mortels. La réponse tarda une bonne dizaine de minutes à lui parvenir, et son corps vibrait de plus en plus d'excitation.

« Tic tac, Millie. Attends un peu que ton fiancé apprenne que tu n'es rien d'autre qu'une salope et une menteuse. »

Ses doigts la démangeaient de répliquer aussitôt, mais elle savait que ce n'était pas judicieux. Elle calma sa rage. Il fallait qu'elle se mette au boulot. Elle ne gaspillerait pas son énergie par de la colère ou de l'appréhension de la suite. Elle devait bien réfléchir à tout cela.

D'abord, cette personne l'avait appelée « Millie ». Intéressant. Elle avait officiellement changé de prénom *et* de nom de famille, en choisissant « Mila » parce que cela sonnait bien mieux que « Millie » et que le changement était léger. Pour le prénom, cela pouvait se justifier auprès de Rafael, mais pour son vrai nom de famille, c'était plus délicat. Alors, elle devait commencer par vérifier l'identité qu'elle avait utilisée pour envoyer les photos, car elle ne s'en souvenait plus précisément. Ensuite, elle allait jeter un œil aux adresses e-mail des hommes à qui elle avait envoyé des photos. Pour cela, elle avait besoin de ses anciens identifiants.

Mila posa son ordinateur sur le côté et prit un moment pour reprendre ses esprits. Elle s'apprêtait à faire un bond dans le passé, et ce ne serait pas de tout repos.

Un autre message lui parvint :

« Tu as vingt-quatre heures. »

Elle répondit sans tarder :

« Ne dis pas n'importe quoi. Je te recontacterai quand je l'aurai décidé. »

Lucy

Lucy triturait son bracelet pendant que Mme Novak lui parlait d'un ton calme, mais sévère. Son esprit ne cessait de divaguer, comme porté par la marée. Elle sentait sa raison partir en vrille, jusqu'à ce qu'elle se fasse violence pour rester ancrée dans la pièce.

— M. Farrah compte prendre les mesures nécessaires, j'espère ? demanda Mme Nowak.

— Oui, assura Lucy. Il a demandé à Jacob de s'excuser.

— Eh bien, je crains que nous devions observer de l'amélioration dans ton comportement, Jacob, avant que tu ne réintègres l'établissement. Je veux être certaine que tu prends cette situation au sérieux et que tu vas faire de ton mieux pour rectifier le tir. Nous avons été très conciliants à ton égard depuis l'année dernière. Je sais que tu étais un garçon brillant avant le décès de ta maman, et je sais combien ça a été dur pour toi depuis.

La proviseure à la chevelure blonde leva son regard chaleureux et intelligent vers Lucy.

— J'ai suggéré à M. Farrah de solliciter une aide psychologique, mais ni lui ni Jacob n'en ont fait la démarche.

— Je n'ai pas besoin d'un psy, intervint Jacob, qui était jusque-là resté muré dans sa morosité depuis le début de l'entretien, les bras croisés.

— Ton comportement semble indiquer le contraire, souligna Mme Nowak.

Il leva les yeux au ciel, et la proviseure pinça les lèvres.

— J'en parlerai à M. Farrah, lui assura Lucy, qui se sentait forcée d'intervenir.

Elle culpabilisait. La proviseure du lycée privé Saint-Martin était une femme sensée. Lucy l'avait rencontrée à trois reprises et l'avait toujours trouvée posée et juste. Elle avait même jalousé la capacité de Mme Nowak à mener une conversation. Sa voix calme était cousue d'une autorité ferme dont rêvait souvent Lucy. Sa voix à elle revêtait la plupart du temps une intonation interrogative, comme si elle doutait elle-même des opinions qu'elle exprimait.

— Jacob, je t'ai donné de nombreux conseils au cours de l'année écoulée, et tu ne les as jamais suivis. Néanmoins, je t'enjoins fortement à le faire au plus vite avant d'emprunter un chemin que j'aurais horreur de te voir prendre. Rends-toi chez un psychologue, parle de ton deuil. Quoi que ce soit que tu cherches à camoufler, ça va finir par avoir raison de toi.

Lucy se tourna vers Jacob dans l'espoir de voir ces paroles faire leur effet sur lui, mais il avait adopté son habituelle posture défensive et gardait ses bras croisés et sa tête baissée. Il n'avait même pas adressé un regard à sa proviseure. Lucy la remercia et quitta son bureau, puis sentit Jacob lui emboîter le pas. Le trajet du retour jusqu'à chez eux se fit en silence. Dès qu'ils passèrent la porte d'entrée, Jacob se rua à l'étage. Lucy eut l'impression de pouvoir enfin respirer pour la première fois de la journée.

* * *

Elle passa une semaine sur des charbons ardents, regrettant de ne pouvoir dormir avec un œil ouvert. Jacob, qu'elle voyait désormais comme une ombre massive au tableau de sa vie, passait la majeure partie de son temps à jouer aux jeux vidéo dans sa chambre avec le volume à fond. Henry, lui, passait sa vie à l'université alors même que les étudiants étaient rentrés chez eux pour les fêtes de fin d'année. Lucy se retrouvait donc à travailler sur son ordinateur portable sur la table de la cuisine pendant que son beau-fils ruminait tranquillement dans sa chambre. À quel genre de jeux jouait-il ? Étaient-ils violents ? Ils avaient l'air de l'être, à en juger par les échos de coups de feu qui traversaient les murs. Et si la violence de ces jeux avait contribué à son comportement agressif ?

Ils s'adressaient rarement la parole. Avant, elle l'appelait depuis le bas des escaliers ou lui envoyait un message quand elle avait fait du thé au cas où il en voudrait aussi, mais plus maintenant. Elle ne voulait pas le voir, encore moins lui parler. Tous les jours à l'heure du déjeuner, elle embarquait son sac à main et allait faire un tour à la boulangerie la plus proche. Ses journées étaient calées sur un bon rythme. Elle échangeait avec des clients par téléphone, s'excusait auprès d'eux du bruit de fond intempestif, se torturait avec les préparatifs du mariage et de la playlist pour la réception et se précipitait hors de la maison dès qu'elle entendait des pas lourds descendre les escaliers.

Et Henry, se souciait-il de tout cela ? Était-il inquiet ? Ils n'en avaient parlé qu'une fois le soir après le rendez-vous avec Mme Nowak. Henry avait ôté ses lunettes et les avait posées sur la table basse avant de s'adosser contre le canapé.

— Je lui parlerai, avait-il dit. Il ne peut pas continuer à te traiter de la sorte, ce n'est pas normal.

Lucy s'était sentie quelque peu soulagée, car son ton avait semblé sérieux, mais en même temps elle n'avait pas eu l'impression qu'il la comprenait. Elle s'était rapprochée de lui sur le canapé et s'était tournée pour lui faire face. Il fallait qu'elle lui montre ses sentiments.

— J'ai *peur* de lui, Henry, lui avait-elle confié. Il a une haine en lui que je ne comprends pas. Et me voilà seule chez nous avec lui le temps de son exclusion. Tu ne pourrais pas travailler un peu depuis la maison ?

— Non, j'ai trop de réunions en ce moment. Écoute, il n'a que quinze ans, c'est un gamin, il ne va pas te faire de mal.

— Les garçons de quinze ans peuvent se montrer violents, avait-elle argué.

— C'est mon fils !

Henry avait sauté sur ses pieds et enfoncé ses mains dans ses poches pour faire les cent pas dans le salon.

— Désolé, c'est juste que... je connais mon fils. Je sais ce que renferme son cœur. Il a un bon fond, je t'assure. Je l'ai éduqué depuis sa naissance, j'ai vu son visage s'illuminer en ouvrant ses cadeaux de Noël, je l'ai vu soigner un merle qui avait été attaqué par un chat.

Lucy savait combien Jacob comptait pour lui. Alors, elle s'était levée, avait pris Henry dans ses bras et lui avait dit que tout se passerait bien, tout en songeant que son fiancé n'avait pas conscience de la personne que son fils devenait. Il *ne voulait pas* en prendre conscience.

Elle marchait. La morsure du vent lui rosissait les joues et le nez. Elle imaginait son visage écarlate et son nez façon Rudolph le renne. Ils avaient choisi de célébrer leur mariage en décembre parce que c'était moins onéreux, et puis ça leur avait semblé romantique de se marier le jour de Noël. Cependant, tous ces problèmes avec Jacob la rendaient... Hmm, disons que cela lui faisait réfléchir à deux fois à ses projets d'avenir. Cela lui faisait mal de se l'avouer, mais elle avait des doutes. De sérieux doutes.

Henry l'avait demandée en mariage au mois de juin lors

d'un week-end à Paris. Ils avaient passé la majeure partie de leur séjour à déguster des pâtisseries, à visiter la ville et à déambuler dans les rues. Lucy ne s'était jamais vue comme quelqu'un de particulièrement cultivé, elle n'avait jamais été très studieuse. Ses notes avaient été moyennes et elle n'était pas allée au-delà d'une licence. Désormais, elle travaillait pour un recruteur et son job consistait surtout à passer du temps au téléphone et à organiser des entretiens d'embauche. Alors qu'Henry, lui… Eh bien, Henry s'y connaissait en histoire, en art et en littérature, et quand il lui avait fait visiter le Louvre, il l'avait émerveillée. Aux yeux de Lucy, il était hors du commun. Plus tard, au coucher du soleil, tandis qu'ils sirotaient un verre de vin et partageaient un dessert dans un petit café parisien, il avait saisi sa main et lui avait demandé de l'épouser.

Comment aurait-elle pu dire non ?

Arrivée à la boulangerie de Manchester, à l'abri du froid mordant, Lucy commanda un sandwich chaud au rôti de porc avec tous les accompagnements. Puis elle pointa du doigt le brownie au chocolat le plus riche et l'ajouta à sa commande. Quatre mois plus tôt, elle avait fait un régime en expérimentant le jeûne intermittent. Son amie d'école Deepa ne jurait que par ça. Néanmoins, depuis, elle avait lâché l'affaire.

Ses raisons de faire un régime ne se limitaient pas à rentrer dans sa robe de mariée. Depuis quelque temps, Henry et elle essayaient d'avoir un bébé. Henry était partant, bien qu'un peu moins enthousiaste que Lucy, et ils avaient tout mis en œuvre pour y parvenir. Souffrant d'endométriose, Lucy avait décidé de perdre quelques kilos pour voir si cela aidait. Les médecins recommandaient toujours en premier lieu de perdre du poids. Néanmoins, elle détestait cela et s'était demandé plus d'une fois si les hommes médecins généralistes savaient vraiment ce qu'ils faisaient à ce sujet.

Elle se promena jusqu'à un petit parc au bout de la rue et

prit place sur un banc avec vue sur la ville. En décembre, ce banc donnait soit sur une immense étendue de bleu lumineux, soit sur un brouillard dense qui camouflait les immeubles. Ce jour-là, le ciel était dégagé, d'un bleu pastel presque artistique. Elle dévora son sandwich tout en ayant conscience qu'elle mangeait pour évacuer son stress. Puis elle s'adossa contre le banc, jambes croisées, savourant sa solitude.

— Lucy ?

Surprise, elle tourna la tête vers la voix. Jacob avançait vers elle, les mains enfoncées dans les poches de son jean. Elle eut un mouvement de recul.

— Comment est-ce que tu... ? Tu m'as suivie ?

— Ouais, fit-il en s'asseyant à côté d'elle sur le banc.

— Pourquoi ?

Elle s'écarta discrètement de lui et serra les poings malgré elle.

— Je voulais te dire que j'étais désolé à propos de ma rédaction.

— Oh, souffla-t-elle en essuyant quelques miettes de son menton avant d'esquisser un sourire forcé. Merci, j'apprécie.

— Je vais mieux me comporter, affirma-t-il en baissant les yeux. Promis.

Elle n'aurait jamais cru pouvoir être émue par lui, mais elle l'était. Peut-être voulait-il s'ouvrir à elle ? Lui montrer ses failles ? Elle envisagea même de prendre ses mains dans les siennes, mais elle remua à peine le bout de ses doigts, crispée.

— Nous ferons tous les deux de notre mieux, lui répondit-elle.

— C'est joli ici, nota-t-il. C'est paisible.

Lucy hocha la tête.

— Il n'y a pas grand monde. Tu viens là souvent ? lui demanda-t-il.

— De temps en temps, pour déjeuner.

— Je croyais que tu étais au régime pour le mariage, souligna-t-il en montrant du menton l'emballage de sandwich sur les genoux de Lucy.

— Ne le dis pas à ton père, répliqua-t-elle avec un clin d'œil.

— Je ne dirai rien.

Sur ces mots, il se leva et s'en alla.

Lucy le regarda s'éloigner en se demandant si elle avait rêvé toute cette conversation. Que s'était-il passé ? Avaient-ils enfin franchi une étape dans leur relation ?

Plus tard ce jour-là, Jacob s'assit avec eux à table pour le dîner et sourit pendant tout le repas. Lucy avait cuisiné des lasagnes aux légumes et il la complimenta sur son plat. Henry arborait un sourire jusqu'aux oreilles en écoutant Jacob lui raconter comment Lucy et lui s'étaient réconciliés.

— On a déjeuné ensemble, affirma Jacob.

— Oh, c'est merveilleux, se réjouit Henry en prenant la main de Lucy.

Celle-ci se contenta de hocher la tête. « Déjeuné ensemble » ? C'était un peu exagéré. À quoi jouait Jacob ?

Celui-ci piqua un morceau de brocoli avec sa fourchette.

— On est potes maintenant, conclut-il.

— Magnifique, s'exclama son père. Et tu retournes au lycée la semaine prochaine. Alors, nous pouvons tous tourner la page, n'est-ce pas, Lucy ?

— Bien sûr, sourit celle-ci.

Cependant, intérieurement, elle bouillonnait. Jacob continuait de lui sourire tout en mastiquant son morceau de brocoli. Elle avait l'impression que son regard pénétrait son âme. Il jouait à un jeu étrange et se mettait son père dans la poche. Elle n'avait plus faim, mais elle se refusait à lui donner la satisfaction de s'en rendre compte. Alors elle se força à avaler quelques bouchées de lasagnes supplémentaires.

— Nous allons former une famille digne de ce nom, déclara Henry, complètement inconscient de la tension autour de la table.

Claire

L'agent Raj Deol, qui n'avait pas quitté sa veste fluorescente, posa sa tasse de thé sur la table de la cuisine, près de son casque.

— Cette infusion est délicieuse, sourit-il en lissant la page de son carnet de notes. Vous me disiez donc que vous aviez fait partie du jury dans une affaire de meurtre ?

— Oui, au procès de Kévin Botham, confirma-t-elle tout en hochant la tête. Il a violé et tué une femme.

Raj souffla entre ses dents serrées.

— Pas facile, comme affaire. Puis-je voir les photos jointes à l'e-mail ?

Elle tourna l'écran de l'ordinateur vers lui afin qu'il puisse voir les photos dans toute leur splendeur. Il grimaça et secoua la tête.

— Vous pensez que c'est une menace ? lui demanda Claire.

Elle sentit le regard d'Adrianna se poser sur la manche de son haut qu'elle ne cessait de triturer. À force, le tissu était effiloché par endroits. Elle adressa à Adrianna un sourire coupable et camoufla les dégâts avec sa main.

— Les mots employés sont inquiétants, constata l'agent, mais ça ne veut pas dire que l'expéditeur compte aller plus loin que cet e-mail haineux. Nous prenons au sérieux le harcèlement, mais souvent ces choses-là ne s'aggravent pas.

Claire acquiesça d'un signe de tête. Elle aurait voulu se sentir soulagée, mais non. Tout ce à quoi elle pensait, c'était au corps mutilé et couvert de bleus de la victime de Kévin. *Quelqu'un veut me faire la même chose.* C'était cette pensée qu'elle ne parvenait pas à faire taire. Elle était persuadée qu'avoir reçu cet e-mail horrible et terrifiant signifiait que quelqu'un souhaitait la violer et l'assassiner. Et puis ce serait alors sa scène de crime qui serait affichée lors d'un procès. Elle porta une main tremblante à sa gorge et libéra un souffle saccadé.

— Ce que nous allons faire, c'est essayer de tracer l'adresse IP utilisée pour cet e-mail dans le but de découvrir qui l'a envoyé.

— Oh, intervint Adrianna, j'ai déjà essayé, mais ils sont passés par une adresse intermédiaire.

Raj lui adressa un clin d'œil et répondit :

— Laissez-nous voir ce qu'on peut faire et nous vous tiendrons informées, OK ?

L'ordinateur sous le bras, il nous laissa ses coordonnées et quitta l'appartement. Claire sentit ses poumons se dégonfler et ses épaules s'affaisser lorsqu'Adrianna ferma le verrou et plaça la chaîne qui bloquait la porte d'entrée. Elle enroula un bras autour des épaules de Claire et elles s'enlacèrent, chacune s'imprégnant de la chaleur de l'autre.

— Je n'arrive pas à y croire, soupira Claire.

— Tout va bien se passer, la rassura Adrianna.

— Vraiment ?

— Mais oui ! Fais-moi confiance. Nous sommes trop fortes pour laisser ce taré nous atteindre. Et puis, peut-être que le flic a raison. Peut-être que cette personne s'est bien amusée et qu'elle va maintenant retourner se terrer dans son trou minable et nous laisser tranquilles.

— J'espère bien, oui, affirma Claire avant de s'écarter des bras d'Adrianna. Tout ça parce que j'ai accepté d'être jurée.

* * *

De retour au travail le lendemain, Claire se changea les idées avec l'une de ses tâches favorites : replacer les livres et les revues sur leurs étagères. Elle était preneuse de toute mission qui occuperait ses mains et distrairait son esprit. Nate, le bibliothécaire senior, la laissait mettre son casque audio et se déconnecter. Le rap de Cardi B résonnait dans ses oreilles tandis qu'elle rangeait une revue universitaire.

Son retour au travail soufflait un vent de normalité sur sa vie. Elle commençait à croire qu'Adrianna avait raison et que l'auteur de cet e-mail avait fini par décider de la laisser tranquille, qu'il s'agisse du frère de Kévin, Simon, ou de n'importe quel autre imbécile. Néanmoins, cela n'empêchait pas certaines pensées négatives de s'infiltrer dans son esprit.

Dans l'affaire Kévin Botham, celui-ci avait harcelé sa victime pendant deux semaines avant de l'agresser. Il s'était introduit chez elle et lui avait volé des sous-vêtements. Il avait embarqué certains de ses bijoux au passage et en avait fait cadeau à sa femme. Il l'avait suivie dans la rue, l'avait surveillée, quelques pas derrière elle. La nuit, Claire se mettait à hurler quand elle se voyait, dans son cauchemar, en train de déambuler dans une ruelle sombre sans la moindre idée qu'elle était traquée. Kévin Botham tendait la main vers elle et ses doigts frôlaient ses cheveux foncés. Toutefois, son visage devenait désormais celui de Simon Botham.

Elle augmenta le volume de sa musique pour se débarrasser de l'image du visage anguleux de Kévin Botham se muer en celui, plus arrondi, de son frère. Cela mit du temps, mais elle finit par se plonger totalement dans sa musique et ses tâches. Les basses résonnaient fort en elle, et la bibliothèque s'effaça peu à peu autour d'elle, de même que les étudiants. Alors, quand quelqu'un lui tapa soudain sur l'épaule, elle hurla.

Rouge de honte, Claire vit tous les élèves présents dans la librairie lever la tête de leurs bouquins et la dévisager. La petite rousse qui lui avait tapé sur l'épaule la fixait avec de grands yeux choqués. Claire ôta son casque et grimaça.

— Désolée, je... je voulais juste savoir si je pouvais prendre ça... expliqua la jeune fille en pointant du doigt une revue de psychologie que Claire était en train de ranger.

— Oh, oui, bien sûr.

Elle lui tendit la revue et tenta (en vain) de masquer son embarras. Elle ne savait pas trop à quel point elle avait hurlé, mais au vu de la réaction des occupants de la bibliothèque, cela avait dû être retentissant.

Elle reprit son travail sans tarder et baissa le volume de sa musique pour ne plus se laisser surprendre ainsi. Cependant, elle trembla tout le reste de la journée, car même si le harcèlement avait cessé, son anxiété ne s'en était pas allée pour autant. Et ce jour-là, ce fut en tremblant de toutes parts qu'elle quitta l'université et salua Nate et les autres en partant.

Le bus était bondé, et elle ne voulait pas qu'on puisse la surprendre par-derrière, alors elle s'assit sur l'un des sièges latéraux près du chauffeur. Ses pensées tournaient en boucle, telle une girouette infernale. Sa tentative de retrouver de la normalité avait échoué.

Puis elle se demanda ce qu'il en était des autres. Simon avait-il harcelé les onze autres membres du jury ? Elle devait se pencher sur la question. S'il n'avait envoyé les photos à personne d'autre, alors elle devait s'inquiéter d'être devenue une cible, car c'était elle qui avait orienté les autres vers le verdict de « coupable ».

Au cours de longues heures de débat, ils étaient repassés plusieurs fois sur l'ensemble des preuves. Kévin Botham et son frère avaient tous deux un casier judiciaire bien garni, allant du vol à l'étalage à l'agression, en passant par le trafic de drogue. Ils habitaient près de chez la victime et l'avocat de la défense avait déclaré que Kévin avait cambriolé la maison de la victime après un rencard avec elle. C'était la raison pour laquelle sa femme s'était retrouvée avec le collier de la victime, et non pas parce qu'il avait harcelé et tué cette dernière. Selon l'avocat, Kévin entretenait une liaison avec cette femme, il ne la traquait pas, mais aucune preuve n'allait en ce sens. Aucune photo. De plus, aucun ami ou membre de la famille de la victime ne semblait connaître Kévin ou l'avoir vu avec celle-ci. Pourtant, cette piste avait semblé suffire à faire douter de sa culpabilité les autres membres du jury. C'était Claire qui les avait fait changer d'avis.

Si Simon Bothan était au courant de cela, alors il connaissait forcément l'un des jurés.

Qui du jury était en contact avec les Botham ? Qui pouvait être leur complice ? La paranoïa prenait peut-être le pas sur sa raison. Claire se rongea l'ongle du pouce. Maintenant qu'elle avait réfléchi à tout cela, elle devait décider quoi faire ensuite. Il fallait qu'elle s'assure qu'elle n'était pas la seule jurée visée.

Colleen

Elle replaça la bouteille dans son tiroir et se mit à mâcher un chewing-gum à la menthe. Quelle quantité d'alcool avait-elle bue aujourd'hui ? Assez pour être grillée par un éthylotest ? Dans tous les cas, elle ne comptait pas prendre la route ce jour-là, vu la tempête de neige au-dehors. Néanmoins, il fallait qu'elle se reprenne, et vite. Trois mariages avaient besoin de son aide, et elle se planquait dans son bureau à enchaîner les shots de gin.

On toqua à la porte. Elle bondit de sa chaise et boita jusqu'à la porte. Son genou faisait encore des siennes à cause du froid mordant.

Elle ouvrit la porte et découvrit Adrianna face à elle, du mariage Rivers-Williams.

— Écoutez, on doit vraiment retrouver Claire, commença la mariée en entrant dans la pièce, entraînant sa robe volumineuse avec elle. Elle est… fragile.

Colleen sentit une nouvelle boule se former dans son ventre. Cette journée était une catastrophe et n'en finissait pas.

— Comment ça ?

— Elle a des problèmes psychologiques, expliqua Adrianna, les larmes aux yeux. Ses crises d'angoisse peuvent énormément la handicaper. Et je ne la trouve nulle part. Ah, et quelqu'un la harcelait ces derniers temps. Peut-être que cette personne est venue au mariage, je n'en sais rien. Cela fait des semaines qu'on se sent traquées.

— Traquées ?

Colleen posa une main contre sa poitrine réchauffée par le gin. Son cœur battait bien trop vite. Elle prit une profonde inspiration. Elle comprenait mieux désormais. Claire Rivers lui avait demandé de vérifier l'identité de tous les invités à leur arrivée avant de les laisser accéder à la réception. À l'époque, Colleen avait trouvé cela un peu parano.

— D'accord, je vais vous filer un coup de main, déclara Colleen. Je suis désolée, la plupart des employés sont partis à la recherche de Mme Rodriguez, alors je ne suis pas sûre de pouvoir rassembler beaucoup de volontaires.

Elle se mordit la lèvre tandis que les deux femmes retournaient vers le couloir. Colleen s'apprêtait à verrouiller son bureau, quand elle se précipita à l'intérieur pour y récupérer son petit classeur contenant les listes d'invités.

— Je dois faire le point sur tous les invités encore présents dans l'hôtel.

— Dépêchez-vous, s'il vous plaît... J'ai de la famille qui fouille le plus de pièces possible, mais on ne comprend pas où elle pourrait être allée...

— Êtes-vous sûre qu'elle est encore dans l'hôtel ? Peut-être est-elle partie avec les autres en quête de Mme Rodriguez ?

— Je ne sais pas.

Les larmes d'Adrianna finirent par déborder de ses paupières et Colleen lui caressa doucement l'épaule.

— Ne vous en faites pas, on va la retrouver. On va retrouver tout le monde.

— J'espère.

Une fois arrivée dans le hall, Colleen prit à part l'une des serveuses, Nina, une jeune fille aux cheveux châtain clair dont le tempérament calme semblait rassurer les invités.

— J'ai besoin de ton aide, Nina. Il nous manque pas mal de personnes actuellement, alors il faut que tu demandes le nom de chacun des invités ici et que tu mettes une coche à côté de leur nom.

Elle fourra le classeur entre les mains de la jeune serveuse.

— Ah, et voilà la liste des invités qui ont annulé leur venue à cause de la météo, ajouta-t-elle en posant une feuille sur le classeur.

— Je dois tous les recenser ? demanda Nina en arquant les sourcils.

— Oui, tous, confirma Colleen. Je repasse dans une demi-heure pour voir comment tu t'en sors.

Elle se tourna alors vers Adrianna et lança à celle-ci :

— Bon, commençons par les chambres. Cette vieille bicoque est un vrai labyrinthe, elle aurait pu se perdre.

Adrianna baissa un regard triste sur sa robe.

— Je devrais me changer. Je crois que personne ne se mariera aujourd'hui.

— Je crois bien que vous avez raison, approuva Colleen d'un air sombre. Quelle journée épouvantable ! Je me sens tellement mal pour Mme Rodriguez... Et maintenant, une des mariées qui disparaît... Et la tempête...

— D'ailleurs, je n'arrive pas à avoir un réseau stable sur mon téléphone, nota Adrianna. Est-ce que vous auriez une ligne fixe dans l'hôtel ?

— Oui, mais j'ai l'impression que les lignes sont coupées. Cela arrive parfois durant les tempêtes. Si vous parvenez à capter, je crois qu'il vaudrait mieux appeler la police. De mon côté, je n'arrive pas à avoir de réseau dans l'hôtel.

— D'accord, je vais essayer dans le hall, l'informa Adrianna.

Au grand soulagement de Colleen, la mariée parvint à joindre la police. Colleen put alors leur expliquer que l'hôtel était coupé de tout et que des invités avaient disparu. Cependant, elle savait que la police mettrait du temps à arriver à cause des routes impraticables. Les deux femmes se dirigèrent alors à l'étage, toquèrent à toutes les chambres et vérifièrent les placards d'entretien. La plupart des occupants étaient dans le hall, et tous les placards étaient verrouillés. Alors elles se rendirent dans la salle de bal, qui aurait dû accueillir le mariage des Rodriguez, dans le jardin d'hiver, où aurait dû se tenir la cérémonie des Farrah, puis dans la bibliothèque, où Claire et Adrianna étaient censées se marier une demi-heure plus tard.

— Elle n'est pas là, soupira Adrianna, les mains sur les hanches.

— Allez, l'encouragea gentiment Colleen, allons jeter un œil aux cuisines, au restaurant et à l'autre bar.

La robe d'Adrianna bruissait et virevoltait à chacun de ses mouvements. Elles avaient tant déambulé dans l'hôtel que le genou de Colleen pulsait. Cette dernière remarqua le voile de sueur sur le front d'Adrianna.

— Au fait, vous parliez de harcèlement tout à l'heure… C'est-à-dire ? lui demanda Colleen.

— Claire a fait partie du jury dans un procès pour meurtre il y a quelques mois. Depuis, elle se fait harceler par quelqu'un. Peut-être le frère du condamné.

Son menton tremblait. Colleen sentit que les événements ayant précédé le mariage avaient épuisé cette pauvre jeune fille.

— Hier soir, on s'est disputées, on s'est dit des choses horribles, balbutia-t-elle en essuyant ses larmes. Je lui ai dit que je ne voulais plus me marier, que je voulais rentrer à la maison.

— Ne vous inquiétez pas, nous allons la retrouver, fit Colleen en essayant de paraître la plus optimiste possible. Mais on dirait bien qu'elle n'est pas dans la partie restaurant.

Son regard balaya la pièce et elle remarqua un homme assis seul à une table, dos à elles. Il ne devrait pas se trouver là puisque le restaurant était fermé, mais Colleen décida de fermer les yeux. Il y avait déjà assez de monde comme ça dans le hall.

Elles tournèrent les talons et passèrent par les cuisines et le bar. Toujours pas de Claire.

— Pensez-vous qu'elle puisse être sortie ? demanda Colleen.

— Elle a peut-être voulu s'en aller. Après ce que je lui ai dit, je ne pourrais pas lui en vouloir. Et si... Et si elle était blessée ou pire ?

— Vous n'en savez rien. Essayez de ne pas laisser vos pensées dériver. Je sais que ce n'est pas simple, je serais comme vous à votre place. C'est plus facile à dire qu'à faire, mais essayez de rester calme, on...

— Mme Rodriguez a été retrouvée ! la coupa Nina en arrivant à toute vitesse.

— Oh, Dieu merci, souffla Colleen. Elle va bien ?

— Oui, elle est juste un peu déboussolée. Au fait, je me suis occupée des listes que vous m'avez confiées.

— Magnifique, ma chérie.

Avant de retourner dans le hall pour prendre des nouvelles de Mme Rodriguez, elle marqua un temps d'arrêt et parcourut les listes des yeux.

— Ce n'est pas normal, murmura-t-elle.

— Que se passe-t-il ? s'inquiéta la serveuse.

— Trois mariées et deux mariés sont encore portés disparus ?

— Oui, Lucy Greyson, Henry Farrah, Claire Rivers, Mila Davidson et Rafael Rodriguez.

— Et pourquoi certains noms ont-ils deux coches ?

— Eh bien, c'est super bizarre, répondit la serveuse. Au moins deux invités m'ont donné un nom que j'avais déjà coché. Et c'est le même stylo, alors j'imagine que c'est bien moi qui les ai cochés la première fois.

— Alors certains invités ont menti sur leur identité ? en conclut Colleen.

À côté d'elle, elle perçut le souffle paniqué d'Adrianna.

— Je... J'en ai l'impression, oui, répondit Nina.

— Tu te souviens de quoi ils avaient l'air ?

— Hmm, l'un des hommes était tout seul dans le restaurant...

Avant que Nina ne puisse terminer sa phrase, Colleen et Adrianna pivotèrent et revinrent sur leurs pas.

Mila

Mila n'avait jamais eu de famille, du moins tel était son ressenti. Bien longtemps auparavant, des pseudo-parents avaient cohabité avec elle, mais elle ne considérait pas qu'ils l'avaient élevée. Non, elle ne leur donnerait jamais cette satisfaction. Ils ne l'avaient ni nourrie ni vêtue, ils étaient bien souvent trop défoncés pour ça.

Néanmoins, il y avait eu Christopher. De onze ans son aîné, il s'était assuré qu'elle mange à sa faim, qu'elle soit scolarisée et qu'elle dispose des livres dont elle avait besoin. Quand ses parents comataient sur le canapé, il volait de l'argent dans le portefeuille de leur mère et achetait à manger. Il avait cumulé trois petits boulots dès l'âge de seize ans, dans l'unique but d'aider Mila.

Cependant, il avait quitté la maison quand Mila avait treize ans, et elle avait alors dû apprendre à survivre seule. Elle ne lui en avait jamais voulu d'être parti. La souffrance tapissait cette maison du sol au plafond. Elle savait qu'il méritait mieux que ça. Elle s'était donc retrouvée à treize ans seule avec deux parents négligents et l'argent que Christopher lui avait laissé.

Elle avait alors commencé à voler. D'abord dans les épiceries, essentiellement de la nourriture. Et puis en vieillissant, elle s'était mise à chaparder du maquillage, des vêtements, et avait même gagné en popularité à l'école en sachant plus tôt que les autres filles comment se mettre du rouge à lèvres.

Il ne lui avait pas fallu longtemps pour remarquer une chose : les regards. Des gens se mettaient à la reluquer. Uniquement des hommes. Quand elle retroussait un peu sa jupe et défaisait le premier bouton de sa chemise, ces regards se faisaient plus avides.

Christopher lui avait acheté un ordinateur bon marché pour les cours, et Mila eut tôt fait de voir comment les hommes se comportaient sur Internet. Ses parents n'avaient jamais pris la peine de surveiller ce qu'elle faisait en ligne. Son ordinateur n'était doté d'aucun contrôle parental ni d'aucun mot de passe. Aux dix-huit ans de Mila, celle-ci avait commencé à vendre des photos de son corps à des hommes en manque aux poches bien remplies... ce qui faisait qu'elle n'avait aucune idée de qui pouvait désormais la faire chanter. Il y avait trop de possibilités.

D'abord, elle se connecta sur son ancienne boîte e-mail et se replongea dans cette période sombre de sa vie. Est-ce qu'un nom se distinguerait des autres ? Elle décida de copier-coller tous les noms dans un tableau sur lequel elle pourrait se baser quand elle trouverait des indices. Puis elle les chercha sur Google, Facebook, Instagram et Twitter. Deux d'entre eux étaient morts, l'un d'un suicide, l'autre d'un cancer. Trois hommes semblaient si riches d'apparence qu'elle doutait qu'ils aient besoin de la faire chanter. Cela ne lui laissait que deux noms à étudier. Malheureusement, tous deux avaient des profils privés sur leurs réseaux sociaux. Elle scruta leurs photos de profil souriantes et se demanda quoi faire.

Elle décida de jeter un œil sur LinkedIn, et ce fut un coup de génie. Ces hommes étaient du genre à ne pouvoir s'empêcher d'étaler tous leurs succès sur la toile. Il lui suffit alors de se créer un faux profil en piochant dans une banque d'images pour découvrir où et dans quoi bossaient les deux hommes.

Roger Smythson, cinquante-cinq ans, était cadre moyen dans une université. Il n'avait pas reçu de promotion depuis plus de dix ans, ce qui était plutôt intéressant. *Bah alors, Roger, pas d'augmentation ?* Elle savait que le secteur universitaire avait souffert de la crise de 2008, provoquant des gelées de salaires pendant plusieurs années. Peut-être que Roger s'était senti injustement lésé et en avait eu marre de ne pas avancer dans la vie. Peut-être qu'il avait parcouru ses vieux e-mails et était retombé sur les photos de Mila. Peut-être qu'il avait creusé un peu et découvert qu'elle était fiancée à un homme fortuné. C'était plausible. Elle prit note de l'adresse de sa faculté et de son adresse e-mail professionnelle.

L'autre homme, Dominic Harding, possédait sa propre entreprise de comptabilité. Cependant, quand Mila cliqua sur le lien de l'entreprise, elle découvrit que celle-ci ne comptait que trois employés. Elle consulta son site Internet et tomba sur un vieux modèle de blog WordPress qui n'avait pas été mis à jour depuis des années. Son visage rond et souriant apparut sur l'écran et elle l'imagina rouge et trempé de sueur, en train de fixer les photos dénudées qu'elle lui avait envoyées. Cela ne lui inspirait ni honte ni dégoût. Non, elle considérait plutôt que ces erreurs passées faisaient désormais sa force. Du moins, elle l'espérait. L'autre option n'était pas envisageable. Hors de question que les Dominic Harding de ce monde aient le moindre pouvoir sur elle. Non. *Elle* avait le pouvoir. Maintenant, elle devait trouver comment s'en servir.

Ces deux hommes médiocres constituaient des suspects évidents, et il fallait qu'elle les écrase avant que l'un d'eux ne l'écrase. Elle se mordilla l'intérieur de la joue en réfléchissant.

Lorsqu'à ses treize ans son grand frère Christopher avait quitté le foyer familial, elle avait appris à ses dépens que son instinct de survie était ce qu'elle avait de plus précieux dans la vie. Et étonnamment, malgré toutes les galères sous lesquelles elle avait d'abord été ensevelie, elle en était ressortie telle une plante florissante au printemps. Avec Rafael, elle s'était construit une nouvelle vie, une vie qui lui offrait de la liberté. Un but. Elle ne renoncerait jamais à cela, quel que soit le nombre de pervers à deux balles qui tenteraient de la faire chanter.

* * *

Mila patientait dans un café en face de la fac de droit de l'université de Leeds. Elle portait un chemisier blanc, une mini-jupe en tartan, des collants opaques et des talons hauts. Elle ne cherchait pas à passer incognito, non, elle voulait se faire remarquer et ressembler à une version adulte de la fille qui avait autrefois envoyé des photos de son corps d'ado à des hommes d'âge mûr. Elle avait tressé ses cheveux et mis du rouge à lèvres rose poudré. Elle avait envisagé de mettre des tennis et de se faire des couettes, mais elle ne voulait pas non plus en faire trop. Et puis elle ne savait pas si Roger craquait encore pour des gamines, alors elle avait décidé de rester soft dans ses références à un uniforme d'écolière.

Depuis plusieurs jours, elle faisait des allers-retours à Leeds. Elle disait à Rafael qu'elle avait des rendez-vous avec le traiteur pour le mariage. En réalité, elle se postait près de la fac de Roger et l'observait. Le premier jour, installée dans sa voiture avec des donuts, elle l'avait vu entrer dans le café face à la fac et commander un sandwich pour le déjeuner. Le deuxième jour, il avait fait la même chose. Elle attendait désormais à l'intérieur avec un café frappé. La pluie glacée de décembre tombait sur les pavés au-dehors, mais elle avait besoin de l'aide d'une boisson fraîche pour se calmer.

Elle jeta un œil à l'heure sur son téléphone : 12 h 20. La

veille, il était entré dans le café à 12 h 05. Il devait probablement y avoir cinq minutes à pied depuis la fac. Il était en retard. Peut-être avait-il une réunion ? Ou peut-être avait-il décidé de déjeuner à son bureau ce midi-là ?

Soudain, ses muscles se tendirent. Elle l'aperçut sur le trottoir d'en face. Il portait un pantalon trop petit pour lui, dont la ceinture le comprimait sous son vendre bedonnant. Il arborait une cravate et des chaussures aux semelles épaisses. Il se penchait pour se protéger de la pluie, dépourvu de parapluie. Mila tenta de se souvenir de ses dix-huit ans, de l'innocence qui se cachait derrière la carapace robuste qu'elle affichait aux yeux au monde. Elle repensa aux e-mails de cet homme. Avait-il été gentil ? Sa gentillesse n'avait-elle été que pure manipulation ? Certains de ces hommes avaient tenté de la baratiner pour la convaincre de les rencontrer. Peut-être Roger en avait-il fait partie.

Il entra dans le café et la remarqua immédiatement. Elle l'observait tout en jouant paresseusement avec sa paille du bout de la langue. Le rouge monta aux joues de Roger. Était-ce de la peur ou de l'excitation ? Elle étudia son visage afin de déterminer s'il l'avait reconnue ou non, mais il ne semblait pas que cela soit le cas. Roger s'humecta les lèvres et avança gauchement vers le comptoir. Mila se leva et se plaça derrière lui, tout près. Elle remarqua le fin voile de sueur dans sa nuque.

— Oh non ! s'exclama-t-elle assez fort.

Un ange passa, puis Roger se retourna légèrement, juste assez pour lui jeter un regard.

— Je suis vraiment désolée, reprit Mila d'une voix mielleuse, j'ai oublié ma carte bleue chez moi et je n'ai pas assez pour un café. Est-ce que vous accepteriez de me dépanner de vingt centimes, s'il vous plaît ?

— Pas de problème, répondit-il en plongeant la main dans sa poche pour en ressortir une poignée de pièces de monnaie.

Elle toucha délibérément ses doigts en lui prenant une pièce de vingt centimes.

— Ce n'est pas dans mes habitudes, je vous assure, je me sens bête ! déclara-t-elle. Mais il me reste une heure à tuer avant mon entretien d'embauche et je ne vais pas tenir sans un autre café.

— Ce ne sont que vingt centimes, dit-il en riant nerveusement.

— Ça vous dirait de vous joindre à moi ? lui proposa-t-elle.

— Vraiment ?

Ses yeux s'illuminèrent.

— Oui, j'aurais bien besoin de discuter pour penser à autre chose. Je suis tellement stressée !

— D'accord, alors.

Ils commandèrent leur boisson et s'installèrent à la table de Mila. Le cœur de celle-ci manqua un battement. Elle n'avait pas de plan précis sur sa façon de s'y prendre. Elle gardait un atout dans sa manche, comme à son habitude, mais s'en servirait-elle ou tâterait-elle le terrain en faisant confiance à son instinct ? Tandis qu'ils prenaient place, Mila observa Roger pour savoir à qui elle avait affaire. Était-il le même homme qu'à l'époque ? Enfin, il n'y avait pas fort à espérer d'un homme qui achetait des photos dénudées à une gamine de dix-huit ans.

— Moi, c'est Roger, se présenta-t-il.

— Millie, répondit-elle en espérant qu'il se souvienne de ce nom.

À l'époque, elle utilisait l'adresse e-mail millieminx@ymail.com. *Ça te dit quelque chose, mon pote ?* se demanda-t-elle en se plongeant dans ses yeux bleus.

— Où avez-vous rendez-vous pour votre entretien ?

— À l'université, pour un poste administratif.

— Je travaille à la fac de droit, je peux peut-être vous filer quelques tuyaux.

— Oh, ce serait hyper gentil !

Pendant dix minutes, elle le laissa lui prodiguer tous ses conseils, à coups de « mettez-vous en valeur tout en faisant preuve d'humilité ». Il lui demanda où elle avait travaillé par le passé, et elle inventa des réponses au fil de la conversation, tel que son boulot d'assistante auprès d'un dentiste jusqu'à ce que celui-ci lui fasse des avances inappropriées. Elle se fit passer pour une petite fleur délicate qui avait besoin d'être protégée. Le regard de Roger dériva vers le premier bouton de sa chemise.

Son panini arriva et l'odeur retourna l'estomac de Mila. Les sandwichs tout faits avaient une odeur unique, celle d'un pain trop sucré garni de fromage en plastique.

— Vous êtes marié, Roger ? lui demanda-t-elle.

— Divorcé, affirma-t-il.

Mila nota l'alliance à son doigt. *Menteur.*

— Vous avez des enfants ?

— Non, malheureusement.

Menteur. Elle avait vu une adolescente sur la photo de couverture de son profil Facebook. Toute la petite famille posait devant un hôtel de tourisme au coucher du soleil. Et sur le profil de sa femme, elle était tombée sur la photo d'un bouquet de roses rouges accompagnée de la légende : « De la part de mon petit mari d'amour pour notre anniversaire de mariage ». Cela datait du mois précédent.

— Vous auriez voulu avoir des enfants ?

— Oui, bien sûr.

— Une fille ?

— Ou un garçon, sourit-il. Je ne suis pas difficile.

— Mais bon, j'imagine que vous êtes trop vieux maintenant.

Le visage de Roger vira au rouge cramoisi.

— Est-ce que ça fonctionne encore, d'ailleurs ? lui

demanda Mila en faisant signe vers son entrejambe dissimulé par la table.

— Je vous demande pardon ?

— Ce n'est pas vous, hein ? lança-t-elle alors en le scrutant. Après l'avoir écouté jacasser au sujet des entretiens d'embauche, elle était à peu près sûre qu'il n'était pas celui qui la faisait chanter. Roger ne pouvait être aussi bon acteur. Il n'avait aucune idée de ce qui se passait.

— Qu'est-ce qui n'est pas moi ? balbutia-t-il en jetant un coup d'œil autour de lui, sans doute inquiet que quelqu'un ait pu entendre ce commentaire sur le fait que son sexe ne fonctionnait plus.

— Roger Smythson, cinquante-cinq ans, vous utilisiez à l'époque l'adresse e-mail rogerrabbitroger@unet.com et vous me payiez surtout par PayPal. Vous aimiez que je pose avec un lapin en peluche entre les jambes.

Le visage rouge de Roger devint alors blanc comme un linge.

— Ah, maintenant, vous me reconnaissez. Et vous vous souvenez du nom de « Millie », n'est-ce pas ?

Elle soupira, puis poursuivit :

— Je ne pense pas que vous soyez l'homme qui me fait chanter, mais au cas où il y aurait une chance infime que tout ceci soit de la comédie, laissez-moi vous dire quelque chose. J'ai toujours ces e-mails, Roger. J'ai des captures d'écran à votre nom de toutes les transactions. Certes, vous étiez plus jeune à l'époque, mais vous étiez tout de même bien trop vieux pour craquer sur des ados. Alors si l'envie vous prenait de diffuser ces photos, sachez que j'enverrais toutes les preuves à votre femme, à votre fille et à votre patron. C'est clair ?

Il hocha la tête.

— Et merci pour les vingt centimes, conclut-elle en se levant avant de quitter le café.

Lucy

Son téléphone coincé entre son oreille et son épaule, Lucy expliquait à Colleen, l'organisatrice de mariage, que sa grand-tante aurait besoin d'un fauteuil roulant sur le lieu de la réception et que son cousin était allergique au gluten. Alors qu'elle débitait mille mots à la minute de peur d'oublier quelque chose, elle remuait la sauce arrabbiata qu'elle préparait pour les pâtes.

Henry avait invité quelques-uns de ses étudiants à la maison pour le dîner... mais il avait prévenu Lucy à la dernière minute. Alors le menu resterait simple : spaghettis, sauce tomate relevée et escalope de poulet.

— Merci, Colleen, fit-elle en faisant tourner sa cuillère en bois dans la casserole dans le sens des aiguilles d'une montre. Je crois que je t'ai tout dit concernant les invités. Je te transférerai la commande des chemins de table demain.

Elle raccrocha, essuya la sueur sur son front et se demanda si elle avait le temps de se changer avant l'arrivée des étudiants d'Henry. Celui-ci ne lui avait même pas donné leur nom, alors elle se disait qu'elle ne les avait probablement pas encore rencontrés. Henry se plaisait à repérer les étudiants les plus prometteurs pour les prendre sous son aile. Lucy aimait ce côté généreux chez lui. Le souci, c'était qu'Henry n'accordait plus aussi souvent toute son attention à Lucy qu'auparavant. Cela lui faisait mal de se l'avouer, mais l'attention dont il l'avait couverte autrefois était l'une des raisons qui l'avaient fait tomber amoureuse de lui.

Contre toute attente, ils s'étaient connus en ligne, grâce à une application de rencontres. Henry était encore fragile après le décès soudain de sa première femme, et Lucy encore chamboulée après avoir quitté son ex-petit ami violent. Elle aimait se dire qu'ils avaient guéri ensemble, chacun à sa façon. Et même si Lucy avait conscience qu'Henry ne se défaisait jamais du professeur en lui, aimant être plus âgé et fort de son intelligence et de son expérience, elle savait également qu'elle jouait bien volontiers l'ingénue avec lui.

— Besoin d'un coup de main ?

Jacob apparut dans l'encadrement de la porte comme par enchantement. Comment avait-il pu venir jusque-là aussi silencieusement ? Il se tenait voûté, les mains enfoncées dans les poches de son baggy. Il secoua la tête pour écarter une mèche de cheveux qui tombait sur ses yeux.

— Avec plaisir, oui.

Lucy posa la cuillère en bois sur une planche à découper et lui fit signe d'approcher. La présence de son futur beau-fils la crispait, mais elle souhaitait réellement y mettre du sien pour aller de l'avant si lui aussi était sincère dans sa volonté d'enterrer la hache de guerre.

— Tu pourrais continuer de mélanger pendant que je vais me changer ? J'en ai pour une minute à peine.

Alors que Lucy s'apprêtait à quitter la cuisine, elle entendit Jacob lui lancer :

— Tu crois qu'il se tape l'étudiante qui vient ce soir ?

Le visage de Lucy devint livide. Elle se retourna vers lui au ralenti.

— Pardon ?

— Mon père, tu crois qu'il se tape cette étudiante ?

Sa mâchoire lui en tomba et elle se figea, à la recherche d'une réponse adéquate à lui fournir. Elle n'avait pas les mots. Elle secoua légèrement la tête, et Jacob se mit à rire.

— Putain, tu devrais voir ta tête ! lança-t-il.

— Quoi ?

Il rit de plus belle, d'un rire horrible, creux et moqueur, tout en continuant de remuer la sauce.

— Je te fais marcher, Lucy. Mon père ne te tromperait jamais, voyons. Il t'aime. N'est-ce pas ?

Elle secoua de nouveau la tête, essayant de paraître solide devant l'adolescent face à elle. Pourquoi était-ce aussi difficile ? Pourquoi l'intimidait-il autant ?

— Bien sûr que non, il ne me tromperait pas, bredouilla-t-elle. Jacob, tu ne peux pas... Enfin, ce n'était pas drôle. Ne me parle pas comme ça. Tu me dois le respect, d'accord ?

— Ouais, ouais, *maman*, répliqua-t-il en fixant la sauce dans la casserole.

Lucy remarqua le frémissement au coin de ses lèvres, signe d'un sourire qu'il avait du mal à contenir.

Lorsqu'elle s'en alla, ses jambes flageolaient. Elle se cramponna à la rampe pour monter les escaliers. Visiblement, la hache de guerre était loin d'être enterrée. À moins qu'il n'ait pas conscience de son comportement détestable ? Lucy ne le savait pas. Une fois arrivée dans sa chambre, elle enfila une robe bleue mi-longue et vaporisa un peu de parfum floral au creux de ses poignets. Encore abasourdie, elle regagna la cuisine, remercia Jacob pour son aide, râpa du parmesan et assaisonna de la salade en guise d'accompagnement. Elle avait préparé du brownie pour le dessert. C'était assez basique, mais après tout, elle recevait des étudiants, ils se fichaient de la cuisine gastronomique. Du moins, elle l'espérait.

À la surprise de Lucy, Henry arriva à la maison accompagné de Sunil, son protégé de longue date qu'elle avait déjà croisé plusieurs fois. Quelques-uns de ses muscles crispés se détendirent. Cependant, entra alors une jeune femme aux cheveux de jais, au teint hâlé et aux magnifiques yeux noisette. Elle n'était pas très grande – elle mesurait sans doute un peu moins d'un mètre soixante – et portait un jean palazzo ainsi qu'un crop top qui révélait la peau bronzée de ses abdominaux.

Henry embrassa Lucy sur la joue et haussa les sourcils en découvrant le menu.

— Des pâtes ! Ça tombe bien, Sofia est italienne !

Lucy jeta un coup d'œil à la superbe jeune femme dans sa cuisine.

— Oh, mon Dieu ! Elles se sont un peu agglutinées, j'espère que tu me pardonneras le manque d'authenticité de la recette.

— Ça sent super bon, ne vous en faites pas, sourit-elle sincèrement.

— Tu vis au Royaume-Uni depuis longtemps ?

— Depuis environ six ans, répondit-elle en repoussant une mèche de cheveux derrière son épaule.

Henry servit à boire à tout le monde et invita les convives à prendre place dans la salle à manger pendant que Lucy sortait du four le pain à l'ail, mortifiée en songeant qu'elle allait servir à une Italienne du pain à l'ail surgelé du supermarché. Lorsqu'elle arriva les bras chargés, elle remarqua Jacob assis à table en silence. Elle faillit esquisser un sourire narquois. Lorsqu'il était entouré d'inconnus, Jacob cessait aussitôt ses fanfaronnades. Il redevenait un ado mal à l'aise qui n'avait rien à dire. Et pour une fois, elle se délecta de sa gêne.

Elle prit place à côté d'Henry, face à Sunil, et fit signe à tout le monde de se servir.

— Comment se passent les préparatifs du mariage, Lucy ? lui demanda Sunil en se servant des spaghettis.

— C'est incroyable tout ce qu'il y a à organiser, répondit-elle. Je n'arrête pas de me réveiller en pleine nuit en pensant aux housses de siège ou aux chemins de table !

— Des housses de siège ? C'est quoi, ça ? s'amusa Sunil.

Lucy sourit, se réjouissant d'être incluse dans la conversation pour une fois. Ce genre de dîner finissait inévitablement par basculer sur des discussions à propos de l'université qui la mettaient de côté.

— Eh bien, ce sont des sortes de pans de tissu qu'on met sur les chaises pour les rendre plus jolies, expliqua-t-elle avant de prendre une gorgée de vin. Je suis sûre que tu auras affaire à ces choses-là dans un futur pas très lointain. Tu fréquentes toujours la jolie jeune fille que j'ai rencontrée à la soirée de la fac ?

Sunil baissa les yeux sur ses mains, puis répondit :

— Non, malheureusement. Elle a accepté un emploi à New York.

— Oh, mon Dieu, je suis désolée ! s'exclama Lucy, mortifiée, en plaquant une main contre sa poitrine. Je ne savais pas du tout. Vous n'avez pas envisagé une relation à distance ?

— Avec moi, c'est plutôt tout ou rien, fit Sunil en haussant les épaules.

Henry ne tarda pas longtemps avant de recentrer la conversation sur le financement des doctorats de l'université, et l'esprit de Lucy dériva vers la liste des choses qu'il lui restait à faire pour le mariage. Son regard se posa brièvement sur Jacob, assis de l'autre côté de la table, toujours silencieux, remuant ses pâtes sans vraiment en manger. Une nouvelle fois, il lui avait montré son côté cruel un peu plus tôt, mais finalement, Jacob n'était rien d'autre qu'un ado aux émotions altérées qui pleurait toujours la mort de sa mère. Devrait-elle le pardonner en raison de cela ? Devrait-elle passer l'éponge ? Ce n'était pas simple à dire, encore moins avec un ou deux verres de vin dans le nez.

Pendant que les autres poursuivaient leurs échanges, Lucy débarrassa les assiettes, emportant avec elle les restes de Jacob. Elle apporta ensuite à table le brownie et la glace. Sofia ne tarit pas d'éloges sur le brownie, mais se contenta d'en prendre deux bouchées avant de repousser son assiette. Sunil lui resservit du vin plusieurs fois et une teinte rosée prit possession de ses joues. De temps en temps, Sunil tentait d'inclure Lucy dans la conversation, lui demandant ce qu'elle pensait d'un auteur qu'ils étudiaient à l'université ou si elle avait lu l'un des livres qu'ils mentionnaient. Cela partait d'un bon sentiment, mais souvent cela ne faisait que lui rappeler combien elle était en décalage avec la vie professionnelle d'Henry. Alors elle se resservait du vin généreusement, engloutissant tellement de Pinot Grigio que ses jambes se mirent à flageoler lorsqu'elle se leva pour débarrasser.

— Attends, je vais t'aider, lui lança Sunil en empilant les bols pour qu'elle puisse les rapporter à la cuisine.

Lucy jeta un regard en arrière vers la salle à manger et vit Sofia et Henry se tenir de plus en plus près l'un de l'autre, plongés dans leur discussion. C'était peut-être le vin, mais une vague de colère la submergea soudain. Elle claqua les bols contre le comptoir de la cuisine.

— Est-ce que je suis folle ? lâcha-t-elle. Est-ce que je pète les plombs ?

— Pas à ma connaissance, répondit Sunil en fronçant les sourcils alors qu'il lavait les couverts. Ça va ?

— Pourquoi ai-je l'impression qu'il se passe quelque chose entre Sofia et Henry ?

Sunil posa les couverts propres sur l'égouttoir et pencha la tête en l'observant, comme s'il cherchait à déchiffrer Lucy. Puis il tendit la main et la posa sur l'avant-bras de celle-ci.

— Lucy, voyons, pourquoi te tromperait-il ? Tu es géniale.

La température de Lucy monta, de son visage au bout de ses orteils. Elle fut prise d'un coup de chaud lorsqu'il posa la main sur son bras, et c'était mal, mais elle était ivre, et Sunil avait de doux yeux noisette, et son fiancé lui avait à peine adressé la parole de toute la soirée.

Sunil se rapprocha d'un pas et baissa la voix.

— Tu es géniale, vraiment. Tu as du charme, tu es belle, dix fois plus que Sofia. Et tu es une cuisinière hors pair. Tu es incroyablement gentille, chaleureuse...

Il pressa son bras. Elle était incapable de détacher son regard du sien. Elle savait qu'elle le devait, elle avait perçu tous les signaux d'alerte, mais elle était envoûtée. Son rythme cardiaque ralentit, le temps se figea, et elle fixait encore le jeune homme face à elle. Puis elle remarqua la distance entre eux qui se réduisait. L'air s'alourdit. Il se pencha vers elle, les lèvres entrouvertes, et une alarme assourdissante résonna dans sa tête. Leurs lèvres s'effleurèrent brièvement. Elle sentit sa douceur, la chaleur délicate de son corps contre le sien. Et puis son cœur bondit dans sa poitrine. Elle se réveilla de sa léthargie et posa gentiment une main sur le torse de Sunil. Il s'interrompit immédiatement et s'éloigna d'elle. Sa main lâcha le bras de Lucy.

— Désolé.

Ce fut tout ce qu'il prononça. Il se détourna et quitta la cuisine, bousculant une chaise sur son passage. Lucy se redressa en prenant appui sur le comptoir et attendit que son cœur se calme. Elle frotta sa bouche d'une main dans l'espoir de tout effacer de ce moment.

Du mouvement de l'autre côté de la pièce attira son regard. Quand elle tourna la tête, elle vit Jacob dans l'encadrement de la porte, comme un peu plus tôt. Il ne dit pas un mot, mais un sourire suffisant s'étira sur ses lèvres.

Une seconde. Ce fut tout ce qu'il fallut au sang de Lucy pour passer d'une chaleur bouillonnante à un froid glacial. Une seconde face au sourire sournois plaqué sur le visage de Jacob.

Claire

À trois semaines du mariage, Adrianna et elle n'avaient plus que les touches finales à apporter aux préparatifs, comme la confection des guirlandes décoratives, des pots à confiture transformés en vases de table et des petits cadeaux pour les invités. Plus que jamais, elle aurait dû sentir le stress du grand jour lui chatouiller le ventre. Elle n'aurait pas dû éprouver de la terreur. Au lieu de gérer le plan de table et le père peu fiable d'Adrianna, qui était inquiète qu'il puisse ne pas venir, Claire était hantée par l'image de Simon Botham. Elle contempla sa robe de mariée et tenta de s'imaginer dedans, les cheveux bouclés et les joues rosies. Elle ne ressentit rien d'autre que de la crainte, alors que quelques jours plus tôt elle se trouvait sur un petit nuage.

Son corps fut parcouru d'une décharge électrique quand la porte d'entrée claqua, mais elle laissa échapper un soupir de soulagement tremblotant quand Adrianna l'appela depuis les escaliers. Puis elle réalisa qu'Adrianna ne pouvait pas voir sa robe avant le grand jour, alors elle sauta sur ses pieds et replaça sa robe de dentelle et de soie dans sa housse protectrice.

— Au fait, chérie, lança Adrianna, j'ai trouvé la carte pour… Oh non, tu as triché, avoue !

— Jamais de la vie ! s'offusqua Claire en se tournant vers sa fiancée, l'air faussement outrée.

— Je parie que si !

— Je regardais *ma* robe, assura Claire.

Adrianna fit quelques pas vers l'armoire et vérifia l'étiquette sur la housse.

— Bon, d'accord, je te crois, sourit-elle.

— Attends un peu, répliqua Claire, les mains sur les hanches. Tu penses vraiment que j'aurais pu tricher et jeter un coup d'œil à ta robe ? C'est réellement ce que tu penses de moi, mon amour ?

— Carrément ! Je sais que la femme qui a retourné toute notre chambre à la recherche de ses cadeaux d'anniversaire en serait capable.

— C'est arrivé une fois ! Une seule ! argua-t-elle avant d'enrouler ses bras autour de la nuque d'Adrianna pour l'attirer dans un baiser. Attends, tu disais quoi en arrivant ?

— Ah oui ! réalisa Adrianna en s'écartant pour attraper son sac à main sur le lit. Je disais que j'avais trouvé une carte d'anniversaire pour ta grand-mère. Elle est quelque part là-dedans…

Adrianna fouilla dans son sac, en sortit une brosse à cheveux et son portefeuille, puis s'exclama :

— Oh là là, mon cœur, il ne fallait pas ! Qu'est-ce que c'est ? Quand l'as tu glissé dans mon sac ?

Claire eut l'impression de se prendre un uppercut dans le ventre quand elle vit Adrianna sortir un petit écrin en velours noir de son sac.

— C'est un bijou ? Mon Dieu, je n'ai rien pour toi… C'est pour le mariage ? Pour aller avec ma robe ?

— Non, murmura Claire. Non, ne… ne l'ouvre pas.

Trop tard. Le petit écrin s'ouvrit en grinçant pour laisser

apparaître un médaillon en forme de cœur sur une fine chaîne en or.

— Je... Ce n'est pas moi qui ai mis ça dans ton sac, Ad'.

Claire souffrit de voir la joie illuminer le visage de sa fiancée. Cela lui faisait mal de se rendre à l'évidence : quelqu'un d'autre avait placé ce collier dans le sac d'Adrianna. Lentement, Claire vit sa fiancée comprendre. Elle vit son sourire se crisper puis s'évanouir. Elle vit toute couleur quitter ses joues.

— Ne dis pas n'importe quoi, souffla doucement Adrianna. Qui d'autre aurait...

Adrianna ne termina pas sa question, et Claire n'avait pas besoin d'y répondre. Elles savaient toutes les deux qu'il s'agissait de la personne qui avait envoyé à Claire les photos de la scène de crime.

— On devrait appeler la police, déclara Claire.

Alors qu'Adrianna s'emparait de son téléphone, Claire se sentit attirée par l'écrin de velours qui reposait sur le lit. Elle l'attrapa, vaincue par sa curiosité. Elle fit doucement pression sur la petite encoche du médaillon, et celui-ci s'ouvrit, révélant deux photos à l'intérieur. Celle de gauche était une impression de sa photo de profil Facebook, un cliché d'Adrianna et elle en randonnée, les cheveux en bataille, un grand sourire jusqu'aux oreilles et les yeux plissés à cause du vent qui leur venait de face.

La photo de droite provoqua à Claire un haut-le-cœur. Elle reconnut immédiatement le visage couvert d'ecchymoses et ensanglanté de la victime de Kévin, et ses doigts furent pris de tremblements. Elle balança le médaillon sur le lit, dégoûtée par la seconde photo, et saisit le petit écrin du bijou. Maintenant qu'elle savait que ce n'était pas un colis piégé miniature, elle voulait en analyser chaque millimètre. Elle avait besoin de savoir pourquoi quelqu'un l'avait dans son collimateur. Le frère de Kévin savait-il qu'elle avait été la première parmi le jury à plaider en faveur de la culpabilité de l'accusé ? Si oui, comment l'avait-il su ?

Une petite carte tomba de l'écrin et elle retint sa respiration. Voilà. C'était le moment d'être fixée. Elle retourna le bout de papier pour y découvrir des mots imprimés : « Beau et heureux mariage ».

— L'agent Deol arrive, l'informa Adrianna avant de s'emparer de la carte. « Beau et heureux mariage » ? Merde alors...

Elle la jeta sur le lit avec une expression de dégoût.

— Je n'arrive pas à croire que quelqu'un ait mis ça dans mon sac. Quelqu'un a réellement touché mon sac et...

Elle porta une main à sa bouche.

Claire était prise de nausée. La pièce lui donnait le tournis, comme si elle était emplie de leurs angoisses.

— Où es-tu allée aujourd'hui ? Mets tout ça par écrit, surtout les moments où tu as laissé ton sac hors de ton champ de vision.

— Ce n'est pas arrivé, répondit Adrianna. Mais j'ai foncé dans quelqu'un, une femme. On passait toutes les deux le coin d'une rue dans le centre et on s'est percutées. Tu penses qu'elle aurait pu glisser ça dans mon sac ?

Claire fixa ses mains tremblantes quelques instants. Une femme ? Ça ne collait pas. À moins que cette femme ait été payée pour glisser le collier dans le sac d'Adrianna.

— Raconte-moi exactement ce qui s'est passé. Il y avait des gens autour ?

— Oui, pas mal de monde. Je marchais sur le trottoir et j'ai tourné au coin de la rue pour aller vers la gare. Je crois que je pianotais sur mon téléphone. Je ne l'ai pas vue du tout, et on s'est carrément rentrées dedans. On ne s'est pas simplement bousculé l'épaule, non, j'ai carrément été propulsée quelques pas en arrière et j'en ai laissé tomber mon téléphone.

Adrianna plaça ses mains sur ses hanches et regarda par la fenêtre d'un air pensif, comme si un autre détail lui revenait.

— J'ai posé mon sac par terre, se remémora-t-elle. Elle avait fait tomber ses livres et je l'ai aidée à les ramasser.

— Ton sac est resté sous tes yeux, ou il était derrière toi ?

— Il était derrière moi.

— Alors j'imagine que soit cette femme est impliquée et a foncé sur toi délibérément, soit l'homme qui nous harcèle a profité de cet incident.

Claire saisit son téléphone et montra à Adrianna une photo de Simon Botham datant du procès.

— Tu as vu cet homme en te promenant ?

— Non, répondit Adrianna en secouant la tête, les larmes aux yeux. Mon Dieu, Claire, c'est flippant. C'est tellement... tellement...

Claire se redressa vivement et serra Adrianna dans ses bras.

— Je sais. Je suis tellement désolée, tout est ma faute...

Alors qu'elle essuyait les larmes sur les joues de sa fiancée, Claire ne pouvait s'empêcher de penser à quel point quelqu'un qu'elle aimait s'était trouvé proche de *lui*. Elle était persuadée qu'il l'avait suivie.

— Quand est-ce que ça s'arrêtera ? demanda Adrianna d'une toute petite voix.

Un élément frappa Claire.

— Ils vont forcément le voir sur des caméras de surveillance, nota-t-elle. Il a merdé. Enfin, ou *ils* ont merdé, si la femme était sa complice. Impossible qu'il ait pu déambuler dans Manchester sans apparaître sur des caméras.

— J'espère que tu as raison, soupira Adrianna en hochant la tête tandis que de la couleur revenait peu à peu sur ses joues.

— J'ai *toujours* raison, non ?

— Haha, ça me rappelle quelque chose, sourit Adrianna. Au boulot, Nigel m'a demandé si après notre mariage nous serions alors deux « Madame Je-sais-tout ».

Elle essuya une larme sur sa joue et rit doucement.

— C'est juste un abruti, rétorqua Claire en souriant, presque soulagée de pouvoir plaisanter d'une petite pique comme celle-là.

Elle ramassa le collier, puis elles descendirent et se préparèrent du thé en attendant l'arrivée de la police. Réconfortée par la chaleur de la tasse entre ses mains, Adrianna nota tout ce dont elle se souvenait de l'incident, de son chemin vers la gare à l'heure précise de l'événement, en passant par une description détaillée de la femme qui avait failli la faire chuter. Quand l'agent Deol arriva, elles lui expliquèrent tout et lui confièrent le médaillon avant qu'il ne reparte.

— Ils prennent ça au sérieux, c'est bien, balbutia Adrianna en serrant la main de Claire dans la sienne et en lui adressant un sourire qu'elle voulait rassurant.

— Je sais. C'est juste flippant.

Une fois l'agent parti, elles vérifièrent tous les verrous de la maison. Elles consultèrent même l'enregistrement de la caméra de leur porte d'entrée au cas où elles y apercevraient quelque chose de suspect. En vain. Claire se sentait lessivée. Pourtant, elle resta éveillée bien après Adrianna, son ordinateur en équilibre sur l'accoudoir du canapé. Elle tapa dans la barre de recherche le nom de tous les jurés dont elle se souvenait et prit autant de notes que possible. Elle fit de même avec Kévin et son frère Simon, en quête du moindre point commun. Leurs visages lui filaient des sueurs froides, et elle passa un châle autour de ses épaules. Quelqu'un aidait les deux frères, mais qui ?

La Mariée

Elle patienta pendant une trentaine de secondes, peut-être un peu plus, tout en observant l'homme s'approcher de la fenêtre, un fusil de chasse à la main. Elle avait déjà vu sa future moitié se balader sur le domaine de l'hôtel avec un tel fusil sur l'épaule durant le ball-trap. Cet homme avait sûrement volé un fusil dans l'armurerie, et désormais il la traquait.

Il portait un costume, laissant penser qu'il était invité à un mariage. Sa silhouette était fine et il devait mesurer environ un mètre quatre-vingt, même si c'était difficile à estimer étant donné qu'elle se situait en hauteur sur la colline. Elle ne pouvait voir son visage à cause de la casquette de baseball qu'il portait. Il ne levait pas non plus la tête. Qui porterait une casquette de baseball avec une tenue de mariage ? Il était évident que l'homme s'en servait délibérément pour ne pas être reconnu.

Qu'est-ce que tu fiches ici avec cette arme ? se demanda-t-elle intérieurement. Elle le vit se coller à la fenêtre et jeter un coup d'œil à l'extérieur. Elle se redressa vivement et se cacha derrière l'arbre, s'appuyant contre l'écorce rêche. *Merde,*

merde, merde. L'avait-il repérée ? La seule arme dont elle disposait était une paire de ciseaux. Cela ne paierait pas de mine face à un fusil de chasse.

Elle n'osa pas jeter de nouveau un œil vers le chalet. Au lieu de cela, elle se mit à courir vers le haut de la colline en suivant ce qu'elle espérait être une ligne droite, essayant de rester hors du champ de vision de l'homme. Cependant, elle avançait au ralenti. Elle avait l'impression de courir dans des sables mouvants alors que la neige aspirait ses pieds à chacun de ses pas. Au moins, ses empreintes seraient vite recouvertes, même si elle était persuadée qu'il en repérerait tout de même une partie.

Merde, elle n'aurait pas dû s'attarder à proximité du chalet. Fichue curiosité. Elle avait voulu savoir qui la suivait. Évidemment, elle avait quelques soupçons, mais s'être arrêtée pour tenter de les confirmer n'avait fait que la mettre davantage en danger, et maintenant elle devait fuir.

La colline lui paraissait infinie. Malgré le froid glacial, des gouttes de sueur perlaient sur ses tempes et son corps la suppliait de faire une pause pour reprendre son souffle. *Allez, allez, courage !* À chaque pas, elle se faisait violence pour continuer d'avancer. Elle ne mourrait pas aujourd'hui. Non. Beaucoup de choses se passaient ce jour-là, mais elle n'y ajouterait pas sa mort.

L'homme pouvait être tout proche, mais elle ne voulait pas perdre de temps à regarder en arrière. Sinon, elle mourrait. Si seulement elle avait appliqué plus tôt cette philosophie à sa vie... Elle avait trop souvent regardé en arrière et laissé le passé la consumer.

Arrivée sur la crête de la colline, elle tomba presque à genoux. Par miracle, elle parvint à rester debout et inspira profondément l'air glacial. Une fois son souffle légèrement calmé, elle reprit sa route et descendit alors l'autre versant de la colline en courant.

La visibilité était très mauvaise. Elle trébucha et battit des bras dans les airs pour retrouver son équilibre. Heureusement, la gravité jouait au moins en sa faveur et elle continua sa course le long de la pente. Son poursuivant devrait forcément se montrer plus prudent en tenant le fusil, mais elle ne ralentit pas sa course pour autant. Ses jambes volaient, ses bras tendus l'aidaient à garder l'équilibre, et elle prenait de la vitesse. Cependant, la brume et la neige l'empêchaient d'y voir clair, et quand une barrière de fil barbelé surgit de nulle part devant elle, elle se retint tout juste de hurler. Elle se pencha en arrière et appuya sur ses talons dans le but de ralentir. Un cri monta dans sa poitrine et se bloqua dans sa gorge. Elle ne souhaitait pas mourir ce jour-là, et encore moins enchevêtrée dans du fil barbelé.

Je ne mourrai pas aujourd'hui. Elle se laissa tomber en arrière, et son corps tout entier fut alors traîné dans la couche épaisse de poudreuse. Elle tenta de se retenir avec ses bras et, enfin, elle ralentit. Son cœur battait à tout rompre dans sa poitrine. Comme au ralenti, elle atterrit contre le barbelé et la poche de sa veste s'accrocha à une pointe. Les doigts tremblants, elle arracha le tissu du fil et jeta un regard inquiet derrière elle. Impossible que son poursuivant sache où elle était désormais. Toutefois, elle non plus ne savait pas où il était. À tout instant, elle pouvait faire un pas de plus dans le brouillard épais et se retrouver nez à nez avec le canon d'un fusil.

Elle reprit sa marche. Elle n'avait pas le choix. Ses vêtements étaient trempés de sa chute et elle frissonnait, mais son sang bouillonnait encore dans ses veines sous l'effet de sa course et de l'adrénaline. Ses cheveux étaient dans le dernier des états, et les épingles qu'avait utilisées la coiffeuse pour fixer ses boucles s'enfonçaient dans son crâne. Elle songea à les retirer, mais ses boucles détrempées tomberaient alors sur son visage, ainsi elle se retint. Elle n'avait plus rien d'une jeune mariée à présent. Du mascara maculait son visage, et son rouge à lèvres s'étalait sur ses joues, telle une trace sanguinolente. Elle avait eu de la chance de ne pas perdre une botte ou de ne pas se planter les ciseaux dans la jambe dans sa chute. Elle plongea ses mains dans ses poches et se rendit compte qu'ils avaient d'ailleurs disparu, probablement tombés pendant sa course effrénée. Elle n'avait plus rien pour se défendre.

Alors, elle se fit violence pour presser le pas et suivit la barrière de fil barbelé dans l'espoir de tomber sur un abri. Peut-être un autre chalet, mais c'était peu probable. Un abri pour animaux ferait l'affaire. Ou même un recoin entre deux rochers ou deux troncs d'arbre abattus.

La neige recouvrait tout à perte de vue.

Tous les muscles de son corps se tendirent et un pic d'adrénaline s'empara d'elle. Elle avait l'impression d'être observée, mais elle n'avait aucun moyen de le savoir.

Mila

Elle ne cessait de repenser à la tête que faisait Roger Smythson, assis à cette table bancale sous la lumière éclatante du néon du café. Elle sourit intérieurement en revoyant son visage devenir livide au moment où il avait compris qui elle était. Cela rendait son dîner avec sa belle-famille infiniment plus supportable.

La maison de la famille Rodriguez ressemblait plus à un hôtel qu'à un cocon familial, avec ses hauts plafonds et tout ce blanc digne d'un hôpital, en plus élégant. Des œuvres d'art ornaient les murs, soigneusement sélectionnées par un professionnel évidemment, pas choisies par coups de cœur. Toutes les photos de famille donnaient l'impression d'un climat de compétition. Dans les cadres en argent, la petite famille souriait de toutes leurs dents sur un fond neutre, façon shooting professionnel. Ici, José cherchait à impressionner (et à intimider) ses relations d'affaires. Ils organisaient des petites fêtes l'été, réseautaient pour décrocher des contrats et casaient à l'occasion leur fils dans un dîner de famille le dimanche soir.

Les assurances R&R travaillaient avec des entreprises de premier plan et comptaient des clients importants. Pour rendre à César ce qui appartenait à César (enfin, à José), il avait bâti son entreprise de zéro et, à l'évidence, il était doué dans son domaine. Parfois, Mila avait de la peine pour José du fait qu'il n'ait pas de fils aux telles compétences entrepreneuriales. Rafael avait consacré la majeure partie de sa vie d'adulte à la fête et au voyage. Il avait passé plus de temps à sniffer des substances toxiques qu'à apprendre les ficelles des activités de R&R. Néanmoins, récemment, il avait beaucoup changé là-dessus et Mila était agacée de ne pas en recevoir le moindre crédit. Elle l'avait soutenu comme jamais lorsqu'il avait dû reprendre sa vie en main après son accident de voiture. Elle l'avait encouragé à travailler dans l'entreprise familiale et à prêter attention aux enseignements de son père.

Alors qu'ils dégustaient un délicieux lapin à l'étouffée, le père de Rafael commença à parler à son fils en espagnol, et d'après les regards furtifs que celui-ci jetait à Mila, cette dernière se doutait que son futur beau-père le tannait encore avec le contrat de mariage. Elle soupira et sirota une gorgée de son Rioja.

— Je sais de quoi vous parlez, intervint Mila. Et non, je ne l'ai pas signé.

Ana María et José tournèrent la tête vers elle, le regard furieux. Elle leur adressa un sourire faux et reprit une gorgée de vin. En bout de table, Dolores, la grand-mère de Rafael, restait silencieuse, les lèvres pincées. Mila n'avait aucun allié à cette table. Rafael était fils unique, et quand Mila venait chez les Rodriguez, elle sentait le poids des générations passées s'abattre sur elle.

— Mila réfléchit encore à la question, affirma Rafael avec un petit rire. Elle finira bientôt par se faire à notre façon de voir les choses.

— Non, Raf. C'est important pour moi, assura-t-elle avant de tourner la tête vers ses beaux-parents. Je suis désolée, mais sans vouloir vous manquer de respect, si vous pensez toujours que je ne suis qu'une croqueuse de diamants après tout ce temps, alors nous ne devrions peut-être pas nous marier.

— Je suis assez d'accord, répondit José.

— Je trouve ça tellement *insultant* que vous me pensiez capable de faire le *moindre* mal à votre fils, répliqua Mila en feignant d'avoir les larmes aux yeux. Il compte plus que tout au monde à mes yeux. Vous voulez me blesser, c'est ça ? Je suis arrivée dans cette famille les bras et le cœur grands ouverts, et vous ne cessez de me claquer la porte au nez.

— Nous voulons seulement protéger notre famille, argua José. Cette histoire d'amour a évolué assez vite, et nous devons être sûrs de nous. Mon père a travaillé très dur pour nous sortir de la misère. Cette entreprise familiale est tout pour nous. Rafael est tout pour nous. S'il comptait vraiment pour toi, tu signerais ce contrat de mariage.

— Il est tout pour moi aussi. Et si je comptais rien qu'un tout petit peu pour vous, vous ne me demanderiez pas ça.

Mila essuya ses larmes et se leva. Son regard dériva vers Ana María qui se murait toujours dans le silence lorsque la conversation prenait ce tour.

— Je devrais peut-être m'en aller, reprit Mila. Raf, je peux nous commander un taxi pour...

— Non, nous restons là. Nous allons régler ce problème une bonne fois pour toutes, affirma Rafael.

— Comment ? rétorqua Mila en écartant les bras face à l'impossibilité de résoudre leur différend.

Elle songea qu'elle aurait pu ignorer les paroles de José en espagnol et terminer son repas sans faire de vagues. Cependant, en se taisant, elle aurait perdu son fiancé. Les familles dysfonctionnelles ravalaient leurs rancœurs pour préserver la paix. Les couples dysfonctionnels bouillonnaient et s'éliminaient jusqu'à la rupture. Non, si Mila souhaitait obtenir ce qu'elle voulait, elle devait régler ce problème de front. Elle devait argumenter encore et encore.

Cependant, son principal problème restait assis en silence de l'autre côté de la table, les mains croisées sur la table. Ana María. Elle détenait tout le pouvoir ici. Soudain, elle se leva de table et commença à débarrasser les assiettes alors que personne n'avait fini de manger.

— Laissez-moi vous donner un coup de main, lui lança Mila en souriant.

Elle s'empara de sa propre assiette et de celle de Rafael et les rapporta à la cuisine. Alors qu'elle vidait les restes dans la poubelle, elle osa s'adresser à la matriarche :

— Je suis désolée de m'être emportée. Je suis une invitée chez vous et c'était impoli de ma part de perdre ainsi mon calme.

La femme ne répondit pas. Elle ouvrit le robinet et commença la vaisselle.

Mila retourna dans la salle à manger pour récupérer les plats débordant encore de nourriture. Sans un mot, elle piocha quelques Tupperwares dans les placards et y transvasa les restes du repas. Ana María l'observait, la tête légèrement penchée, les yeux plissés et les lèvres pincées.

— Voudriez-vous en discuter ? lui demanda Mila. Je ne suis pas du genre à tout garder pour moi. Je crois que ça fait partie des choses que Rafael aime chez moi.

— Tu ne sais rien du tout de Rafael, répliqua Ana María.

— Hmm, je ne suis pas d'accord. Je sais que notre relation est relativement récente, mais j'ai rencontré Raf à une période difficile de sa vie, et je pense sincèrement que ça nous a rapprochés plus intensément qu'un couple classique.

— « Intensément », releva-t-elle en lâchant un petit rire. Les flammes les plus vives s'éteignent le plus vite.

Mila soupira et arrêta ce qu'elle était en train de faire.

— Je vous demande simplement le bénéfice du doute.

Ana María coupa le robinet et pivota pour lui faire enfin face.

— Il n'est pas celui que tu crois, déclara-t-elle en s'essuyant les mains sur un torchon. Tu connais le Rafael d'*après* l'accident. Tu n'as pas idée de combien sa personnalité a changé. *Toute* sa personnalité. Il n'est plus l'homme qu'il était auparavant.

— Je... Je ne suis pas sûre de saisir ce que vous voulez dire.

— Rafael n'était pas le garçon lumineux qu'il est aujourd'hui. Il était tout le contraire. C'était quelqu'un de sombre. Il était dur, même... impitoyable. Il écrasait les ennemis de notre famille tels de vulgaires insectes, et il ne s'embêtait pas avec des filles comme toi, déclara-t-elle avec une expression dure. Tu n'es pas comme nous. Je ne sais quasiment rien de toi, mais ce que je sais, c'est que tu n'as pas invité le moindre membre de ta famille à ton mariage, et ça en dit bien plus long sur toi que tout ce que tu pourrais bien hurler à notre table.

Sans le vouloir, Mila serra ses poings fermés. Elle calma sa respiration.

— Je sais que Rafael est dur en affaires, assura-t-elle. Je ne suis pas une petite idiote innocente, Ana María. Et Rafael n'a pas autant changé que vous semblez le croire. Certes, il a changé, et en partie grâce à moi, parce que je lui suis *bénéfique*. De rien, au passage. Mais ne vous en faites pas, j'ai les épaules pour être avec votre fils. Je suis plus que faite pour lui. Et pour ce qui est de ma famille, à moins que vous ne souhaitiez que des déchets humains imbibés d'alcool et de drogue côtoient le beau monde en haute couture de *votre* entourage, je pense que vous devriez m'être reconnaissante de ne pas les inviter. Nous n'avons pas tous la chance de grandir avec du soutien. Mon soutien, j'ai dû le trouver moi-même, et c'est l'homme qui est actuellement en train de parler à votre mari.

Ana María balança le torchon sur le comptoir de la cuisine. Chaque centimètre de la silhouette de cette femme ressemblait à un élastique tendu sur le point de rompre. Mila réprima un sourire.

— Je ne compte aller nulle part, et je ne signerai rien qui me mettrait dans une position de faiblesse, alors faites le bon choix. Donnez-nous votre bénédiction et finissons-en.

Ana María fit un pas vers Mila et leva la main comme si elle allait lui coller une gifle. Puis sa main redescendit.

— Je découvrirai qui tu es et ce que tu veux. Et si j'apprends que tu cherches à détruire cette famille, je te ferai tuer.

— Vous ne découvrirez rien, car il n'y a rien à découvrir. Plus vite vous accepterez cela et m'accueillerez dans cette famille, plus vite vous récupérerez votre fils.

Mila marqua une pause, puis haussa les épaules et ajouta :

— Peut-être même vos petits-enfants.

Puis elle croisa les bras sur sa poitrine et quitta la pièce.

Lucy

À moins de trois semaines du mariage, Lucy ne parvenait à penser à rien d'autre qu'au visage arrogant de Jacob, l'observant depuis le seuil de la cuisine. Près d'une semaine s'était écoulée, et ils s'étaient à peine parlé. Il n'évoqua jamais ce qu'il avait vu entre Sunil et elle, et elle se garda bien d'aborder le sujet avec lui. Cependant, une tension palpable s'infiltrait dans chaque dîner en famille, chaque soirée devant la télévision. L'air était électrique entre eux deux. Lucy s'étonnait qu'Henry ne s'en rende pas compte. Il se comportait normalement.

Ce week-end-là, Lucy et Henry se rendirent au château Howard et déambulèrent dans les jardins magnifiquement entretenus. Lorsqu'il prit sa main, une légère décharge électrique remonta le long de son bras.

— Je voudrais te remercier de supporter Jacob, déclara Henry. Je sais que ce n'est pas un ado facile et que je n'ai pas bien géré le problème qu'il y a eu avec sa rédaction. Je crois que je me suis laissé déborder par le travail.

Il marqua une pause, remonta ses lunettes sur son nez, soupira, puis ajouta :

— Tu sais, c'est difficile pour moi.

— C'est un garçon compliqué, répondit Lucy en pressant la main d'Henry dans la sienne. Ce serait difficile pour n'importe quel parent.

Henry esquivait son regard en contemplant la vue.

— C'est vrai, mais en réalité je parlais du mariage, avoua-t-il. Désolé, je ne devrais peut-être pas dire ça.

Il passa une main dans ses cheveux et observa le bâtiment à leur droite, puis il calma sa respiration et continua :

— Je culpabilise d'aller de l'avant, Lucy. Je veux me marier, ça, c'est sûr, mais une partie de moi pense que je ne devrais pas aller jusqu'au bout, que je devrais rester dans cet état perpétuel de deuil. Ce n'est pas juste envers toi. Ce n'est pas juste du tout, mais je me disais que tu méritais de savoir pourquoi j'avais été un peu... distant ces derniers temps.

Lucy laissa échapper un long soupir et un poids s'enleva de sa poitrine.

— Tu n'as pas idée de mon soulagement, avoua-t-elle. Je croyais que tu avais des doutes sur tes sentiments. J'ai même...

Elle marqua une pause et secoua la tête.

— Bref, peu importe.

— Quoi ?

— Oh, ce n'est rien du tout, assura-t-elle. C'est seulement que Jacob n'arrête pas de me taquiner en sous-entendant que tu me trompes avec ton étudiante italienne. Je ne le croyais pas, mais bon... ça m'a fait réfléchir. Je m'inquiétais un peu, en fait.

— Oh, mon Dieu, rit doucement Henry. Je culpabilise déjà assez de me marier, ce n'est pas pour ajouter de l'infidélité à tout ça ! Je parlerai à Jacob. Je sais qu'il peut se montrer cruel.

Ils tournèrent à un angle et se dirigèrent vers une vaste étendue de pelouse encadrée de haies de troènes. Lucy se blottit contre son fiancé, qui passa un bras autour de ses épaules.

— Je n'ai pas connu Sue, reprit Lucy, mais d'après ce que tu m'as dit sur elle, je ne pense pas qu'elle voudrait que tu te fasses autant de souci. Je pense qu'elle ne voudrait que ton bonheur.

— Tu as sûrement raison, répondit-il alors que l'ombre d'une hésitation teintait sa voix. Allez, viens, allons prendre un café.

Ils mirent de côté le mariage et Jacob. Pendant une heure, Lucy savoura l'instant présent. Puis, quand Henry se rendit aux toilettes, elle sortit son téléphone de son sac. Elle l'avait mis en silencieux pour que rien ne perturbe ce moment précieux avec Henry, mais elle y découvrait désormais plusieurs messages envoyés par un numéro qu'elle ne connaissait pas.

« Lucy, c'est Sunil. J'aimerais que l'on se voie pour parler de ce qui s'est passé au dîner l'autre fois. Tu peux m'appeler à ce numéro. Ou m'écrire. »

Un autre message le suivait de quelques secondes à peine :

« Je voulais juste t'assurer que je pensais ce que j'ai dit ce soir-là. Tu es géniale. Et je suis désolé si ça te paraît déplacé, mais ça me rend dingue de voir Henry t'ignorer tout le temps. Tu mérites mieux. »

Plongée dans sa lecture, elle parvenait à peine à respirer.

« Il n'est pas fait pour toi. J'ai vu comme il t'exclut toujours des conversations. Je l'ai vu draguer des étudiantes sur le campus. Henry n'est pas celui que tu crois. Ce n'est pas quel-

qu'un de bien. S'il te plaît, réponds-moi, je dois vraiment te parler. J'ai tellement d'autres choses à te dire, mais pas comme ça. »

Lucy porta une main à sa poitrine et sentit la course effrénée de son cœur. Elle se mordit la lèvre alors que des pensées fusaient dans son esprit. Devait-elle lui répondre ou l'ignorer ? Elle était en état de choc. Jamais elle n'aurait pensé que Sunil pouvait harceler une femme, pourtant voilà qu'il lui envoyait plusieurs messages véhéments, allant même jusqu'à affirmer qu'Henry n'était pas quelqu'un de bien.

Elle n'en croyait pas un mot. Ou peut-être que si ? Estimait-elle possible que son fiancé puisse avoir un mauvais fond ? Son ventre se noua. Elle repensa à ce fameux dîner quand Sunil lui avait confié qu'avec lui, c'était tout ou rien. Peut-être leur bref baiser avait-il déclenché quelque chose en lui, surtout s'il souffrait encore de sa rupture. Malgré elle, ses doigts se mirent à pianoter sur l'écran, comme animés de leur volonté propre.

« Je ne pense pas que ce soit une bonne idée, Sunil. J'aime Henry. Je sais qu'il lui arrive de me mettre de côté lors de certaines conversations, mais tu ne sais rien de notre relation de couple. Et comment as-tu obtenu mon numéro ? C'est une atteinte à ma vie privée et c'est particulièrement déplacé. Tu ne devrais pas me recontacter. »

Elle replaça son téléphone dans son sac avant qu'Henry ne revienne.

— Tout va bien ? lui demanda-t-il en se rasseyant.

— Oui, oui, affirma-t-elle, persuadée qu'il percevrait ce mensonge sur ses traits.

Ils terminèrent leur café et leur part de gâteau presque sans un mot. Elle avait un mal fou à se concentrer sur ce qu'il lui disait. Les mots employés par Sunil tournaient en boucle dans sa tête. Pourquoi affirmerait-il qu'Henry draguait des étudiantes ? Lucy avait conscience qu'Henry se sentait bien plus sûr de lui dans son rôle de professeur, mais elle ne l'imaginait pas flirter pour autant.

— Tu es sûre que ça va ? s'inquiéta-t-il. Tu es drôlement silencieuse, tout à coup.

— En fait, j'ai un peu mal au ventre. On pourrait y aller ?

— Bien sûr.

Il appela la serveuse pour régler l'addition et ils se levèrent pour s'en aller.

Un voile de tristesse s'abattit sur elle. Pour la première fois depuis des semaines, elle s'était sentie proche d'Henry et plus légère. Malheureusement, ces messages reçus avaient tout gâché. Elle sentait qu'elle se dirigeait tout droit vers la catastrophe sans aucun moyen d'enrayer le mécanisme. Elle ne mentait pas sur son mal de ventre, elle avait l'impression d'avoir un sac de nœuds à la place des entrailles.

Lucy n'osa pas consulter son téléphone pendant tout le trajet retour jusqu'à chez eux. Dès leur arrivée, cependant, et aussitôt qu'Henry se fût enfermé dans son bureau pour corriger des copies, Lucy s'empara de son téléphone et y découvrit un nouveau message.

« Impossible, Lucy. Je t'apprécie trop. Je dois te dire ce qui se passe. C'est à propos de Sue. »

Lucy s'effondra sur le canapé du salon, son téléphone à la main. Le teint livide, elle relut trois ou quatre fois le message, jusqu'à ce que les mots deviennent flous devant ses yeux. Qu'est-ce que Sunil pouvait bien avoir à lui dire sur la première femme d'Henry ? Elle ferma les yeux et posa son téléphone sur ses cuisses. Puis elle entendit du mouvement pas loin d'elle, sentit l'atmosphère changer et ouvrit les yeux. Elle vit alors Jacob s'emparer de son téléphone avant qu'elle ne puisse l'en empêcher.

— Que se passe-t-il ? demanda-t-il avec un sourire narquois. Tu fais une de ces têtes, Lucy !

— Rends-moi ça *tout de suite.*

Elle le vit tenter de déverrouiller le téléphone, mais il ne connaissait pas son code. Il fronça les sourcils et elle haussa les siens avec satisfaction.

— Rends-le-moi, Jacob.

Avec un grognement, il lui balança le téléphone, si fort qu'il rebondit douloureusement sur ses côtes.

— Ça doit être croustillant pour que tu réagisses comme ça. Tu discutes avec ton petit étudiant préféré ? lui lança-t-il en s'affalant dans un fauteuil en cuir de l'autre côté de la pièce. J'ai toujours cru que ce serait mon vieux qui irait voir ailleurs, mais je me trompais, c'est toi. La sainte-nitouche se tape un gigolo. Il a quoi, à peine quelques années de plus que moi ?

— Tu n'as aucune idée de ce dont tu parles, répliqua Lucy en tentant désespérément de garder un ton calme malgré les larmes qui lui montaient aux yeux. Il n'y a rien du tout entre Sunil et moi.

Jacob se pencha en avant et appuya ses coudes sur ses genoux. Il leva le menton vers elle, rendant son rictus encore plus cartoonesque.

— J'aurais dû m'y attendre. J'aurais dû m'en douter. Je parie que je suis le prochain sur ta liste, Luce.

Elle se leva pour quitter la pièce, écœurée, parvenant à peine à réaliser que cette discussion était bien réelle.

— Il est doué, ou tu dois tout lui apprendre ? Et tu m'apprendrais quoi, à moi ? Pas mal de trucs, j'imagine. Tu en sais assez pour satisfaire mon père.

Alors qu'elle s'en allait, elle l'entendit rire. Puis les larmes firent leur entrée. Elle plaqua une main sur sa bouche et se dépêcha de s'éloigner de lui. Elle hésita à entrer dans le bureau d'Henry. Elle pouvait tout lui expliquer, non ? Du moins, les avances soudaines de Sunil. Mais que dirait Jacob ? De quelle façon déformerait-il la réalité pour la rendre salace ? Qu'avait-il *vu* ?

Elle se rendit dans sa chambre et se recroquevilla sur le lit. Après une bonne crise de larmes, elle se redressa, essuya ses joues et prit une décision. Son message fut envoyé dans la minute.

« D'accord, je veux savoir ce qui se passe. Retrouvons-nous au Costa sur Leopold Street demain matin à onze heures. »

Claire

Au cours des derniers jours, Claire avait envoyé onze messages aux onze jurés, par SMS, Facebook, Instagram ou Twitter. Six d'entre eux lui avaient répondu, mais aucun n'avait reçu de photos perturbantes de la scène de crime ni de petits mots de Simon Botham. La police l'avait également recontactée pour lui dire qu'aucune preuve ne semblait associer Simon Botham au harcèlement qu'elle subissait. Les caméras de surveillance n'avaient pas non plus permis d'identifier la personne qui avait placé l'écrin dans le sac d'Adrianna. Apparemment, personne n'avait touché à son sac ni même ne s'en était approché. Elle en venait presque à s'arracher les cheveux face à cette situation, mais elle n'avait pas très envie d'être chauve pour son mariage.

Le samedi qu'Ad' et elle avaient choisi pour finaliser la déco, Claire reçut un appel. Son cœur manqua un battement quand elle vit le nom qui s'affichait sur son écran : Polina, une fille du jury. Elles s'étaient liées d'amitié pendant le procès, toutes deux agacées par les messieurs je-sais-tout un peu plus âgés du groupe, et elles avaient rapidement formé une alliance.

— Salut, lui lança Claire en décrochant. Merci de me rappeler. Comment ça va ?

— Pas trop mal. Sauf que... eh bien...

Claire sentit un frisson désagréable remonter dans sa nuque.

— Qu'est-ce qu'il y a ?

— J'ai reçu quelque chose de bizarre. Ça ne m'inquiétait pas plus que ça jusqu'à présent, mais en lisant ton message... j'ai un doute. On pourrait se voir ?

— Bien sûr.

— Tu pourrais venir chez moi ? Dans une heure, quelque chose comme ça ?

— Pas de souci, donne-moi ton adresse.

Elle griffonna l'adresse de Polina sur un bout de papier avant de raccrocher. Adrianna arriva dans le salon avec une tasse de thé.

— Que se passe-t-il ? demanda-t-elle.

— Une personne du jury m'a rappelée. On dirait qu'il lui est arrivé quelque chose. S'il la harcèle aussi, peut-être que la police comprendra que tout est lié à l'affaire.

Claire se rendit compte qu'elle agitait les mains dans tous les sens en parlant, et sa peau la tiraillait.

— Tu veux que je t'accompagne ?

— Non, ce n'est pas loin, je n'en aurai pas pour très longtemps, promis, lui assura-t-elle en secouant la tête. Tu peux t'attaquer à la déco, et je reviens t'aider aussi vite que possible.

— OK. Sois prudente, d'accord ? répondit Adrianna, soucieuse. Tu as l'air un peu à cran. Tiens, prends un peu de mon thé. Assieds-toi cinq minutes et respire. Tu as le temps.

Claire savait que sa fiancée avait raison, alors elle prit la tasse chaude entre ses mains et se posa sur le canapé. Elle contraignit ses pensées à ralentir, mais elle avait conscience que ce n'était que le calme avant la tempête. Difficile de se détendre quand une alarme résonnait dans un coin de votre tête. Elle finit par rendre son thé à Adrianna, l'enlaça pour lui dire au revoir, grimpa dans sa Nissan et entra l'adresse de sa destination dans l'ordinateur de bord.

Polina vivait à une demi-heure de route, dans une impasse. Cela surprit Claire sans qu'elle sache pourquoi. Polina était jeune, dans la vingtaine, et était arrivée le premier jour avec un teint blafard et du mascara qui avait bavé, signes d'une forte gueule de bois. Claire l'avait imaginée vivant dans un appartement en ville, pas dans une impasse paisible de banlieue. Cependant, elle gara sa voiture sur une allée vide jouxtant une très jolie maison mitoyenne dotée d'un porche. *On ne connaît jamais vraiment quelqu'un avant d'être allé chez lui.*

Chez Polina, tout était tellement parfaitement en ordre que la tête de Claire lui en tournait. L'intérieur lui rappelait la maison de ses grands-parents. Des photos impeccablement encadrées, des tapis d'un blanc crème immaculé, pas un grain de poussière sur les rebords de fenêtres et une table basse étincelante. Lorsqu'elles arrivèrent dans la cuisine, Claire ne put que remarquer l'éclat de toutes les surfaces. Si on lui avait dit que le grille-pain était tout neuf, tout juste sorti de son carton, elle l'aurait cru. Malgré tout ce qui la tracassait à ce moment-là, Claire se demanda l'espace d'une seconde si elle ne ferait pas mieux de se pencher sur le livre de Mrs Hinch qu'on lui avait offert sur l'optimisation du rangement d'une maison.

— Désolée de t'avoir fait venir jusqu'ici, je me disais que ce serait mieux d'en parler de vive voix, expliqua Polina.

Elle portait un jean délavé et un pull à col en V. Ses cheveux étaient rassemblés en un chignon brouillon sur le dessus de sa tête. Elle était plutôt petite, sans doute un peu moins d'un mètre soixante, et aussi dynamique que dans le souvenir de Claire.

— Je suis contente que tu m'aies contactée, poursuivit-elle.

Les gens du procès me manquent. C'était une période difficile, on était presque une famille à la fin.

Claire hocha la tête.

— Comment vas-tu depuis ? la questionna-t-elle alors.

— Ça dépend des jours, répondit Polina en lui tendant un grand verre de jus d'orange. Des fois, je me fige et je repense à ce qu'il a fait à cette femme.

— J'en fais des cauchemars, lui confia Claire.

— Waouh, on devrait peut-être consulter, hein ?

— Qui en a les moyens ? souligna Claire.

Polina hocha la tête et conduisit Claire jusqu'au salon. Lorsque cette dernière prit place dans le canapé, elle examina les photos disposées sur la cheminée. Polina, bronzée et tout en courbes, posait en bikini aux côtés d'un homme svelte et musclé.

— Alors, que crois-tu qu'il se passe ? lui demanda Polina.

— Pardon ?

— Tu as reçu des menaces ou quelque chose du genre ?

— Oh, fit Claire en posant son jus d'orange sur un sous-verre. Quelqu'un m'a envoyé un e-mail avec des photos de la scène de crime. Et j'ai eu l'impression d'être suivie pendant un moment.

Elle prit une profonde inspiration.

— Mais le pire, c'est que... hésita-t-elle en réprimant un frisson. Adrianna a trouvé un médaillon dans son sac à main, et dedans il y avait une photo de la victime.

Elle vit Polina ramener les pieds sous ses fesses et grimacer.

— Mon Dieu, c'est horrible.

— Et toi, qu'as-tu reçu ?

— Attends, je vais chercher ça.

Les chaussons de Polina ne firent pas un bruit contre le tapis épais alors qu'elle quittait le salon. Elle revint un instant plus tard avec un grand vase en verre garni de roses rouges.

— On me les a livrées sans indication de leur expéditeur, et elles ne viennent pas de mon copain.

— Kévin Botham envoyait des roses à sa victime, souffla Claire en portant une main à sa bouche.

— Oui. Deux douzaines. Exactement ce que j'ai reçu, indiqua-t-elle en les posant sur la table basse. Je voulais voir ta réaction spontanée, parce que je me suis dit la même chose. Je les ai reçues hier. J'ai découvert ce matin qu'elles ne venaient ni de mon copain ni de ma mère. Ce n'est pas mon anniversaire ni la Saint-Valentin, rien. Il n'y a aucune raison qu'on m'envoie ça. Mais les voilà, sans mot, sans carte, rien.

— Qui te les a livrées ?

— Un transporteur.

— Peut-être que la police peut obtenir le nom de la personne qui te les a envoyées. Attends, je vais te passer le numéro de l'agent qui gère notre dossier de harcèlement.

Claire saisit son téléphone et lui dicta le numéro de l'agent Deol.

— Tu crois qu'on devrait s'inquiéter ? l'interrogea Polina. Je devrais peut-être demander à mon copain de venir vivre ici pendant quelques semaines...

— Bonne idée, oui.

— Tout ça parce qu'on a été convoquées pour ce jury... Ce n'est pas juste, soupira Polina.

Claire secoua la tête, pensive.

— J'ai contacté les autres, et ceux qui m'ont répondu n'ont rien reçu. Pourquoi nous viser, nous ? Tu ne penses pas que... hésita-t-elle, se sentant bête de songer cela, comme si prononcer ces mots à haute voix concrétisait sa paranoïa.

— Que quoi ? lui demanda Polina.

— Tu te souviens du premier vote ? Tout le monde a voté « non coupable », sauf moi. Les autres restaient freinés par le fait que les éléments de preuve soient indirects.

— Je m'en souviens, oui. Mais ce que tu nous as dit tenait

la route, à propos de la défense qui se servait du passé sexuel de la victime pour la discréditer.

— Oui, c'était sexiste et écœurant. Tu as été la première à te rallier à mon avis. Après ce premier tour, tu as toujours voté « coupable », et c'est ensemble que nous avons convaincu tous les autres. Et nous sommes les seules à être visées aujourd'hui.

— Pour l'instant, nota Polina.

— Oui, pour l'instant, c'est vrai. Mais tu ne trouves pas ça bizarre, toi ? C'est comme si quelqu'un du jury avait dit à Simon Botham, ou à qui que ce soit d'autre, que c'était ma faute, que j'avais orienté le verdict.

— Je... Waouh, je ne sais pas, souffla Polina en se penchant en avant pour poser son menton sur sa paume. C'est vrai que ça se tient, tu as reçu tous ces trucs menaçants, mais en même temps, si quelqu'un du jury était un complice des Botham, ne se serait-il pas battu un peu plus pour l'acquittement de Kévin ?

Claire n'avait pas pensé à ça. Certes, certains membres du jury s'étaient montrés têtus pendant un bon moment, mais tout le monde avait fini par s'accorder sur la culpabilité de l'accusé.

— Peut-être que Simon Botham a réussi à atteindre quelqu'un du jury. Peut-être qu'il lui a soutiré des informations, qu'il l'a fait chanter ou l'a soudoyé. Ou alors, je deviens dingue et tout ça n'est qu'une pure coïncidence. Peut-être que je lui ai simplement tapé sur le système pendant le procès et qu'il a décidé de s'en prendre à moi, balbutia Claire dont les larmes lui montaient aux yeux.

— C'est vraiment dur pour toi, hein ? souffla Polina en se penchant pour poser une main sur le bras de Claire.

— Le pire, c'est que celui qui est derrière tout ça s'en est pris à Adrianna. Nous sommes sur le point de nous marier et nous ne nous sentons même plus en sécurité chez nous.

— La police trouvera ce mec, j'en suis sûre, voulut la

rassurer Polina. Elle a réussi à mettre la main sur son frère et maintenant il est en prison. Simon Botham n'est pas très malin, tout le monde saura que c'est lui. Dès qu'ils auront assez de preuves, il sera arrêté en un claquement de doigts.

— J'espère que tu as raison, murmura Claire en essuyant ses larmes avec la paume de ses mains.

— J'en suis sûre, assura Polina alors que son regard se posait sur les roses rouges, mais une forme d'hésitation pointait dans sa voix. Bref, dans tous les cas, mon Freddy me protégera.

Elle ne quittait pas le bouquet des yeux. Son visage devint livide et Claire se demanda si c'était parce qu'elle prenait conscience de la menace, de la possibilité que sa vie soit également en danger.

— Promets-moi que tu vas faire attention à toi, OK ? Appelle l'agent Deol, on va arriver à mettre fin à tout ça.

— Je le ferai, promis.

Lorsque Claire s'en alla, elle se sentait complètement exténuée. Ses mains tremblaient sur le volant et sa tête semblait prise dans un étau. Elle ne savait pas combien de temps elle tiendrait face à ce harcèlement. Elle sentait que ça l'affectait beaucoup et la vidait de sa joie de vivre et de son énergie. Après avoir reculé dans l'allée de Polina, elle se mit à vérifier tous les rétroviseurs pour s'assurer que personne ne la suivait sur le chemin jusqu'à chez elle. Une soudaine prise de conscience la frappa : elle se comporterait ainsi jusqu'à l'arrestation de Simon Botham. Et si la police ne rassemblait jamais assez de preuves pour le condamner, alors elle ne dormirait que d'une oreille pour le restant de ses jours.

La Mariée

Elle aurait dû s'y attendre. Cela se présageait depuis des semaines, elle avait foncé droit dans l'œil du cyclone. Cependant, même si elle avait déjà tué un homme aujourd'hui (qui l'avait cherché), elle n'avait aucune chance de l'emporter face à quelqu'un avec un fusil.

Elle toucha ses oreilles et son nez engourdis du bout de ses doigts gelés. Des flocons de neige voltigeaient autour d'elle et lui brûlaient les yeux. Néanmoins, l'épaisse grisaille semblait s'éclaircir peu à peu. Était-ce une bonne nouvelle ? Elle plongea sa main dans la poche de sa veste, saisit le téléphone et tenta de contacter les secours à nouveau. La police pourrait peut-être localiser l'appel et venir la chercher ici au milieu de nulle part. Elle devait continuer de se répéter que c'était elle la victime, du moins à leurs yeux. Toutefois, l'appel se coupa avant même la moindre sonnerie. Sans surprise, il n'y avait aucun réseau dans ce trou paumé.

Avant de ranger le téléphone dans sa poche, elle y remarqua un nouveau message anonyme.

« J'aurai sa peau. »

Elle frissonna et remit le téléphone dans sa poche. Elle n'avait pas le temps de se demander ce que cela signifiait. Ce n'était même pas son téléphone. Elle se tourna et observa les alentours. Le brouillard s'était dissipé et elle pouvait maintenant distinguer le champ qui s'étalait devant elle. Un paysage paisible et bucolique digne d'une carte de vœux de Noël, complètement en décalage avec sa situation.

Aucune silhouette armée à l'horizon. L'avait-elle semé ? Elle s'était dit qu'il pourrait sans doute facilement suivre ses traces. Après avoir repris son souffle, elle poursuivit sa route dans la même direction, sans la moindre idée de sa destination, un pas lourd après l'autre.

Son ventre gargouilla. Elle consulta le téléphone : il était quinze heures. Cela lui arracha un rire. Si elle était restée à l'hôtel, elle serait désormais en train de se marier. Un rire nerveux et frénétique s'échappa de sa gorge. Elle n'avait d'autre choix que de s'y laisser aller, et elle partit dans un fou rire à se plier en deux jusqu'à ce que ses côtes lui fassent mal. Et voilà, elle devenait folle. Elle perdait complètement la tête, pour toujours. Même si elle survivait à tout ça, ce qui semblait peu probable, elle resterait dingue. Elle atterrirait tout droit dans un asile. Elle serait la meurtrière, la tarée qu'on a poussée à bout.

Elle jeta un regard par-dessus son épaule pour vérifier que son rire n'avait pas attiré son poursuivant jusqu'à elle, puis elle continua à avancer. Le sol commença à s'incliner et elle descendit une pente. Elle enjamba un petit muret verglacé, puis longea un mur de pierre sèche. Au loin, elle apercevait ce qui ressemblait à une ferme. Toutefois, impossible de savoir si quelqu'un y vivait. Elle ne voyait aucune voiture ni la moindre indication que la maison était occupée. Elle passa par-dessus un autre muret et remarqua une route au-devant d'elle. Son rire nerveux refit surface, mais elle se fit violence et pressa le pas. La présence d'une route signifiait qu'elle n'était plus perdue au milieu de nulle part, qu'il y avait de la civilisation pas loin et peut-être, avec un peu de chance, des voitures et des gens qui la mèneraient quelque part.

Cependant, cela voulait aussi dire qu'elle serait plus exposée, et alors que les nuages se dégageaient et que la neige se calmait, elle était plus visible que jamais. Elle commença par marcher le long du mur parallèle à la route à la recherche d'un passage, puis elle escalada une barrière en bois et se retrouva de l'autre côté sur un accotement couvert de flocons gelés. Il était peu probable qu'elle croise la moindre voiture sur cette route qui n'avait pas été déneigée, à moins qu'un fermier ait la bonne idée de se balader en tracteur par ce temps. Maintenant, elle devait choisir quelle direction prendre. Elle sortit de nouveau le téléphone de sa poche, mais toujours pas de réseau. Alors elle pivota sur sa gauche, vers ce qui ressemblait à une potentielle ferme abandonnée.

Il lui fallait un plan, un plan solide, qui tienne la route. Avancer au hasard ne la mènerait à rien. Cependant, il lui était difficile de réfléchir alors que le froid lui mordait les os. Elle serra ses bras contre elle, les mains blotties sous ses aisselles. Si quelqu'un vivait dans cette ferme, elle pourrait demander à s'y abriter jusqu'à la fin de la tempête. Elle n'avait pas besoin d'évoquer l'accident de voiture ni le cadavre laissé dans le véhicule. Il lui fallait simplement un téléphone pour appeler la police et un endroit chaud.

Ses pas ralentirent à mesure que son corps se faisait douloureux. L'épuisement s'emparait d'elle. Elle se fit violence pour continuer. Une dizaine de minutes plus tard, la ferme resurgit enfin dans son champ de vision. Elle se traîna le long de l'allée et remarqua quelques décorations à travers les voilages des fenêtres. Son cœur s'emballa dans sa poitrine. Même si les habitants de cette maison n'étaient pas là, elle entrerait coûte que coûte. Après tout, après un meurtre, elle n'était pas à une entrée par effraction près.

Cependant, lorsqu'elle sonna, une grande femme élancée lui ouvrit la porte. Ses yeux s'écarquillèrent aussitôt face à la femme hors d'état qu'elle avait devant elle.

— Je suis désolée de vous déranger, j'aimerais juste utiliser votre téléphone. Je... Je viens de l'hôtel Wilder House. Une femme a disparu, alors, vous savez, on est tous partis à sa recherche, mais je me suis perdue et... un homme me suit.

Elle commença à pleurer et sa voix monta d'une octave.

— Il a un fusil, et je ne sais pas pourquoi il me traque, je ne sais plus quoi faire, et j'ai tellement froid... Je suis tombée et...

— Mon Dieu, souffla la femme, vous n'avez pas l'air en forme. Vous feriez mieux d'entrer pour vous réchauffer.

Elle lui ouvrit grand la porte et laissa entrer la mariée chez elle, avant d'ajouter :

— En revanche, aucun téléphone ne fonctionne, malheureusement. N'hésitez pas à tenter votre chance avec le mien, mais je n'ai pas réussi à avoir de tonalité.

La porte se referma en claquant.

— J'ai des restes du réveillon. Je suis toute seule, mais j'ai quand même voulu cuisiner. Vous avez raté le discours de la Reine. Je me sers toujours un verre pour trinquer avec Sa Majesté, pouffa-t-elle. Mon Dieu, vous êtes pâle comme une morte. Vous devriez peut-être prendre un verre aussi. Au fait, je m'appelle Denise.

— Merci beaucoup, Denise.

Elle baissa la tête en passant sous une arche et arriva dans le salon. La maison de Denise était un pêle-mêle cacophonique d'objets de déco divers, de coussins, de fers à cheval et de figurines de chats. Denise semblait aussi vieille que la maison, bien qu'elle se tienne droite comme un I, fière. Il était étrange que Denise n'ait pas posé de questions sur l'homme au fusil. La mariée jeta un coup d'œil à la porte et se mordit la lèvre. Quelque chose clochait chez Denise. Était-elle inoffensive et simplement étourdie, ou cachait-elle des intentions plus sombres ?

Mila

Mila avait retrouvé la trace de Roger Smythson *et* elle avait tenu tête à sa future belle-mère, et elle se sentait bien. Si bien qu'elle se récompensa avec un petit tour au salon de coiffure et s'autorisa à pister le prochain suspect sur sa liste : Dominic Harding.

Pendant quelques jours, elle se posta dans le café en face de son bureau avec un *latte* à la vanille et une part de gâteau qui variait selon son humeur. Elle savait que des femmes comme Félicia, dont elle portait le rouge à lèvres, feraient une attaque en la voyant engloutir tout ce sucre juste avant le mariage, mais elle s'en fichait.

Elle aurait pu choisir la facilité et prendre rendez-vous avec Dominic à propos de comptes imaginaires ayant besoin d'un comptable, mais elle n'aurait pas pu se montrer très menaçante dans son bureau avec ses collègues à deux pas. Oui, elle savait qu'il avait des collègues, car elle avait aperçu une jolie fille dans la vingtaine sortir du bureau à midi quasiment tous les jours. Dominic, en revanche, ne semblait pas quitter le bâtiment pour le déjeuner. Il était ennuyeux. Il ne vivait que pour son fichu boulot. Et l'assistante semblait ne jamais s'absenter plus d'un quart d'heure, ce qui ne laissait pas assez de temps pour un petit face-à-face.

Chez elle, Mila fit de nouveau des recherches sur son entreprise, à la recherche désespérée d'un moyen d'atteindre Dominic. Elle étudia les avis laissés par des clients et chercha chacun d'entre eux sur Facebook. Peu à peu, elle mit bout à bout tout ce qu'elle apprenait de la vie de Dominic. Elle tomba sur quelques photos sur le profil de sa femme, prit note des personnes qui les avaient commentées, s'en servit pour déterminer qui étaient ses amis, dont certains étaient aussi ses clients, puis elle se pencha sur les lieux où Dominic aimait passer du temps.

Et c'était très étrange.

Dominic était fan d'urbex. Il dénichait de vieux bâtiments abandonnés, y entrait sans autorisation et y prenait des photos. Il avait même un compte Flickr rempli de clichés en noir et blanc de pièces poussiéreuses et de portes usées. Alors qu'elle passait au peigne fin chacun de ses nombreux commentaires, l'un d'eux retint son attention.

Je vais aller faire un tour à l'ancienne gare de Mayfield vendredi soir. Tu es partant ? Disons vers dix-neuf heures ?

Il avait reçu une réponse :

Je ne peux pas vendredi, mon pote, j'ai entraînement de foot.

Pas grave, je pense que j'y ferai quand même un saut une heure ou deux.

OK, amuse-toi bien !

Mila trouva l'adresse de cette ancienne gare sur Google

Maps et estima qu'elle avait trouvé l'angle d'attaque idéal. Y avait-il plus intimidant qu'un bâtiment abandonné de nuit ?

* * *

Mila attendit dans sa voiture près de la station, ne souhaitant pas encore s'aventurer à l'intérieur. Elle était téméraire, mais pas stupide, et elle savait qu'elle ne ferait pas le poids si elle tombait sur des squatteurs ou pire. Son siège chauffant la détendait, à tel point qu'elle aurait pu s'assoupir. Elle se redressa vivement et coupa le chauffage.

Il était un peu plus de dix-neuf heures, et elle avait dit à Rafael qu'elle allait voir une amie qui venait de se faire larguer par son copain. *Petite soirée entre filles avec de la pizza et un pot de glace, mon cœur, il faut ce qu'il faut.* Elle avait planté un baiser sur sa joue en partant. Arrivée dans sa voiture, son téléphone l'avait fait sursauter en sonnant pour annoncer l'arrivée d'un nouvel e-mail.

« Tic tac. Tu as jusqu'à lundi pour m'envoyer l'argent, sinon je balance tout à ton fiancé. »

Elle avait jeté son téléphone sur le siège passager et décampé de la maison. Pour qui se prenait cet homme qui la faisait chanter ? Le culot de ce mec la dégoûtait. Alors que son siège refroidissait, le sang de Mila bouillonnait dans ses veines. Plus elle pensait à ce comptable amateur d'urbex, plus elle voulait se venger avec violence.

Tout à coup, elle s'enfonça dans son siège, renversant presque sa canette de Coca Light au passage. Quelqu'un approchait, habillé de noir, un sac sur l'épaule. C'était forcément Dominic. Qui d'autre se baladerait dans un tel endroit avec un sac assez grand pour contenir du matériel photo ? Elle ne put voir son visage, mais elle était sûre d'elle. Son téléphone sonna et elle sauta dessus avant de le planquer entre ses jambes pour en étouffer le bruit. *Bon sang, Mila, mets ce putain de téléphone en silencieux*, se maudit-elle.

Par chance, Dominic ne sembla remarquer ni sa présence ni la sonnerie de son téléphone en passant près d'elle, et quand son portable cessa de sonner, elle s'empressa de l'éteindre et remarqua juste avant que l'appel manqué venait de Rafael. Il voulait peut-être prendre de ses nouvelles. Il avait tendance à l'étouffer.

Une fois Dominic hors de vue, Mila ouvrit la portière de sa Range Rover et descendit de voiture sans un bruit. Il faisait très froid dehors. Qui pouvait bien vouloir explorer une gare abandonnée en plein mois de décembre ? Elle rabattit sa capuche sur sa tête et vit de la vapeur sortir de sa bouche à chaque expiration. Elle serra les poings et remonta ses mains dans ses manches de manteau pour les garder au chaud. Des gants n'auraient pas été de trop, mais elle avait oublié les siens.

Plusieurs mètres devant elle, Dominic souleva la partie basse tordue d'un grillage en métal, ignora un panneau « Interdiction d'entrer » et se faufila dans l'ancienne gare. Elle attendit qu'il quitte son champ de vision, puis se dépêcha de faire de même, se glissant facilement sous le grillage. Un sourire s'étira sur ses lèvres alors qu'elle se demandait si Dominic avait senti sa présence. Elle savait qu'il ne l'avait pas vue, mais peut-être que des poils se dressaient dans sa nuque, son corps réagissant aux infimes signes que quelqu'un épiait le moindre de ses mouvements.

La gare sentait l'humidité. Par ce froid, elle se méfia du gel potentiel sur le sol. Ce n'était pas le moment de se tordre une cheville, ni pour la réussite de son plan ni pour le mariage. Elle avança doucement dans le vieux bâtiment et laissa ses yeux s'habituer à l'obscurité. La lumière des lampadaires ne parvenait pas jusqu'aux profondeurs de cet endroit que plus aucune âme ne fréquentait. Puis elle remarqua le faisceau d'une lampe un peu plus loin. Dominic.

Mila se glissa dans un recoin sombre et frotta délibérément sa chaussure contre le béton poussiéreux. Quand le faisceau s'agita de droite à gauche, elle sourit. Il se rapprocha, mais elle s'était bien cachée, dans un coin que sa lampe torche ne pouvait atteindre. Quelques instants plus tard, Dominic redirigea sa lampe devant lui et poursuivit son chemin. Mila sortit de sa cachette et se faufila à pas de loup vers le comptable. Il respirait lourdement. Elle l'avait rendu nerveux et cela lui donnait l'avantage.

Sur sa droite se trouvait un bureau décati qui avait dû autrefois faire office de guichet. Elle se glissa derrière le bureau, ramassa quelques morceaux de plâtre par terre et les lança contre le mur opposé. Les pas de Dominic s'interrompirent. Il pivota lentement et Mila perçut son hésitation dans ses mouvements. Il avait peur.

— Qui est là ? lança Dominic, la gorge nouée. Il... Il y a quelqu'un ?

Depuis sa cachette, Mila vit le faisceau de la lampe de Dominic balayer le sol. Elle resta à l'abri derrière le bureau et attendit qu'il s'arrête. Les bottes de Dominic foulèrent des morceaux de pierre et de plâtre, puis ce fut le silence.

— Reprends-toi un peu, Dom', se murmura-t-il à lui-même.

Au son de sa voix, il était tout proche du bureau. Mila se releva et se plaça debout derrière le bureau. Elle posa ses paumes sur le bois et riva son regard sur l'homme qui lui tournait le dos. Il ne la voyait pas ni ne l'entendait, mais elle savait qu'il avait senti quelque chose derrière lui. Il pivota vers elle, et quand la lampe vint éclairer son visage, elle plissa les yeux face à la lumière vive et Dominic poussa un hurlement strident. Même des lycéennes de films d'horreur poussaient des cris plus virils que ça.

— Que... Qui... ?

Elle attendit sans dire un mot afin de le laisser mariner un peu dans sa peur. Elle espérait qu'il la prenait pour un fantôme.

Finalement, elle se décida à prendre la parole.

— Salut, Dominic.

— Vous êtes qui, bordel ?!

— Vous ne vous souvenez pas de moi ?

— Je n'ai pas la moindre idée de qui vous êtes. Que faites-vous là ? Comment connaissez-vous mon prénom ? Pourquoi me suivez-vous ?

Mila adopta une approche prudente. Même un comptable pouvait se révéler dangereux une fois acculé dans un endroit isolé.

— Ne vous en faites pas, Dominic, je ne vous veux aucun mal. Je voulais juste vous parler en privé.

— Comment saviez-vous que je serais ici ?

— J'ai vu votre commentaire sur Flickr.

— Vous êtes une psychopathe ! Vous m'avez traqué ?

— Non, comme je vous ai dit, je voulais simplement vous parler. Vous ne vous souvenez pas de moi, alors ? Je ne vous dis rien ? Essayez peut-être de m'imaginer à... dix-huit ans, disons, ou un peu plus jeune.

— De quoi vous parlez ?

Mila contourna le bureau et le comptable se hâta de faire deux pas en arrière pour s'éloigner d'elle.

— Je parle de vous, des e-mails que vous m'écriviez avec votre adresse professionnelle, de l'argent que vous m'envoyiez de votre compte personnel, des photos de moi que vous avez gardées. Les photos pornographiques que je vous avais envoyées.

Désormais il comprenait. Elle vit l'expression de son visage changer alors qu'il saisissait à qui il avait affaire. Elle l'observa attentivement, tentant de le déchiffrer.

— Que... Qu'est-ce que vous me voulez ?

— Je ne vous paierai jamais, affirma-t-elle, alors allez-y,

envoyez les photos à mon fiancé, je m'en fiche. Je n'ai pas honte de ce que j'ai fait pour survivre, mais si vous lui dites mon...

— Mais de quoi vous parlez ? la coupa-t-il en secouant la tête.

S'il faisait semblant, il était très bon acteur.

Mila soupira.

— Vous me faites chanter.

— Quoi ? Je... Je n'ai pas gardé les photos, assura-t-il en levant les mains, et le faisceau de sa lampe par la même occasion. Ce n'est pas possible. J'ai désactivé cette boîte e-mail quand j'ai renommé mon entreprise, et j'ai perdu mon ancien ordinateur dans l'incendie qui a ravagé ma maison. Attendez, laissez-moi vous montrer quelque chose pour vous le prouver.

Il coinça sa lampe sous son bras et sortit son téléphone de la poche de son anorak. Après avoir fait défiler son écran pendant ce qui paraissait être une éternité à Mila, Dominic lui montra des photos d'une maison incendiée. Elle lui prit son téléphone des mains et fit défiler les photos de lui et de sa famille, le teint pâle et la mine sombre, au milieu des décombres d'une maison dévastée.

— Merde, se dit Mila pour elle-même en lui rendant le téléphone. Si ce n'est pas vous, c'est qui ?

— Je ne sais pas, répondit-il en secouant la tête.

— Qu'est-ce qui me dit que vous ne les avez pas mises sur votre ordinateur de boulot ? le questionna-t-elle en plissant les yeux.

— Rien, mais je suis comptable et je sais que je peux à tout moment devoir confier mon ordinateur à un auditeur ou autre, alors ce serait stupide d'y conserver ce genre de choses.

Il avait dégainé cette explication trop vite pour l'avoir inventée. Néanmoins, elle n'était pas encore convaincue à 100 %.

— Vous pourriez très bien vous servir de cet incendie

comme excuse. Et si votre ordinateur n'était pas dans la maison à ce moment-là ? Et si vous aviez sauvegardé les photos sur votre téléphone, sur un serveur ou sur une clé USB ?

— Je ne l'ai pas fait, assura-t-il.

Même dans la pénombre, elle vit le rouge lui monter aux joues, puis colorer sa gorge et son cou d'une teinte écarlate.

— Je vous le jure. Vous... Vous vous appelez comment ? Quel...

Il s'interrompit. Il avait acheté des photos nues à d'autres filles. Évidemment.

— Vous payez encore pour que des filles vous envoient des photos ? lui demanda-t-elle.

— Non, dit-il en secouant la tête, ses yeux sortant presque de leur orbite.

— Vous êtes très mauvais menteur, soupira-t-elle.

Maintenant qu'elle l'avait vu mentir, elle avait davantage tendance à le croire sur son innocence, mais voilà qu'elle revenait à la case départ.

— Écoutez, Dom'. Si j'apprends que vous m'avez menti, j'enverrai les captures d'écran de vos e-mails et de vos relevés bancaires à votre femme, OK ?

— Je ne mens pas, je vous le jure.

Elle s'apprêta à s'en aller, mais se ravisa. Elle devait parer à une autre éventualité.

— Je vais partir. Bonne exploration à vous. Et s'il vous prenait l'envie de me suivre, de m'assommer ou quoi que ce soit d'autre, n'y comptez pas. J'ai transmis des copies de tout à mon avocat, et s'il m'arrive quelque chose, il les diffusera pour moi.

— Je ne ferai rien, promit Dominic en levant les mains.

Une nouvelle fois, elle le croyait. Ce n'était pas un meurtrier ni un maître chanteur, mais seulement un pervers. Un homme triste. Tandis qu'elle s'éloignait, elle se demanda pourquoi il continuait d'acheter des photos comme les siennes. Il pouvait sans doute en obtenir gratuitement désormais, le porno amateur était tellement devenu monnaie courante qu'il ne lui aurait rien coûté. Peut-être qu'il aimait dire aux filles quoi faire, comment poser. Elle se dépêcha de sortir de l'ancienne gare et de regagner sa voiture. En démarrant, elle tremblait.

C'était la chose la plus imprudente qu'elle ait jamais faite. Même si un pic d'adrénaline courait dans ses veines et lui apportait le shot de dopamine qu'elle aimait tant, elle se sentait secouée. En réalité, elle se sentait épuisée, gelée et déçue. Elle n'avait pas décroché la victoire qu'elle espérait. D'un autre côté, peut-être devait-elle se calmer un peu. Pour atteindre son objectif, elle avait pris des risques inconsidérés qui n'avaient jusqu'à présent pas payé, et ça la rongeait.

De retour chez elle, elle déposa ses clés dans le bol en céramique de l'entrée, ôta ses baskets et accrocha son manteau sur une patère. D'un coup d'œil rapide dans le miroir, elle sut qu'elle avait commis une autre erreur. Ses cheveux étaient trempés à cause de la bruine glaciale au-dehors, et il y avait des toiles d'araignée sur son jean. Elle les épousseta rapidement, quand Rafael arriva dans l'entrée.

Avant qu'elle ne puisse prononcer le moindre mot, Mila réalisa que quelque chose ne tournait pas rond. Les yeux de Rafael étaient exorbités, brillants de colère. Une veine palpitait dans son cou et ses poings étaient crispés. Il fonça droit sur elle tel un taureau enragé et la coinça contre le mur.

— Qui est ce connard de Dominic Harding ?

Lucy

Ils se retrouvèrent dans un café qui surplombait le parc. Lucy arriva la première, en avance comme toujours, et s'assit près de la fenêtre. Elle observa au-dehors des mamans se promener derrière leur poussette. Elles tenaient un café à emporter de leur main libre et des enfants sautillaient autour d'elles en sautant dans les flaques d'eau. Tout le monde était emmitouflé dans un chaud manteau d'hiver, mais le soleil était de sortie après l'averse, et personne n'aurait manqué ce rare moment de beau temps. Les rires des enfants se mêlaient à la douce musique jazz qui animait le café. Des parents essuyaient les sièges trempés des balançoires pour y pousser leurs enfants aux anges.

Est-ce que ce serait elle à leur place, un jour ? Son monde paraissait à des années-lumière du leur. Henry et elle n'avaient pas fait l'amour depuis plus de deux semaines. Ils avaient essayé avec acharnement auparavant, mais l'enthousiasme d'Henry avait fané. Et Lucy devait être honnête : le sien aussi. Non pas qu'elle ne veuille pas d'un bébé, bien au contraire, mais son monde lui paraissait bouleversé à cet instant. Ce n'était pas vraiment le bon moment.

— Bonjour, Lucy, la salua Sunil d'une voix douce, la sortant de sa contemplation. Je te prends quelque chose ?

Elle secoua la tête, elle attendait déjà le thé à la framboise qu'elle avait commandé. Elle avait bien envie d'un *flat white* et de son boost de caféine, mais elle avait décidé de s'en passer pour ce rendez-vous. Son cœur battait déjà bien trop fort.

Quelques minutes plus tard, Sunil revint avec un cappuccino et son thé.

— Ils m'ont donné ta boisson au comptoir, expliqua-t-il.

— Merci.

Elle tira la tasse de thé jusqu'à elle et appuya sur le sachet de thé avec sa cuillère, perdue dans le tourbillon magenta qui colorait l'eau chaude.

— Désolé pour... tu sais... tous mes messages. Ça t'a sans doute paru un peu... brutal.

— Oui, peut-être un peu, répondit Lucy en hochant la tête sans lever les yeux vers lui.

Après un moment, elle finit par croiser son regard et ajouter :

— Pour être honnête, j'ai trouvé ça très déplacé. Tu n'avais pas à avoir mon numéro. Je ne sais même pas comment tu as...

— Dans le carnet d'adresses d'Henry sur son bureau.

— Waouh.

Lucy croisa les bras. Elle fut prise d'un pic de paranoïa et balaya la pièce du regard, scrutant le sapin de Noël dans un coin et les guirlandes lumineuses autour de la porte, puis elle baissa la voix.

— Ce soir-là, au dîner, nous avions tous les deux trop bu. J'étais un peu ivre, il me semble que toi aussi, et les choses ont dérapé le temps d'un instant. C'est tout. J'ai besoin d'être sûre que tu ne vas pas transformer ça en ce que ce n'était pas. Je vais épouser Henry d'ici quelques semaines et voilà. D'accord ?

Au fil des paroles de Lucy, les sourcils de Sunil se froncèrent. Il hocha la tête, mais ne semblait pas ravi. Lucy retira le sachet de thé de sa tasse, le posa sur une serviette et prit la tasse chaude entre ses mains.

— Alors, que voulais-tu me dire à propos d'Henry ? le questionna-t-elle.

— Lucy, je ne voudrais pas te perturber plus que de raison, mais j'estime que tu devrais savoir dans quoi tu mets les pieds, commença-t-il en versant du sucre dans sa tasse avant de touiller son café. Le fait est que Sue était sur le point de divorcer d'Henry avant sa mort. Et ce n'était pas un divorce à l'amiable. C'était la guerre, et pas qu'un peu, d'après ce que j'ai pu voir.

Lucy serra les doigts sur sa tasse. Un divorce ? Elle n'avait jamais entendu ce mot de la bouche d'Henry.

— Comment l'as-tu su ?

— J'ai entendu Henry se disputer avec son avocat au téléphone. Ou peut-être avec celui de Sue, je ne sais pas trop. Dans tous les cas, je l'ai entendu parler de la séparation, du partage des biens, d'argent, de Jacob et tout ça. Henry était furieux. Je ne l'avais jamais entendu aussi énervé. Il n'arrêtait pas de répéter qu'elle ne méritait pas le moindre centime et qu'il ne la laisserait jamais avoir Jacob. Je l'ai entendu fulminer à ce sujet pendant près d'une heure. C'était assez perturbant.

Henry, en colère ? Cela ne ressemblait pas à l'homme qu'elle connaissait. Il était généralement de nature indifférente, voire passive. Il aimait sa petite vie tranquille, sans conflits. Cependant, elle ne l'avait jamais vu sous pression, encore moins sous celle d'un divorce imminent.

— Pourquoi me racontes-tu cela ? lui demanda-t-elle.

Sa nervosité se transforma en agacement. Si c'était vrai, elle se fichait de le savoir, et si c'était faux, alors Sunil lui faisait perdre son temps.

— Parce que ce coup de téléphone a eu lieu une semaine avant la mort de Sue.

— Quoi ?

Il hocha la tête.

— Sue est tombée dans les escaliers une semaine après qu'Henry a découvert qu'elle voulait divorcer, expliqua Sunil.

Il prit une gorgée de son cappuccino pour laisser à Lucy le temps de digérer cette information.

Elle voulait s'enfuir le plus loin possible de ce dingue. Néanmoins, au lieu de sortir en trombe du café, elle ne bougea pas d'un pouce. Pourquoi ? Croyait-elle Sunil ? La tête lui tournait.

— C'est n'importe quoi, balbutia-t-elle.

— C'est la pure vérité, je te le promets.

— Ce que tu insinues est absurde. Admettons que cette conversation avec l'avocat ait eu lieu. Et après ? Ils ont cohabité tranquillement pendant une semaine, et pouf, il l'a poussée dans les escaliers ?

— Je ne crois pas qu'ils cohabitaient, souligna Sunil. Il me semble qu'elle avait déménagé à ce moment-là.

Lucy secoua la tête. Tout ceci était bien loin de la version des événements que lui avait contée Henry. Il n'avait pas donné beaucoup de détails sur la mort de Sue, mais à la connaissance de Lucy, ils avaient été parfaitement heureux jusqu'à son accident. Elle n'avait jamais entendu dire que Sue avait quitté la maison ou voulait divorcer.

— Si tu pensais vraiment... hésita-t-elle avant de baisser la voix. Si tu pensais vraiment qu'Henry était impliqué dans la mort de sa femme, tu ne travaillerais plus avec lui, non ?

— C'est parce que je ne le savais pas jusqu'à récemment, répondit-il.

Lucy leva les yeux au ciel.

— Tu veux dire, jusqu'à ce que tu craques pour moi ou je ne sais quoi ? Comme c'est pratique !

Sunil plissa les yeux, son regard se durcit et ses lèvres se pincèrent.

— Non, je ne craque pas pour toi, Lucy, mais je me soucie de toi et de ton bien-être. J'ai simplement le sentiment que tu mérites mieux qu'un homme comme Henry, mais ce n'est que mon avis, déclara-t-il en haussant les épaules.

— Alors qu'est-ce qui t'a fait penser que mon fiancé était capable de meurtre ? Et pourquoi te montrais-tu encore amical avec lui quand tu es venu dîner ?

— Écoute-moi, s'il te plaît, soupira-t-il. Je sais que c'est compliqué. Ce n'est pas une chose en particulier, c'est un cumul de beaucoup de choses, tu me suis ? Quand Sue est morte, Henry me paraissait inconsolable. Il avait l'air d'avoir le cœur brisé et je ne me suis douté de rien. J'ai rangé le coup de téléphone dans un coin de ma tête et me suis dit que ce n'était rien de plus qu'un mauvais timing. J'ai encore plus compati à sa douleur du fait que Sue et lui n'étaient pas en bons termes à la fin. Cependant, un soir, on est sortis boire un verre après le travail, et j'ai évoqué le divorce. Henry l'a complètement nié. Je lui ai parlé du coup de téléphone et il m'a dit qu'il ne s'en souvenait pas.

— Il avait peut-être honte, intervint Lucy.

— Peut-être, oui, mais ça m'a filé un mauvais pressentiment, comme s'il noyait le poisson pour une autre raison. Après ça, je n'ai cessé de remarquer à quel point Henry n'était pas le mec sympa que je pensais. Il s'est attribué les mérites d'une de mes publications, refusait toujours de donner un délai supplémentaire à ses étudiants pour rendre leurs travaux en dépit de ce qu'ils pouvaient traverser, je l'ai vu mentir à plusieurs reprises, et...

— Et quoi ? lui lança Lucy en se penchant en avant, désormais absorbée par ce que racontait Sunil.

— La semaine dernière, une étudiante est venue voir Henry à propos d'une agression sexuelle. À la fac, les murs sont en papier, on entend tout d'une pièce à l'autre. Henry ne sait pas que je suis au courant, mais j'étais dans mon bureau juste à côté quand une étudiante que j'ai reconnue est allée parler à Henry. Une première année assez timide, gentille et jolie. Je n'ai pas entendu toute la conversation, mais j'ai entendu Henry lui dire qu'elle n'aurait pas dû boire de l'alcool à cette soirée et qu'elle regrettait probablement juste d'avoir été une fille facile.

Lucy sentit son estomac se retourner. Elle avait déjà entendu de tels mots, mais à l'époque, ils venaient de sa mère, quand Lucy était jeune et « amoureuse ». Cet amour s'était soldé par des yeux au beurre noir, des marques de doigts sur ses cuisses, une fausse couche et une anxiété dévorante qui s'immisçait dans chaque instant de sa vie.

— Non, souffla-t-elle tout en fermant les yeux pour tenter d'imaginer ce côté sombre chez Henry. Non, tu mens.

— J'aimerais bien.

Sa chaise grinça lorsqu'elle se leva.

— Je sais pourquoi tu inventes tous ces horribles mensonges. Tu veux nous séparer !

— Non, je te jure, ce n'est pas ce que je veux, assura-t-il en levant les mains.

— Alors pourquoi tu me dis tout ça après... après notre baiser ? lui demanda Lucy d'une voix plus faible.

— Parce qu'à ce moment-là, je me suis rendu compte que tu ne l'aimais pas vraiment et que j'avais peut-être une chance de te convaincre de partir.

La colonne vertébrale de Lucy se tendit. Ses doigts se crispèrent.

— Ce... Ce n'est pas vrai. C'est...

— Ça va ? Tu es pâle, remarqua Sunil avant de balayer la pièce du regard. Je suis désolé si je t'ai blessée, ce n'était pas mon intention. Je suis désolé pour tout ça. S'il te plaît, rassieds-toi et bois ton thé.

Mais Lucy secoua la tête.

— Je ne veux plus jamais t'entendre ou te parler, c'est clair ?

Elle attrapa son sac et quitta le café sans avoir touché à son thé.

* * *

Sur le chemin du retour, Lucy envisagea un instant de changer de direction, de partir loin de chez Henry et de retourner chez sa mère. Elle resta même immobile à une intersection trente secondes de trop, jusqu'à ce qu'un coup de klaxon impatient la force à prendre une décision. Plutôt que de tourner vers la maison de son enfance, elle décida de retourner chez Henry. Dans la maison où il avait vécu avec sa femme. Là où ils avaient tous deux élevé leur fils.

Beaucoup de temps s'était écoulé depuis cette période sombre avec son ex. Elle se rappelait encore ses dix-neuf ans, perdue, piégée dans une relation violente avec un homme dont elle pensait être aimée malgré les coups qu'il lui infligeait. Sa mère ne l'avait pas soutenue, du moins pas au début. Elle était d'une époque où il fallait à tout prix rester loyale à son mari, même si son père avait été alcoolique jusqu'à sa mort. Il fallut que la mère de Lucy voie celle-ci dans un lit d'hôpital pour enfin intervenir. Lucy se souvenait encore des larmes dans les yeux de sa mère.

— Je vais te sortir de là, lui avait-elle promis en essuyant ses larmes pour laisser place à sa détermination. Il ne posera plus jamais la main sur toi.

Et il ne l'avait plus jamais fait.

Une fois de retour chez Henry, elle se gara et resta assise dans la voiture un moment, le temps que l'adrénaline redescende. La Discovery d'Henry n'était pas là, et le calme semblait régner dans la maison. Jacob avait tendance à se tapir dans sa tanière, alors il y avait des chances qu'il soit dans sa chambre, mais elle ne voyait pas les habituels reflets sur les fenêtres des flashs de lumière révélateurs de ses parties de jeux vidéo.

Un constat la frappa : elle avait la maison à elle toute seule.

Elle se précipita à l'intérieur en faisant autant de bruit que possible.

— Henry ? Jacob ?

Elle ôta ses chaussures, gravit les escaliers et toqua à la porte de Jacob. Rien. Elle l'ouvrit prudemment. Il n'était pas là. Puis elle redescendit à la hâte et frappa à la porte du bureau d'Henry. Rien non plus. Elle ouvrit la porte et son rythme cardiaque accéléra encore. Elle ne s'était jamais trouvée dans cette pièce sans lui. Jamais. Elle n'osait pas.

Telle une ado rebelle, elle avait envie de s'affaler dans son siège et de poser les pieds sur son bureau. Elle avait envie de voir ce que cela faisait, d'imaginer qu'elle avait tout le pouvoir, dans son couple, dans sa carrière. Elle voulait savoir ce que cela faisait d'être Henry. Néanmoins, elle n'en avait pas le temps. Au lieu de cela, elle ouvrit son ordinateur portable et tapa la date de naissance de Jacob en guise de mot de passe. Bingo. Elle parcourut alors les noms de fichiers, dont la plupart concernaient l'université, tels que des préparations de cours et autres sujets d'examen.

Elle consulta les documents estampillés « comptes » ou « personnel », sans succès. Elle jeta même un œil à sa boîte e-mail. Rien ne mentionnait un divorce. Elle laissa de côté l'ordinateur et tenta sa chance dans les tiroirs du bureau. Ils étaient quasiment vides. Le tiroir du haut contenait trois stylos, un carnet de notes vierge et une agrafeuse. Les autres rassemblaient des brouillons, des cahiers et quelques bricoles comme des élastiques et des trombones.

Lucy écarta le siège à roulettes et s'attaqua à l'armoire

derrière le bureau. Elle en ouvrit les portes et étudia les documents des étagères du bas. Elle tomba alors sur une boîte de la taille d'une feuille A4, mais profonde d'une dizaine de centimètres. Elle était en métal, façon coffre de banque, et était équipée d'un cadenas. Lorsqu'elle secoua la boîte, celle-ci ne produisit aucun bruit. Elle était lourde, alors il y avait forcément quelque chose à l'intérieur, mais ce n'était apparemment pas de l'argent ou des bijoux comme l'on pourrait s'y attendre. Elle replaça la boîte sur l'étagère telle qu'elle était disposée à son arrivée et fouilla le bureau à la recherche d'une clé. En vain.

Elle ne voulait pas trop s'attarder, alors elle vérifia que tout était en ordre et quitta la pièce en essayant de ne pas tirer de conclusions hâtives concernant cette boîte. Elle pouvait contenir des passeports, des certificats de naissance ou encore des actes notariés. Les gens mettaient bon nombre de choses sous clé, mais elle trouvait quand même étrange qu'Henry ne lui ait rien dit à ce propos. Elle cachait son passeport dans son tiroir à sous-vêtements et n'avait jamais songé à celui d'Henry jusque-là. Quand ils partaient à l'étranger, chacun préparait ses propres bagages et était responsable de son passeport.

Alors qu'elle se dirigeait vers la cuisine pour se préparer une boisson chaude, Lucy jeta un œil aux escaliers. Elle avait déjà fouiné dans les affaires d'un des hommes avec qui elle vivait. Voulait-elle faire de même avec l'autre ?

Avant même de prendre le temps d'y réfléchir, elle monta les escaliers quatre à quatre et déboula dans la chambre de Jacob. Elle agita la souris à côté de l'ordinateur portable de Jacob en espérant qu'il soit allumé. Parfois, Jacob laissait des jeux se télécharger sur son ordinateur, qui restait alors déverrouillé. C'était son jour de chance : *Call of Duty* était en pleine mise à jour et elle n'avait pas besoin d'entrer son mot de passe, qu'elle n'aurait de toute façon jamais pu deviner.

Que cherchait-elle ? Elle n'en avait pas la moindre idée.

Elle consulta son historique Internet et grimaça devant les liens de sites pornographiques. Puis elle cliqua sur un site qu'elle ne connaissait pas : Redpills. Cela ressemblait à un forum, avec des centaines de fils de discussion débordant de commentaires et de *memes*. Elle inspira profondément tout en lisant leur contenu en diagonale. Chacun de ces fils de discussion lui glaçait le sang. Ses avant-bras se couvrirent de chair de poule.

Lucy ne savait que peu de choses du mouvement *incel*, mais elle connaissait les grandes lignes de ses origines misogynes. Elle savait que le terme venait de la contraction de « célibataire involontaire » en anglais et que ces garçons, ou ces hommes, reprochaient aux femmes de ne pas vouloir coucher avec eux. Cependant, elle n'avait jamais lu ce genre de publications auparavant. Elle n'avait jamais été témoin de cette haine absolue. Les femmes y étaient dépeintes comme « superficielles » et ne voulant pas avoir de rapports sexuels sans rien obtenir en retour, et la plupart des messages désignaient les femmes comme des « femelles » et les hommes comme des « mâles alpha » ou « bêta ». Elle fit défiler les messages pleins de rage envers toutes les femmes – bien que les mères semblent occuper une place toute particulière dans leur cœur –, leur reprochant le simple fait d'exister. Elle remarqua alors quelque chose. Jacob ne se contentait pas de se balader sur ce site, il y possédait un compte. Elle cliqua sur son nom en haut de la page pour consulter son historique, et sa mâchoire lui en tomba. Jacob écrivait sur ce forum tous les jours. Il en était même l'un des modérateurs.

En bas, la porte d'entrée claqua. Elle perçut le son d'un manteau que l'on retirait. Lucy ferma le navigateur, rabattit l'écran de l'ordinateur pour le fermer et se précipita hors de la chambre, le cœur battant. Elle faillit refermer la porte trop brusquement, avant de prendre soin de la clore doucement. Alors, elle entendit des pas dans les escaliers. Sans un bruit, elle se rua dans la salle de bain au bout du couloir, tourna le verrou et fit couler l'eau du robinet.

Ce ne fut qu'à ce moment-là qu'elle se rappela une chose : l'ordinateur de Jacob n'était pas fermé quand elle était entrée dans sa chambre.

Claire

À moins de deux semaines du mariage, elle était enfin venue à bout des derniers préparatifs. Grâce à l'enquête qui suivait son cours, et depuis qu'Adrianna et elle (ainsi que Polina) ne recevaient plus rien d'étrange, les choses étaient plus ou moins revenues à la normale. Du moins en apparence. En réalité, Claire savait qu'un changement profond s'était opéré en elle et elle avait peur de ne jamais redevenir comme avant. La paranoïa et la peur éprouvées au cours des semaines passées s'étaient infiltrées en elle tel un virus empoisonnant son esprit et, surtout, perturbant son sommeil.

Dans ses cauchemars, elle se voyait à la place d'une victime de Kévin, ou éprouvait la sensation qu'elle était sur le point de mourir, ou se baladait au bord d'une route en jetant sans cesse un regard par-dessus son épaule. Elle avait l'impression que quelqu'un l'observait, tapi dans l'ombre. Elle imaginait une grande main calleuse lui caresser les cheveux pendant son sommeil. Elle ressentait la douleur d'un couteau dans sa chair, comme si un boucher la coupait en rondelles. Tous les matins, elle se réveillait encore plus fiévreuse que la veille, tremblante et en sueur. Adrianna la serrait alors contre elle jusqu'à ce que ses larmes se tarissent.

Elles étaient toutes les deux épuisées. Adrianna attrapa un rhume et passa plusieurs jours à regarder des sitcoms des années 90 à la télé. Claire, alors qu'elle essayait de prendre soin d'Ad' et de mettre de côté son anxiété, oubliait régulièrement de manger. Lorsqu'elle était au travail, elle se réfugiait souvent dans les toilettes pour un moment de calme afin de permettre à son cœur de ralentir. Elle détestait cette bibliothèque au grand foyer ouvert. Tout pouvait arriver. Et si Simon Botham débarquait dans ce bâtiment ? L'accès à la majeure partie de la bibliothèque était limité aux détenteurs d'une carte étudiante ou d'un badge employé, mais certaines zones restaient publiques. Il pouvait se pointer à tout instant.

Il avait gagné. Il ne s'était rien passé depuis que Claire avait rendu visite à Polina, pourtant la peur lui grignotait encore les entrailles. Le peu de sommeil qu'elle trouvait ne lui apportait aucun repos. Jamais rien ne l'avait mise dans cet état auparavant.

— Tu as besoin de consulter, déclara Adrianna de but en blanc un matin après une nuit difficile. C'est la seule solution pour que tu t'en sortes. On pourrait peut-être prendre quelques rendez-vous avec un professionnel avant le mariage.

— Je n'ai pas vraiment les moyens de...

— Moi, je peux peut-être. Ou on peut essayer d'avoir une prise en charge.

— Non. On a besoin de tout ce qu'on a pour la lune de miel. On mérite la plus belle des lunes de miel après ça, bon sang. Ce qu'il faut, c'est que la police mette enfin la main sur Simon Botham et l'envoie derrière les barreaux avec son frère. Combien de temps leur faut-il pour retrouver l'expéditeur d'un fichu bouquet de fleurs ?

Adrianna soupira, et pour la première fois Claire se sentit contrariée vis-à-vis d'elle. Ça l'énervait qu'Adrianna ne comprenne pas. Claire savait qu'elle irait de nouveau parfaitement bien dès que le harcèlement prendrait fin. C'était son seul et unique problème et la seule chose qu'elle avait à résoudre. Pourquoi Adrianna ne comprenait-elle pas cela ?

* * *

Adrianna mit rapidement de côté le sujet d'un éventuel psychologue, au grand soulagement de Claire. Celle-ci se rendit au travail le lendemain, déterminée à ne pas se laisser démonter par si peu. Elle restait toujours occupée et courait si vite à droite et à gauche que ses collègues devaient lui faire de grands signes pour capter son attention.

Elle sauta la pause déjeuner, et son estomac se mit à crier famine sur les coups de quinze heures. Son application de sport lui indiqua qu'elle avait effectué près de 15 000 pas. Elle ne s'était pas assise une seule seconde de la journée.

Claire acheta une bouteille d'eau et une salade à la feta au café en face de la bibliothèque. Il faisait trop froid pour manger une salade, mais elle n'avait envie de rien de plus solide. Elle s'assit alors sur les marches de la bibliothèque pendant quelques minutes. Elle frissonnait dans son manteau d'hiver et observait les étudiants insouciants qui prenaient des selfies devant l'énorme sapin de Noël qui trônait face au bâtiment des associations étudiantes. Le ciel s'assombrit et elle se dépêcha de manger.

Elle observa le visage de chaque passant, en particulier des hommes en fin de trentaine, début de quarantaine, bref, de tous ceux dont l'âge sortait de la moyenne étudiante. Bientôt, la plupart des étudiants seraient rentrés chez eux pour Noël, et elle aussi aurait aimé partir en congé quelques jours avant le mariage. Tout allait si vite. Le mariage approchait à une vitesse vertigineuse. Elle s'arrêta de manger un instant.

Avait-elle peur de se marier ? Elle n'y avait jamais songé jusqu'à présent.

Après avoir jeté son emballage vide dans la poubelle la plus proche, Claire remarqua qu'à proximité, un homme n'avait pas bougé depuis cinq bonnes minutes. Son souffle se bloqua dans sa gorge, glacial. Elle le vit observer la façade de la bibliothèque, les mains dans les poches. Puis il entra, et elle le suivit.

Il portait une doudoune rouge et une casquette bleue. Quand il tourna légèrement la tête, elle remarqua une barbe de trois jours châtain sur ses joues. Pouvait-ce être lui ? La recherchait-il ? Lorsqu'il gravit les marches qui menaient à l'étage, elle lui emboîta le pas, s'arrêta quand il s'arrêta et maintint une distance raisonnable entre eux.

Pour entrer dans la bibliothèque, il devait valider un badge de l'université au tourniquet placé en haut d'une flopée d'escaliers, près d'un guichet d'informations pour les visiteurs. Face au tourniquet, l'homme à la doudoune rouge hésita. Elle attendit, le cœur battant, se demandant s'il allait dégainer un badge ou s'adresser au guichet. De la sueur perlait sur ses tempes. Elle respirait lentement, agrippée à la rambarde sur sa gauche. Un groupe d'étudiants la contourna, et elle fit quelques pas en arrière pour ne plus gêner le passage.

Il se tourna. Elle pivota sur ses talons et se précipita dans les escaliers avant de se réfugier derrière un mur du hall, dans l'ombre d'un recoin. L'homme coupa à travers un groupe d'étudiants internationaux, s'attirant leurs regards contrariés et leurs froncements de sourcils. Claire tendit le cou pour tenter de discerner son visage.

Une pensée la saisit soudain. Si elle n'agissait pas maintenant, elle n'en aurait peut-être plus jamais l'occasion. Et si elle était en mesure de mettre fin sur-le-champ à ce règne de la terreur ? Elle repensa au médaillon et au visage réjoui d'Adrianna lorsqu'elle avait cru que c'était un cadeau. Les photos de la scène de crime s'imposèrent à son esprit et de la colère s'infiltra dans ses veines, la poussant à avancer. Au moment où l'homme à la doudoune posa le pied sur la dernière marche, elle se jeta sur lui en tentant de lui saisir le bras.

Il passa au milieu d'un trio d'étudiants, et elle fit un nouveau bond en avant, les deux bras tendus pour lui attraper le bras. Elle planta fermement ses ongles dans sa cible tandis que l'homme tentait de dégager son bras de sa prise.

— Ça suffit maintenant ! s'écria-t-elle. Arrêtez de me suivre ! Laissez-moi et ma famille tranquilles !

Sa voix résonna dans le hall silencieux. Ses mots firent écho dans le vaste espace qui l'entourait.

— Mais qu'est-ce qui vous prend ?!

Claire fut stupéfaite de découvrir que l'homme avait un accent européen. Elle leva alors les yeux vers lui. Un sentiment d'horreur la saisit de toutes parts, des pieds à la tête.

— Ce n'est pas vous, murmura-t-elle.

Elle tituba en arrière, trébucha et atterrit lourdement sur le sol carrelé. Elle grimaça. Sa tête lui tournait. L'homme à la doudoune la fixait toujours comme si elle était folle à lier.

Elle l'était peut-être.

Claire avait l'impression que son cœur allait littéralement exploser, et une vive douleur l'élançait dans son épaule gauche. Ses mains devinrent totalement engourdies. *Et voilà, je meurs*, songea-t-elle. *Ma peur va me tuer*. Au plus profond d'elle-même, elle savait que ce n'était pas rationnel, mais son corps en décidait autrement. Elle avait mal, elle avait le tournis, et elle allait mourir.

Sa vision se brouilla. Nate, son manager, se précipita vers elle, son badge d'employé se balançant au bout de son cordon. Le regard de Claire se posa sur les inconnus dans les escaliers. L'homme à la doudoune tenait son téléphone contre son oreille. Il appelait la police pour la faire arrêter, se dit-elle.

Puis il raccrocha et articula silencieusement à son intention : « Je vais te tuer ». Non, elle délirait. Son esprit troublé déformait la réalité et créait des mensonges. Il lui demandait si elle allait bien.

— Claire ? Que s'est-il passé ? Ça va ? lui demanda Nate en l'aidant à se relever pour s'asseoir sur un canapé. On t'a appelé une ambulance.

— Je ne veux pas aller à l'hôpital, répondit-elle en secouant la tête. Ils ne me laisseraient pas repartir.

— Bien sûr que si, la rassura Nate. Ils vont t'aider à aller mieux.

Nate resta à ses côtés bien longtemps après le départ de l'homme à la doudoune. Deux secouristes vinrent contrôler son état, l'aidèrent à reprendre son souffle et lui expliquèrent ce qui se passait.

— Claire, je pense que vous faites une crise d'angoisse, lui indiqua l'un d'eux.

Il était jeune, les cheveux crépus coupés courts. Il lui adressait un sourire chaleureux et parlait doucement. Néanmoins, dans l'état de stress dans lequel elle était, elle y vit de la condescendance.

La douleur dans son épaule se dissipa progressivement. Finalement, elle n'allait pas mourir, mais une pensée désagréable lui souffla qu'au moins, si elle mourait, tout serait terminé. Un frisson la parcourut. Elle n'avait jamais pensé à quoi que ce soit de tel auparavant.

— Parlez-moi de cinq choses que vous voyez autour de vous, quoi que ce soit, lui demanda le secouriste.

Claire décrivit les escaliers, les tourniquets, les peintures accrochées au mur et autres bricoles, jusqu'à sentir qu'elle reprenait pleinement possession de son corps. Elle ne savait pas le moins du monde combien de temps les secouristes étaient restés avec elle, mais lorsqu'ils s'en allèrent, elle eut l'impression de se sentir aussi tremblante qu'après une course de dix kilomètres particulièrement escarpée.

— Ça va aller pour rentrer, ou tu veux que j'appelle Adrianna ? lui demanda Nate.

— Je vais appeler un Uber, assura-t-elle.

Nate s'assit à côté d'elle sur le canapé, les mains sur les genoux. Il hocha la tête pour lui-même, comme s'il venait de prendre une décision.

— Bon, je te mets en arrêt, déclara-t-il.

— Mais non, ça ira mieux demain.

— Non, tu dois récupérer. Et puis c'est bientôt Noël et ton mariage, prends le reste de l'année pour toi. Envoie-moi un certificat de ton médecin et repose-toi, d'accord ?

Elle aurait pu le serrer dans ses bras, mais elle ne le fit pas. Au lieu de cela, elle faillit pleurer. Puis elle tituba jusqu'à la sortie de la bibliothèque, les larmes aux yeux, se demandant si elle pouvait se faire confiance à elle-même.

Colleen

Colleen était plantée en plein milieu du restaurant. Nina, la serveuse, se trouvait à sa gauche, et Adrianna à sa droite. Le gin qu'elle avait avalé lui retournait l'estomac. Elle n'aimait pas ça. Des gens se trouvaient dans l'hôtel alors qu'ils n'y avaient pas été conviés, et l'un d'eux avait disparu de la pièce dans laquelle elles se trouvaient. Elle ne pouvait s'empêcher de penser qu'il avait entendu leur conversation et était parti se cacher.

— Vous vous souvenez de sa tête ? demanda Colleen aux deux jeunes femmes. Moi non.

— Je dirais qu'il avait la cinquantaine, répondit Nina. Il était brun et portait un costume noir.

Elle mordilla l'ongle de son pouce et des plis se formèrent sur son front tandis qu'elle réfléchissait.

— Je n'ai pas aimé ce qu'il renvoyait, ajouta-t-elle.

— Comment ça ? s'étonna Adrianna.

— Je ne sais pas, fit Nina en haussant les épaules, j'ai eu l'impression qu'il cherchait trop à se montrer amical avec moi. Il avait... un côté dur, aussi. Et il sentait l'alcool.

Colleen déglutit avec difficulté et pria pour que son

chewing-gum à la menthe camoufle son haleine alcoolisée. Elle vit Adrianna sortir son téléphone portable de sa pochette.

— C'est lui ? demanda cette dernière à Nina.

Celle-ci se pencha pour mieux voir.

— Je ne sais pas, avoua-t-elle. Je n'ai pas beaucoup fait attention à son visage, je crois que je voulais surtout m'éloigner aussi vite que possible.

— Apparemment, lui aussi, nota Colleen en contemplant le restaurant vide.

— Nina, crois-tu que tu le reconnaîtrais si nous faisions le tour de l'hôtel ? demanda Adrianna.

— Je pense, oui.

— Super. Alors, allons-y.

Les genoux de Colleen n'étaient pas très coopératifs, mais ils suivirent le rythme. Elles passèrent près de plusieurs invités, et Nina secoua la tête à chaque fois.

Enfin, elles regagnèrent le hall et Colleen décida d'aller prendre des nouvelles de la famille Rodriguez pour s'assurer que tout le monde allait bien. Cependant, alors qu'elles arrivaient près d'eux, Nina leva le bras et pointa du doigt un homme qui se faufilait hors de la pièce.

— Il me semble que c'est lui.

Adrianna remonta son jupon et accéléra le pas, se contorsionnant pour se glisser entre les groupes de personnes qui s'attardaient près de l'entrée. Quand la mariée parvint enfin à traverser la foule, l'homme était bien loin. Colleen suivait la jeune femme. Elle boitait un peu désormais, pourtant elle avançait presque aussi vite qu'Adrianna dans sa robe imposante.

— Arrêtez-vous ! le héla la mariée, plongeant alors le hall dans un silence feutré.

Colleen vit l'homme franchir le pas de la porte et son ventre se noua. La température était glaciale à l'extérieur. Heureusement, l'un des invités du mariage Rodriguez se précipita à la suite de l'intrus. Adrianna les suivit tant bien que mal, mais Colleen hésita à sortir dans le froid tandis qu'une foule de curieux s'amassait derrière elle. Elle entendit des murmures de « Que se passe-t-il ? », « C'est qui, celui-là ? » et autres « C'est le mariage raté le plus fun que j'aie jamais vu ».

Colleen sursauta en voyant le jeune invité plaquer l'intrus au sol. Devrait-elle intervenir ? Les choses allaient-elles trop loin ? Elle n'avait toujours pas de nouvelles de la police, alors que pouvait-elle faire ? Elle observa l'échauffourée à laquelle se joignit Adrianna, qui empoigna l'homme par le revers de sa veste. Colleen perçut de la confusion sur le visage de la mariée quand celle-ci découvrit le visage de l'intrus. En effet, même Colleen, de là où elle était, voyait qu'il ne s'agissait pas de l'homme sur la photo d'Adrianna.

Le jeune invité et la mariée traînèrent l'intrus jusqu'au hall de l'hôtel, et Colleen recula, bousculant au passage les gens qui s'étaient agglutinés derrière elle. Tout le monde scrutait l'homme débraillé d'un œil suspicieux.

— Conduisez-le dans mon bureau, lança Colleen en réalisant soudain qu'elle devait le tenir à l'écart du reste de l'assemblée.

Quelqu'un devait prendre les choses en main, et malheureusement cela tombait sur elle. Elle se tourna alors vers la foule et déclara :

— Ne vous en faites pas, tout va bien. Nous devons seulement déterminer qui est cette personne, car il n'est pas sur la liste des invités. Je vous invite à reprendre ce que vous faisiez.

— Où est mon fils ? la questionna M. Rodriguez d'une voix forte.

— Et ma fille ? renchérit une autre voix.

— Est-ce qu'un mariage aura quand même lieu aujourd'hui ?

— Où est la police ?

— Est-ce qu'on va avoir quelque chose à manger ?

Colleen leva les bras, puis les baissa lentement.

— Je répondrai à toutes vos questions dès que je le pourrai, affirma-t-elle.

Puis elle recula, d'abord doucement, puis plus vite, courant à moitié vers son bureau tout en boitillant. Lorsqu'elle y parvint, Adrianna et l'invité des Rodriguez, qui se présenta sous le nom de Peter, avaient installé l'homme sur une chaise face à son bureau. Peter bloquait la porte tel un videur de boîte de nuit.

— Il prétend être le père de Mila, l'informa Adrianna, les yeux écarquillés et injectés de sang, en faisant un geste du menton vers l'homme assis.

— Oh, fit Colleen.

— C'est la vérité, insista l'intrus. Et je vais vous attaquer en justice illico ! Cette brute m'a presque déboîté l'épaule !

— Que vouliez-vous que je fasse ? rétorqua Peter. J'ai vu un homme s'enfuir et deux femmes lui courir après, j'ai fait ce que tout homme sensé aurait fait. Est-ce que je vais avoir des ennuis à cause de ça ? Parce que maintenant, moi aussi, je me sens presque d'humeur à coller un procès à quelqu'un.

Colleen soupira. Elle contourna son bureau, puis s'assit dans son fauteuil en se frottant le genou.

— Bon, mettons tout ça au clair. Comment vous appelez-vous, monsieur ?

— Pourquoi devrais-je vous donner mon nom ? Je suis le père de Millie.

— Millie ?

— C'est son prénom. Du moins, celui qu'on lui a donné.

Colleen secoua la tête, trop épuisée pour qu'on lui parle en énigmes.

— Donnez-nous simplement votre nom pour que je puisse vérifier tout ça dans la liste d'invités que j'ai sur mon ordinateur. Peut-être qu'il y a eu une erreur sur la version papier.

— Laissez-moi vous économiser du temps : je n'ai pas été invité. Millie et moi, on n'est pas en très bons termes, et ce depuis des années. Mais elle reste ma fille et j'ai le droit de la voir se marier.

— Alors vous vous êtes pointé comme ça ? Sans invitation ?

— Qu'auriez-vous fait si c'était votre fille ? répliqua l'homme en se penchant en avant.

— J'aurais respecté son choix, affirma Colleen. Pourrais-je voir votre carte d'identité, s'il vous plaît ? Peut-être pourrions-nous vous réserver une chambre.

Elle espérait que sa ruse marcherait et qu'elle obtiendrait son nom sans avoir à le lui redemander frontalement. Cependant, les yeux de l'homme s'étrécirent et il croisa les bras.

— Et si je ne veux pas de chambre ? l'interrogea-t-il.

— Alors je vais malheureusement devoir vous demander de partir.

— Vous me chasseriez en pleine tempête de neige ?

— Oui. Vous avez le choix entre réserver une chambre et me donner votre nom, ou vous entêter à refuser. C'est vous qui voyez.

— Et si je meurs de froid ?

Colleen hésita. Elle jeta un coup d'œil à Adrianna, dont les yeux scrutaient l'homme qui lui tournait le dos. Peter, le garçon d'honneur, garda le silence. L'atmosphère était lourde dans la pièce, étouffante, comme si un orage couvait. Peut-être avait-elle trop monté le chauffage. Au moins, les générateurs fonctionnaient encore.

— Si vous restez dans cet hôtel, il va me falloir une pièce d'identité, c'est non négociable.

Colleen s'adossa alors contre son fauteuil, croisa les bras sur sa poitrine et fixa l'homme.

Après une bonne trentaine de secondes, l'homme plongea enfin sa main dans la poche de son pantalon pour en sortir son portefeuille. Il était sale et tombait presque en lambeaux, laissant s'échapper ses cartes de crédit et divers reçus froissés. Il en sortit un permis de conduire et le balança sur le bureau.

— Vous êtes contente, là, c'est bon ?

Colleen s'empara du petit rectangle plastifié et lut le nom qui y figurait : Patrick Crawley.

— Hmm, je ne dirais pas que je suis contente, non. Nous n'avons pas de mariée du nom de Millie ici et votre nom de famille ne correspond pas non plus.

— Millie a changé de nom, argua-t-il. Elle s'appelle Mila maintenant.

Rien de tout cela ne sonnait juste. Soit cet homme mentait, soit elle faisait face à un homme dont la fille avait changé de nom pour s'éloigner de lui. Aucune de ces possibilités ne lui plaisait. Afin de gagner du temps, elle pianota sur son clavier et consulta les réservations pour la nuit à venir. L'hôtel était complet, mais disposait d'une chambre disponible qui n'avait pas été attribuée en raison d'une fuite dans la douche à réparer. Elle la lui réserva aussitôt. Peut-être pouvait-elle le faire surveiller en permanence par des employés pour s'assurer qu'il ne bouge pas. Avait-elle le droit de faire cela ? Légalement ? Il fallait qu'il sorte de son bureau pour qu'elle puisse de nouveau appeler la police.

— Voilà, je vous ai réservé une chambre pour la nuit, annonça-t-elle. Néanmoins, étant donné que vous ne faites partie d'aucune liste d'invités, je vais malheureusement devoir vous demander de ne pas quitter votre chambre jusqu'à ce que nous puissions nous assurer que tout le monde est en sécurité. Plusieurs personnes restent introuvables actuellement et…

— Mila en fait partie ? la coupa Patrick.

— Eh bien… hésita Colleen, ne sachant pas ce qu'elle devait révéler ou non.

— Oui, s'exclama Peter à sa place. Elle et Raphaël sont dehors quelque part.

— Mon Dieu, souffla Patrick.

— On ne sait même pas si elle est vraiment votre fille, souligna Adrianna. Vous pourriez tout aussi bien être un tueur en série.

Patrick se tourna sur sa chaise pour dévisager Adrianna, qui se tenait dans un coin.

— Je ne suis pas un putain de tueur en série, gronda-t-il.

— Waouh, me voilà rassurée, railla la mariée.

— Bon, calmons-nous un peu, intervint Colleen qui devait absolument reprendre le contrôle de la situation. Patrick va rester dans sa chambre. Je demanderai à un employé de rester à votre disposition en permanence au cas où vous auriez besoin de quelque chose à boire ou à manger.

— Vous allez me faire surveiller, plutôt, rétorqua-t-il.

Elle l'ignora et poursuivit.

— Vous êtes désormais un client de cet hôtel jusqu'à ce que la police arrive et prenne la situation en main. Je vous demande simplement de nous faciliter la tâche, s'il vous plaît. Vous n'avez pas été invité ici, et nous ne connaissons pas vos motivations. C'est une situation stressante pour tout le monde, je suis sûre que vous pouvez le comprendre.

Patrick sourit et hocha poliment la tête. Elle n'aimait pas ce sourire. Pas du tout.

Mila

Rafael ne lui avait pas adressé la parole depuis trois jours. Elle lui devait des explications.

En rentrant de la gare abandonnée, Mila s'était mordu les doigts d'avoir manqué de prudence. Rafael avait évidemment installé une application de localisation de proches sur le téléphone de Mila, mais elle ne pensait pas qu'il la consultait régulièrement. Elle savait pourtant qu'il avait des tendances paranoïaques. Elle aurait dû couvrir ses arrières avant de se lancer à la poursuite de Dominic. Combien de temps devrait-elle se planter avant d'enfin accepter le genre d'homme qu'était Rafael ?

Le lendemain, elle appliqua de l'anticernes sur les bleus qui noircissaient ses joues et enfila un haut à manches longues pour dissimuler les marques de doigts qui ornaient ses poignets. Tout cela n'avait pas d'importance, se répétait-elle, tout cela en vaudrait la peine une fois qu'elle aurait la bague au doigt.

Quand Rafael s'était calmé, elle avait menti comme une arracheuse de dents jusqu'à ce qu'elle perçoive qu'il commençait à avaler ses mensonges. D'abord, elle lui avait dit qu'elle avait effectué des recherches sur Dominic Harding, car elle s'était donné pour mission de trouver un nouveau comptable à Rafael. Elle avait simplement essayé d'aider. Rafael se plaignait constamment de ses comptables. Toutefois, elle avait ainsi dû se faire passer pour une imbécile, puisqu'un comptable d'aussi petite envergure que Dominic n'aurait jamais été à la hauteur pour l'empire des Rodriguez, et cela sautait aux yeux de n'importe qui disposant de deux neurones fonctionnels. Alors, elle avait dû s'attaquer à la partie de son plan un peu plus tirée par les cheveux : elle avait fini par se perdre près de la gare et s'était arrêtée pour demander son chemin. Ce coup-ci, il avait fallu qu'elle paraisse réellement stupide, mais Rafael avait fini par la croire en la voyant fondre en larmes.

Ses yeux restèrent rouges et gonflés pendant plusieurs jours. Tant mieux si elle avait l'air de souffrir, pensa-t-elle. Tant mieux si elle passait pour une femme battue. Ses bleus s'étaient presque entièrement estompés, mais certaines marques de doigts étaient encore visibles, telles de larges piqûres de moustique. Alors qu'elle se préparait pour son déjeuner avec Félicia, elle enfila un pull en cachemire à manches trois-quarts. Néanmoins, il ne fallait pas qu'elle donne l'impression de montrer délibérément ses ecchymoses, alors elle couvrit de fond de teint et d'anticernes les traces sur son visage.

Avant de partir déjeuner, elle appela Rafael. C'était leur nouvelle routine. Il devait savoir en permanence où elle se trouvait, et c'était la première fois qu'elle quittait la maison depuis leur dispute.

— J'y vais, annonça-t-elle aussitôt qu'il décrocha.

Elle ne s'embêta pas à lui dire bonjour. Elle voulait qu'il culpabilise de ce qu'il avait fait, mais elle n'était pas sûre qu'il soit capable de ce genre d'états d'âme.

— Où ?

— Au restau Chez Federico.

— Avec qui ?

— Avec Félicia, je te l'ai déjà dit. Tu peux appeler Peter pour vérifier si tu veux.

— Tu rentres à quelle heure ?

Elle soupira.

— À quelle heure veux-tu que je sois rentrée ?

— Ne traîne pas dehors toute la journée, rétorqua-t-il sèchement avant de raccrocher.

Mila s'appliqua du rouge à lèvres sombre face au miroir du couloir, puis attrapa sa veste en cuir et sortit. Elle mentirait en prétendant que Rafael ne lui faisait pas peur, mais elle avait toujours pensé qu'elle ne ressentait pas la peur comme les autres. Peut-être était-ce dû aux violences physiques et psychologiques qu'elle avait subies dans son enfance entre les mains des deux ivrognes négligents qui lui avaient servi de parents. D'une certaine manière, la souffrance pouvait être évitée, et tandis qu'elle l'esquivait le plus possible, elle avait également conscience que souffrir faisait partie de la vie et qu'elle devait de temps en temps en pâtir comme les autres. La vie n'était qu'une suite de concessions et d'évaluations des risques. Parfois, la souffrance engendrait une certaine forme de récompense. La douleur d'une blessure qui guérit, le remède injecté par une aiguille, la douleur émotionnelle de mettre fin d'une relation toxique. Si elle tenait bon face aux parents de Rafael et à la jalousie maladive de celui-ci, elle en récolterait les fruits plus tard.

Cependant, elle savait également faire preuve de réalisme. Rafael était plus fort qu'elle. Est-ce que ses sautes d'humeur pouvaient provoquer plus de douleur que ce qu'elle était capable d'encaisser ? Ou pire, est-ce qu'elle finirait par se faire tuer à force de jouer avec le feu ?

Elle se gara près du restaurant italien et remarqua les guirlandes lumineuses en forme de flocons qui décoraient les commerces autour du petit parc. Sous ses bottes, la neige craquait là où le trottoir était resté à l'ombre. Elle pressa le pas, les doigts déjà gelés par le froid mordant. Lorsqu'elle entra dans le restaurant, elle ôta son écharpe et sa veste. Félicia, souriante, lui fit signe depuis une table.

— Ma belle, tu es magnifique ! lança-t-elle en faisant la bise à Mila.

— Toi aussi, ma chérie, répondit cette dernière.

Mila avait décidé de prendre sur elle vis-à-vis de Félicia aujourd'hui. Elle s'en était convaincue au cours du trajet en voiture.

— Enfin, me concernant, j'ai du mal à le croire, ajouta Mila. J'ai l'impression de ne ressembler à rien aujourd'hui.

— Oh, mais pourquoi ? Tout va bien ?

Mila agita sa main comme si ça ne valait pas la peine d'en discuter. Elle prit soin d'exhiber les bleus sur son avant-bras.

— On s'est disputés, c'est tout.

— Ces marques sur ton bras, qu'est-ce que... balbutia Félicia en prenant la main de Mila dans la sienne.

— Oh, non. Non... Ce n'est pas du tout ce que tu crois, assura Mila en lâchant un petit rire nerveux. Il ne ferait jamais ça.

Puis elle déglutit et ramena son bras vers elle. Félicia baissa le regard et arqua les sourcils.

Mila haussa les épaules et laissa le serveur venir prendre leur commande. Elle opta pour une salade au poulet et à la mozzarella avec une sauce citron. Félicia choisit les pâtes carbonara. Elles prirent également une bouteille de rosé.

La conversation se centra d'abord sur Félicia. Elle avait perdu le rouge à lèvres de sa mère et avait retourné toute la maison à sa recherche. Peter avait obtenu une promotion alors même qu'il avait posé des congés supplémentaires cette année pour qu'ils puissent partir en vacances en famille. Puis Mila répondit poliment à quelques questions à propos des préparatifs du mariage.

— Tu n'as pas l'air très enthousiaste... Il ne reste qu'un peu plus d'une semaine ! souligna Félicia avant que ses yeux ne dérivent vers les ecchymoses. Est-ce que quelque chose te tracasse ?

Mila reposa sa fourchette et enfouit sa tête entre ses mains.

— Mon Dieu, Félicia, rien ne va... Je ne vais pas bien, Raf ne va pas bien...

— Que s'est-il passé ?

— Le problème, c'est qu'il veut toujours tout contrôler, expliqua Mila en se penchant en avant. Il déteste que je sorte de la maison.

Elle tourna ses poignets pour montrer ses bleus de nouveau.

— Ça, c'est parce que je suis rentrée trop tard. Je me suis perdue et il a cru que j'étais partie rejoindre un autre homme.

— Mais Rafael semble tellement amoureux de toi...

— Il l'est, c'est ça, le truc. Il m'aime trop fort. Il ne peut pas s'en empêcher. Et je ne cherche pas à le faire changer, je t'assure, pas du tout, mais en même temps, je... je ne devrais pas en parler.

— Tu peux tout me dire, l'encouragea Félicia en remuant ses pâtes distraitement, sans quitter Mila des yeux.

— J'ai peur de jusqu'où ça peut aller, tu vois ce que je veux dire ? Il est un peu... Hmm, disons qu'il a du mal à canaliser ses émotions.

Félicia posa sa fourchette et plongea la main dans son sac. Pendant un instant, Mila crut qu'elle s'était trompée au sujet de Félicia et qu'elle l'avait tellement outrée qu'elle souhaitait partir. Cependant, Félicia se contenta de sortir son portefeuille et d'en extraire une petite carte de visite.

— Si tu as besoin d'aide, appelle ce numéro. C'est un

refuge privé pour femmes. Enfin, dis-moi si je me mêle de ce qui ne me regarde pas, je ne veux pas présumer quoi que ce soit de ta relation avec Rafael. Dans tous les cas, sache que quoi que tu fasses, je ne te jugerai pas. Alors n'hésite pas à m'appeler ou à appeler ce numéro, tu n'auras pas à te justifier de quoi que ce soit, d'accord ? Des gens sont là pour t'aider.

Mila saisit la carte et la rangea dans son portefeuille.

— Merci. Ça me touche.

Quelques minutes plus tard, Félicia se rendit aux toilettes et Mila sortit de sa poche le rouge à lèvres prune confite qu'elle avait volé. Avant que Félicia ne revienne, elle le glissa dans l'une des pochettes du sac à main de celle-ci.

* * *

Elles passèrent deux bonnes heures à table et commandèrent des desserts pour éponger le vin. Mila engloutit quelques grands verres d'eau avant de partir, car elle devait être en état de conduire, puis elle regagna sa voiture et appela Rafael pour le prévenir qu'elle quittait le restaurant. Pour une fois, elle était sage et obéissait à ses règles.

Cette pensée la fit rire. « Sage » n'était pas un terme très souvent employé pour la décrire. Ni quand elle était écolière, ni quand elle bossait dans une agence d'intérim, et encore moins en tant que fiancée. Leur appel fut bref, Rafael devait retourner en réunion. Mila s'apprêtait à ranger son téléphone dans sa poche quand elle réalisa quelque chose : la date du jour.

Ce constat lui fit l'effet d'un coup de poing dans le ventre. Comment avait-elle pu oublier ? Comment avait-elle pu prévoir un déjeuner en toute décontraction et rester assise là-bas à boire du vin et à savourer un dessert ? Maintenant qu'elle savait quel jour c'était, elle ne pouvait plus obéir aux règles imposées. Elle éteignit son téléphone pour que Rafael ne puisse plus la traquer, le balança sur le siège passager et démarra la voiture. En sortant du parking, au lieu d'aller à droite, elle tourna à gauche.

Sur le trajet, elle s'arrêta à une station-service et paya en espèces un bouquet de roses roses. Puis elle descendit une rue bordée de kiosques à journaux et de petites échoppes, tout en se demandant si elle se souvenait encore du chemin. Évidemment que oui. Malgré à peine une poignée de visites au cours des dernières années, la route était marquée au fer rouge dans son esprit. Elle passa en mode pilote automatique, prit à droite près d'un cabinet médical qu'elle reconnaissait, puis emprunta la deuxième sortie du rond-point aux feux tricolores.

Elle se gara sur le bord de la route, saisit le bouquet et finit le trajet à pied. Elle dépassa une femme d'une soixantaine d'années qui avait à la main un sac rempli d'emballages en plastique transparent froissés.

Cinq allées plus loin, près de l'érable, elle retira les feuilles mortes qui avaient échoué sur le marbre froid et écarta les restes presque fossilisés du dernier bouquet de fleurs qu'elle avait déposé sur la tombe. Elle n'avait pas de ciseaux, alors elle arracha l'emballage plastique des roses et cassa les tiges pour les mettre à la bonne taille.

— Je me doutais que tu serais là.

Mila se retourna, sans être surprise d'entendre cette voix. Christopher se tenait debout derrière elle, un bouquet d'œillets jaunes à la main. Ils tranchaient avec ses roses roses, mais ça n'avait aucune importance. Les yeux de Christopher se baissèrent vers la tombe et elle vit son sourire s'évanouir. Deux ans s'étaient écoulés, et ça ne rendait pas les choses plus faciles pour autant.

— Tu aurais des ciseaux ? lui demanda-t-elle.

Il secoua la tête.

— Rends-toi utile et va remplir ça d'eau, lui lança-t-elle en lui passant un vase pour les fleurs.

Il se dirigea vers le robinet le plus proche, ce qui laissa un petit moment à Mila pour poser sa paume contre la pierre tombale et murmurer un rapide « Salut ».

Puis elle reporta son attention sur son grand frère. Cela faisait plus de six mois qu'elle ne lui avait pas parlé. Il savait pourquoi. Elle savait pourquoi. Elle avait ignoré ses appels, car elle ne souhaitait pas avoir la conversation qu'il désirait avoir.

— Alors tu es venu ici pour me tendre une embuscade ? le questionna-t-elle. Ou tu es venu pour elle ?

— Les deux, avoua-t-il.

Elle ne répondit rien. Un silence confortable s'installa entre eux, du genre de ceux qui ne peuvent exister qu'entre deux personnes qui partagent un lien puissant qu'on ne peut feindre. Elle n'avait jamais connu de silence agréable avec Rafael.

— Je ne savais pas quelles fleurs elle aimait, finit-il par déclarer. Je me suis planté, hein ?

— Elle aimait le jaune, nota Mila en haussant les épaules. Elle n'avait pas de fleur préférée, à part peut-être les marguerites.

Un souvenir s'immisça alors dans son esprit. Des petits doigts formant des boucles avec des tiges de marguerites. Elle se rappelait la sensation de la tige sous ses ongles, du soleil sur son visage. Elle avait une fleur derrière l'oreille. Une sensation de bonheur la submergea, puis elle fut ramenée dans le froid du mois de décembre face à une tombe garnie d'un triste bouquet de station-service à moitié fané.

— En même temps, on n'a pas vu beaucoup de fleurs dans notre jeunesse, souligna Christopher.

— C'est vrai, souffla-t-elle doucement, avant de se tourner vers son frère. Bon, ça suffit.

— De quoi ?

— De tourner autour du pot. Dis-moi ce que tu fais là.

Le coin de sa bouche se releva d'une façon qui, elle le savait, faisait craquer les femmes. La dernière fois qu'elle avait vu Christopher, il vivait confortablement dans le Cheshire avec une femme d'une cinquantaine d'années. Christopher aimait avoir une ou deux cougars sous la main pour le bichonner.

— C'est papa, confia-t-il.

Les muscles de Mila se tendirent. Elle visualisa son visage, sa couperose, les pores dilatés de son nez et son front luisant. Elle l'avait toujours trouvé un peu déséquilibré, le visage rougi par quatre canettes de cidre.

— Qu'est-ce qu'il a ?

— Il est endetté et...

— En quoi c'est nouveau ? le coupa-t-elle.

— Il n'arrête pas de venir me voir pour faire l'aumône.

— Je t'en prie, dis-moi que tu n'as pas cédé.

Christopher baissa les yeux et enfonça ses mains dans les poches de son jean.

— Bon sang, Chris !

— Ne t'avise pas de me juger, OK ? Je sais que c'est un abruti, mais je n'ai pas pour autant envie qu'il meure.

— Tu en fais un peu des tonnes, là, non ? répliqua-t-elle. Personne ne va tuer papa pour un peu d'argent.

Cependant, Christopher secoua la tête, les lèvres pincées, avant de répondre :

— Cette fois-ci, il a emprunté aux mauvaises personnes.

— Oh, bordel de... Comment sais-tu que c'est vrai ?

— Je lui ai rendu visite à l'hôpital après qu'on lui a tiré une balle dans les rotules.

Elle soupira en digérant l'information. Elle ne détestait pas son père, disons plutôt qu'elle ne ressentait... rien. Néanmoins, cela lui faisait quand même de la peine que Christopher doive subir cela.

— Quel enfoiré ! Comme si je n'avais pas déjà assez de trucs à gérer.

— Oui, d'ailleurs, à ce propos...

— Je n'ai pas envie d'en parler.

— Je n'aime pas ce que tu fais, affirma-t-il.

— N'insiste pas.

— Millie...

— Je suis sérieuse. Je n'en parlerai pas. Je contrôle la situation, OK ? Et ne m'appelle pas comme ça.

— D'accord, mais sache que papa sait ce que tu fais.

— Quoi ? s'exclama-t-elle en faisant volte-face, bouche bée. Tu lui as dit ?

— Non. Tu te souviens de Susan Shah, l'amie de maman ?

— Vaguement.

— Elle t'a aperçue. J'imagine qu'elle a dit à papa où elle t'avait croisée et qu'il a réussi à retrouver ta trace. Il sait qui tu vas épouser et que tu as accès à une petite fortune, alors honnêtement, je suis étonné qu'il n'ait pas encore débarqué sur le pas de ta porte.

La réalité la frappa. Enfin, davantage comme un chatouillement qu'un coup dans le ventre, cette fois-ci. Elle manqua de rire, mais au lieu de cela, elle s'exclama :

— Incroyable. Je suis presque impressionnée.

— Comment ça ?

— Rien, laisse. Je viens juste d'assembler les pièces du puzzle.

Il haussa les épaules, puis l'interrogea :

— Alors, tu vas gérer ça avec papa ?

— Ouais, j'imagine, soupira-t-elle. Mais je n'arrive pas à croire qu'il ait déjà tout dépensé.

— Hmm, tu connais papa, argua Christopher avec un rire nerveux.

— Malheureusement, oui.
— Je suis invité au mariage ?
— Non, rit-elle.
— J't'aime, Mills.
— J't'aime aussi.

Lucy

Quelques jours lui furent nécessaires pour trouver le courage d'aller parler à Henry. Entre-temps, elle avait espéré pouvoir retourner sur l'ordinateur de Jacob afin de récolter des preuves de ses publications sur les forums. Cependant, depuis qu'il n'allait plus en cours, il passait la plupart de ses journées à la maison à jouer à Fortnite et ne se trouvait jamais bien loin de son ordinateur. Au moins, il n'avait pas évoqué le fait qu'elle était entrée dans sa chambre. Peut-être s'était-il dit qu'il était parti ce jour-là en baissant l'écran de son ordinateur. Cela faisait désormais plusieurs mois qu'elle vivait avec Henry et lui, et jamais auparavant elle ne s'était trouvée dans sa chambre en son absence. Il pensait sans doute qu'il n'était pas dans la nature de Lucy d'aller fouiner. À l'évidence, il n'avait pas une très haute estime d'elle.

Lucy passa l'après-midi à empaqueter des décorations pour le jour J. Elle était épuisée. Le mariage lui faisait désormais l'effet d'une simple case à cocher, d'une tâche à accomplir sur sa to-do list. Elle n'arrivait pas à déterminer si tous ces tracas avec Sunil et Jacob l'avaient refroidie, si c'étaient les préparatifs du mariage qui lui ôtaient toute excitation ou si, au fond d'elle, l'amour et la confiance qu'elle portait à son fiancé s'estompaient chaque fois qu'elle repensait à cette histoire de divorce.

Après un dîner tardif fait de lasagnes et de frites, Jacob disparut en coup de vent comme à son habitude pour regagner sa chambre. Lucy décida qu'elle ne pouvait épouser Henry avec autant de choses sur la conscience. Alors elle ouvrit la bouche pour parler, puis marqua un temps d'arrêt afin de repasser en revue ses pensées une dernière fois. Allait-elle également parler de Sunil à Henry ? Comment pouvait-elle ne serait-ce qu'aborder le sujet ? D'un côté, cela permettrait peut-être d'apaiser les tensions en vue du mariage, mais de l'autre, Sunil semblait être un garçon solitaire qui ne savait pas accepter un refus. Il était visiblement jaloux d'Henry, du moins sur le plan professionnel, et elle ne pouvait se fier à lui ni aux révélations qu'il lui avait faites autour d'un café.

Lucy prit une profonde inspiration, repoussa Sunil de son esprit et déclara :

— Je dois te parler de quelque chose à propos de Jacob.

Au début, cela ne sembla pas perturber Henry. Il se tourna vers elle et attendit qu'elle poursuive, mais en voyant sa mine sombre, il soupira.

— Quoi encore ? Ça ne peut pas être le lycée, il a fini les cours.

— Ça ne concerne pas le lycée, affirma-t-elle. J'ai trouvé quelque chose sur son ordinateur.

— Tu es allée fouiller son ordinateur ? s'étonna Henry.

Elle n'aimait pas l'incrédulité dans sa voix. Elle saisit son verre de vin et en prit une longue gorgée. Elle avait besoin d'aplomb.

— Oui, et je sais que j'ai dépassé certaines limites. Je n'aurais pas dû, mais je l'ai fait, et j'y ai trouvé quelque chose de déroutant. J'ai besoin de t'en parler. J'aurais dû te le dire tout de suite, mais...

— C'est mon fils, la coupa-t-il en se penchant en avant, énervé. Tu n'as pas à fouiller dans l'intimité de mon fils !

Les larmes montèrent soudain aux yeux de Lucy. Le ton de sa voix et son visage tordu de colère lui firent l'effet d'un électrochoc. Elle eut l'impression d'être une gamine que l'on réprimandait pour avoir tenté de faire le mur.

— Je sais que ce n'est pas bien, mais écoute-moi. Cela fait un bon moment que je ne me sens pas à l'aise avec Jacob, et j'avais l'impression de ne pas avoir ton soutien, alors...

— Pardon ?

— S'il te plaît, laisse-moi t'expliquer.

Elle savait qu'il était sur le point de partir en trombe. Elle percevait les signes de sa colère, de la foudre qui menaçait. Il serrait et desserrait les poings. Du plus profond d'elle-même, un vieux souvenir refit surface, un souvenir qu'elle aurait aimé enfouir et ne plus jamais revivre. Mais voilà qu'il était là, se pointant sans prévenir. Elle se frotta les poignets, qui palpitaient sous l'effet d'une douleur fantôme, comme si des doigts s'enfonçaient dans sa chair presque jusqu'à l'os.

— Après la rédaction que Jacob a écrite sur moi, je ne me sentais plus en sécurité lorsque j'étais seule avec lui, expliqua-t-elle. Je sais que quand tu le regardes, tu ne vois que ton petit garçon, mais moi non. Je vois un homme presque adulte, quelqu'un de plus imposant que moi qui pourrait facilement me maîtriser. J'ai honte de le reconnaître, mais oui, quand l'occasion s'est présentée, j'ai voulu en savoir plus sur lui. Je voulais savoir s'il écrivait encore des choses horribles à mon sujet.

— Et ?

— C'est encore plus grave que ça. J'ai découvert que Jacob gère un forum du nom de Redpills, qui est dédié aux... aux incels. Il y écrit des trucs horriblement misogynes. Et il n'est pas le seul. C'est déstabilisant. Il n'a pas seulement un problème avec moi, mais avec toutes les femmes.

Henry se leva et se dirigea vers l'âtre. Il fixa le manteau de la cheminée pendant une bonne dizaine de secondes. Lucy l'appela, mais il ne semblait pas l'entendre. Il pivota alors et quitta la pièce. Elle le suivit.

— J'ai bien éduqué mon fils, affirma Henry presque pour lui-même.

— Je ne te blâme pas, précisa Lucy. Où vas-tu ?

— À ton avis ?

— Tu… Tu ne vas pas lui en parler, quand même ?

Elle resta plantée au bas des escaliers, le cœur battant, arrimée à la balustrade, observant Henry qui fonçait vers la chambre de son fils. Puis elle lui emboîta le pas en appréhendant l'affrontement qui se profilait. Elle avait la nausée. Néanmoins, peut-être que cela mettrait un terme au règne de la terreur que lui imposait Jacob. Elle avait besoin d'Henry à ses côtés, et s'il fallait en passer par là, alors soit. Elle le rejoignit et s'arrêta à côté de lui. Dès qu'Henry frappa sèchement à la porte de la chambre, Jacob l'ouvrit à la volée.

— Quoi ?

— Il faut que je voie ton ordinateur, déclara Henry de son ton de professeur en levant le menton.

— Pour quoi faire ?

— Lucy a vu quelque chose et il faut qu'on sache si c'est vrai.

Lorsqu'elle croisa le regard sombre de Jacob, celui-ci afficha un petit rictus. Une odeur âcre de sous-vêtements sales émanait des tas de vêtements éparpillés au sol. Elle tenta de calmer sa respiration en attendant qu'il réponde.

— OK, si tu veux, dit-il. Peu importe, je n'ai rien à cacher.

Lucy suivit Henry dans la pièce et fit les cent pas près du

bureau pendant qu'Henry attendait que Jacob entre son mot de passe et déverrouille l'ordinateur. Il prit son temps, traînant ses doigts sur le clavier. Une fois cela fait, Henry lui fit signe de quitter la chaise de bureau.

— Vérifie son historique de navigation, lança Lucy.

Elle jeta un coup d'œil à Jacob, et celui-ci lui adressa un sourire narquois, dévoilant ses dents. Elle regarda rapidement l'écran d'ordinateur, puis de nouveau Jacob. Il ne se départait pas de son sourire.

Lucy sentit tout le sang quitter son visage. Elle avait trop tardé à en parler à Henry, n'est-ce pas ? Ce jour-là, quand elle s'était rendue dans la chambre de Jacob, elle n'avait pas laissé l'ordinateur exactement comme elle l'avait trouvé, et il s'en était aperçu. Il s'en était aperçu, bordel, et il avait fait comme si de rien n'était. Elle avait attendu pendant des jours et des jours qu'il fasse une remarque sous-entendant qu'il savait. Au lieu de cela, il avait gardé précieusement un atout dans sa manche. Il savait qu'elle se ridiculiserait toute seule.

— Qu'est-ce que tu cherches ? demanda Jacob à son père.

Lucy vit Henry consulter l'historique et remonter jusqu'au jour où elle s'était faufilée dans sa chambre, et elle constata que Jacob avait supprimé de son historique tout ce qui concernait le forum. Tout espoir la quitta alors, se déversant de tous ses pores.

Henry pivota sur la chaise.

— Jacob, as-tu déjà pris part à un forum d'incels ?

— D'incels ? releva-t-il en faisant la moue, comme s'il essayait de se rappeler ce que ce mot signifiait. Ah, ces tocards qui n'arrivent pas à tirer un coup ? Pourquoi j'irais sur ces forums ? Je n'ai pas ce problème-là, moi.

Il ricana.

— Tu as une copine ? lui demanda Lucy.

— Non, mais je n'ai pas ce problème-là.

Il mentait, elle le savait. Lucy avait déjà vu Jacob à l'œuvre, il manipulait son père et l'intimidait, elle, quand personne n'était dans les parages. En compagnie de ses amis masculins, il semblait parfaitement à l'aise, mais son comportement changeait radicalement quand des filles se trouvaient à proximité. Elle avait remarqué qu'il était incapable de croiser le regard des filles de sa classe à la dernière réunion des parents d'élèves. Même ses professeures femmes le faisaient se tortiller de gêne sur sa chaise tandis que son regard fixait les murs de la classe ou le plafond.

— Lucy, je crois que tu t'es trompée, lui lança Henry avec suspicion.

Comment pouvait-elle se sortir de ce traquenard ? Et si Henry pensait qu'elle mentait ?

— Attends, fit-elle, je peux essayer quelque chose ?

Henry hocha la tête, et elle se pencha au-dessus de lui pour taper le nom du forum dans la barre de recherche. La première chose qui l'inquiéta fut que le nom du site ne se complète pas tout seul au fil de sa frappe. Puis, quand elle se rendit sur le forum, la page ne se connecta pas automatiquement au compte de Jacob. Même quand elle entra son adresse e-mail et son pseudo, rien ne se produisit.

— Je ne comprends pas, balbutia-t-elle en se redressant pour se tourner vers Jacob. Tu as supprimé tes cookies ?

— Non, pas récemment, affirma-t-il.

— Tu savais. Tu l'as fait exprès.

— Comment j'aurais pu savoir quoi que ce soit ? répliqua-t-il.

Il écarquilla les yeux et feignit l'innocence, mais ça sonnait faux.

— Si tu es venue fouiller dans ma chambre, comment j'aurais pu le savoir ? Je ne comprends pas. Je fais tout mon possible pour être un meilleur fils, mais tu ne veux pas m'accepter, s'exclama-t-il avant de faire face à son père. Papa, elle veut se débarrasser de moi. Je suis un fardeau.

— Quoi ? C'est complètement faux ! Je suis plus que patiente avec lui, je prends sur moi comme jamais. Cette rédaction...

— Je me suis excusé à ce sujet-là, intervint Jacob. Mais tu n'arrêtes pas de me punir pour ça.

Henry soupira en se massant les tempes.

— Arrêtez, tous les deux. Lucy, je pense que tu lui dois des excuses. Je ne sais pas ce qui s'est passé, mais j'espère que c'était une simple erreur honnête.

— Ce n'était pas une erreur, insista-t-elle. Je l'ai vu. Je le sais.

— Excuse-toi !

Le ton de sa voix fit frémir de peur le corps de Lucy. Ses muscles se crispèrent et sa colonne vertébrale se tendit.

— Laisse tomber, papa, ce n'est qu'une menteuse, souffla Jacob avant de baisser les yeux et d'osciller d'un pied sur l'autre. Je ne voulais rien dire, mais je ne peux plus garder ça pour moi. J'ai vu Lucy embrasser Sunil.

— Pardon ?! s'exclama Henry en braquant son regard sur elle.

— Je les ai vus dans la cuisine quand il est venu dîner.

Lucy entremêla ses doigts et les serra fermement.

— Ce n'est pas... Ce n'est pas du tout ce qui s'est passé. Il m'a embrassée et je l'ai repoussé. Je lui ai dit que je n'étais pas intéressée par ses avances.

— Alors pourquoi es-tu allée le retrouver l'autre fois pour prendre un café ? l'interrogea Jacob.

— Comment est-ce que tu...

Lucy vit avec horreur Jacob sortir son téléphone de sa poche et pianoter dessus. Puis il tourna le téléphone vers son père et lui montra une photo de Lucy et Sunil prise depuis le parc lorsqu'ils étaient dans le café.

— Tu m'as suivie ? lui demanda Lucy.

— Non, je rejoignais un ami au parc, et je t'ai vue.

— Et pourquoi m'as-tu prise en photo ? gronda-t-elle, la voix tremblante de rage.

Elle détacha ses mains l'une de l'autre et serra les poings.

— Pour montrer ça à papa, répondit-il posément. J'essayais de découvrir si tu avais une liaison. Je ne voulais pas que vous vous sépariez à cause d'un malentendu, mais je ne pouvais pas ignorer ce que j'avais sous les yeux, n'est-ce pas ? Je suis désolé, papa. J'aurais peut-être dû t'en parler tout de suite, mais je voulais laisser à Lucy le bénéfice du doute. Mais maintenant qu'elle cherche à me nuire ou que sais-je... Je ne suis pas un incel. J'essaie toujours d'aider les filles de ma classe et je dénonce le harcèlement quand j'en suis témoin. Je te le jure. Je suis un allié à la cause. Je ne suis pas comme ça. Il faut que tu me croies.

Une pointe de désespoir dans sa voix faillit même convaincre Lucy. Cependant, cela ne fit que lui filer davantage la nausée. Elle savait que si elle se voyait dans un miroir à cet instant, elle ne reconnaîtrait pas la version livide et fantomatique d'elle-même.

— Ne t'en fais pas, fiston, je te crois. Je suis désolé pour tout ça.

Henry se leva, dévisagea Lucy et lui fit signe de le suivre hors de la chambre. Elle obtempéra, les jambes flageolantes.

La solitude s'empara d'elle tel un vieil ennemi. Elle s'était déjà trouvée dans cette position auparavant, à cohabiter avec quelqu'un en qui elle n'avait pas confiance, quelqu'un qui pouvait lui faire du mal. Le poids de cette réalité s'abattit lourdement sur sa poitrine.

Henry ne lui adressa pas un mot. Il descendit les escaliers, se dirigea vers son bureau et s'y enferma en claquant la porte. Elle était perdue. Elle l'avait perdu. Cette maison lui était désormais hostile. Comment pouvait-elle se marier ? Son couple était-il brisé ? Elle ne savait plus où elle en était. Sunil lui avait peut-être dit la vérité. Après tout, Henry détenait dans son bureau une boîte cadenassée. Était-ce le genre de chose que gardaient secrètement les hommes honnêtes ?

Claire

Claire contemplait les étranges photographies. Encore de nouveaux éléments à apporter à la police. Elle soupira, enfila des gants et étala les photos sur la table de la cuisine. Elle serra son pull contre elle. De la vapeur émanait de son café et embaumait la pièce.

D'après leurs dimensions, elle devinait qu'elles avaient été prises avec un téléphone portable puis imprimées à une borne ou via un service en ligne. Leur forme rectangulaire semblait légèrement allongée, les distinguant du format classique de 10 x 15 centimètres. Sur ces photos, une famille d'apparence banale posait sur une plage, sur fond de ciel gris. Un ado, un homme, une femme et deux enfants plus jeunes. Elle ne connaissait pas ces gens, du moins il ne lui semblait pas les connaître. Sur chaque cliché, les visages étaient raturés.

Ces griffonnages irréguliers la faisaient frémir de peur et de dégoût, mais elle refusait d'en détacher son regard. Il devait forcément y avoir sur ces photos un élément qui lui permettrait d'identifier ces personnes. Elle saisit l'une des photos et l'étudia de plus près afin de déterminer si l'homme pouvait être Simon ou Kévin Botham d'après sa silhouette et sa posture. Impossible. C'était peine perdue. Elle se pencha sur les photos qu'elle présumait être d'un adolescent. Un short baggy kaki dévoilait ses jambes blanches maigrichonnes. La plage, elle, ne revêtait aucun élément distinctif. À la limite, on pouvait penser au vu du ciel gris que cela se trouvait quelque part au Royaume-Uni. L'ensemble s'apparentait à une série de photos que l'on prendrait en famille un jour de vacances.

Depuis que Claire avait pris congé de son travail, le harcèlement n'avait fait que s'accentuer. Quelqu'un avait envoyé un e-mail calomnieux au chef d'Adrianna, l'accusant de choses lointaines, telles que l'agression sexuelle d'un camarade de lycée, le harcèlement d'un étudiant de sa promo quand elle était en première année de fac, ou encore la maltraitance du chat qu'elle avait étant petite. Adrianna fut convoquée par les ressources humaines et dut leur expliquer que tout le contenu de cet e-mail était diffamatoire. Elle dut elle-même fournir les preuves de son innocence en rassemblant de vieux billets de train et autres e-mails attestant qu'elle n'avait pas commis les choses horribles dont elle était accusée.

Adrianna avait chuchoté discrètement à Claire :

— J'ai l'impression qu'ils ont vite gobé tous ces mensonges à cause du fait que je suis noire et lesbienne. T'en penses quoi ? Tu crois que n'importe quelle employée blanche et hétéro aurait été convoquée pour cet entretien ?

— Je ne sais pas, répondit honnêtement Claire en serrant sa main aussi fort qu'elle le pouvait. Tout est ma faute.

Évidemment, Ad' secoua la tête et lui répéta que rien de tout cela n'était sa faute. Claire finit par se ranger à son avis, mais elle continuait de se reprocher tout ce qui leur arrivait.

Claire remit soigneusement les photos dans leur enveloppe et les rangea dans son sac. Adrianna et elle avaient rendez-vous de l'autre côté de la ville avec Colleen, l'organisatrice de mariage. Les voilà qui devaient désormais faire un crochet par le poste de police en chemin.

Tandis qu'elle attendait qu'Adrianna soit prête, elle repensa à la demande en mariage. Cela avait été le plus beau jour de sa vie. Elle avait toujours su qu'Adrianna voulait être demandée en mariage, et non pas faire sa demande. Claire aimait certes se montrer romantique, mais Adrianna *adorait* en être la destinataire. C'était Claire qui écrivait des poèmes ou offrait des fleurs. Et pour sa demande, elle savait qu'elle devait faire quelque chose d'unique.

Après une longue réflexion, elle avait choisi le jour de l'anniversaire d'Adrianna, car ainsi elle avait pu suggérer d'aller quelque part sans que cela paraisse suspect. Elle lui avait acheté un exemplaire relié de son livre préféré, *Les Quatre Filles du docteur March*, et avait noué la bague dans le ruban qui servait de marque-page. Elle avait organisé un pique-nique et trouvé le lieu parfait pour l'occasion, près d'un champ de tournesols. Elle avait emballé le livre dans du papier kraft et acheté deux robes blanches assorties pour sa future fiancée et elle. Elle avait embauché un photographe pour la journée et lui avait demandé de se cacher dans les environs. Tout avait été préparé à la perfection… et le jour même, il avait plu. Pas une petite bruine, non, des trombes d'eau s'étaient abattues sur la région et un orage avait grondé.

Claire se rappelait encore à quel point elle avait essayé de ne pas avoir l'air déçue tandis qu'elle réfléchissait désespérément à un plan B. Le pique-nique était foutu, pas question que sa demande en mariage se fasse au milieu d'une mare de boue en mangeant des sandwichs ramollis. Alors, sur le chemin vers le champ de tournesols, Claire avait acheté un énorme parapluie, avait traîné Adrianna sous le déluge, avait mis un genou à terre et lui avait tendu le livre. À l'intérieur,

Claire avait surligné un passage : « Je n'ai rien à vous donner, si ce n'est ce cœur plein et ces mains vides ».

Puis elle avait attendu, sa robe blanche traînant sur le sol trempé, son bras douloureux à force de tenir le parapluie aussi haut que possible. Adrianna avait alors vu la bague, lu le passage surligné et s'était jetée dans ses bras. Elles étaient restées ainsi, sous la pluie, pendant ce qui leur avait semblé être des heures.

La photographie de ce moment trônait fièrement sur le mur. Toutes les deux étaient entourées de tournesols et de gouttes d'eau suspendues dans les airs, leur robe détrempée, leurs bras serrés autour de l'autre et le livre au bout des doigts d'Adrianna, dans le dos de Claire.

Cependant, la nuit dernière, Claire avait dû tenir sa fiancée dans ses bras alors qu'elle pleurait.

— Tu es prête ? lui demanda Ad'.

— Oui, et toi ?

Claire remarqua qu'Adrianna esquiva son regard en entrant dans la cuisine. Celle-ci tritura l'une de ses boucles d'oreille et vérifia que ses clés de voiture étaient bien dans son sac à main. Elle semblait plus pâle que d'habitude, le teint blême par rapport à son habituelle peau brune aux tons chauds. Ses traits étaient tirés, son visage tendu. Elle jeta à peine un coup d'œil à Claire avant de quitter la maison. Tandis que Claire la regardait partir, elle ne put s'empêcher de se demander si Adrianna lui en voulait.

* * *

Son ventre était noué alors qu'elles déposaient les photos au commissariat de police. Elle s'attendait à ce que cette sensation s'atténue dans la journée, mais même lorsqu'elles arpentèrent les allées de la superbe bibliothèque de l'hôtel Wilder House, son ventre ne cessa de faire des siennes.

Étant donné qu'elles avaient réservé la bibliothèque pour le mariage, une nouvelle option que proposait l'hôtel depuis peu, Claire et Adrianna souhaitaient s'y rendre à l'avance pour préparer les lieux. Elles avaient apporté tout leur attirail de chemins de table, de nappes et de décorations diverses. Elles disposaient d'une quantité impressionnante de fleurs séchées dont elles rempliraient des pots de confiture vides. Elles enroulèrent des guirlandes lumineuses autour de belles poutres en bois, empilèrent des livres d'occasion au milieu de chaque table et ornèrent la pièce de guirlandes de papier.

— Waouh, c'est merveilleux, s'extasia Colleen. Vous savez, je pense que votre mariage sera le plus beau que nous ayons jamais eu à Wilder House. Nous avons hâte !

Avec un léger cynisme, Claire se surprit à chuchoter dans le dos de Colleen :

— Mouais, c'est surtout pour avoir une belle photo sous la main quand ce sera à la mode de se soucier des couples gay.

— Tu pourrais au moins faire semblant d'être heureuse, répondit Adrianna en fronçant les sourcils.

Claire en eut le souffle coupé.

— Mais je *suis* heureuse !

— Eh bien, moi non. Je n'aurais jamais cru que j'allais passer déposer des preuves dans un commissariat le jour où j'allais décorer la salle de mon mariage.

— Aucune de nous deux ne pouvait prévoir ça, lui rappela Claire. Je suis désolée, Ad'. Je suis désolée qu'à cause de moi on se fasse harceler, et je suis désolée d'avoir dit ça dans le dos de Colleen, ce n'était pas mérité. Elle est gentille avec nous et j'ai eu une réaction de connasse.

Claire jeta un œil à l'organisatrice de mariage qui aidait un employé à disposer les housses de siège.

— Dis-moi que tout va bien se passer, soupira Adrianna. Même si c'est faux, dis-le-moi. Parce que je ne veux pas que cette journée soit gâchée. Je n'arrête pas de faire ce cauchemar où on avance vers l'autel quand tout à coup Simon Botham débarque et détruit tout. Et... hmm... Non, je ne veux pas parler de ce qui arrive ensuite.

— Dis-moi.

— Ta robe devient rouge.

Adrianna cligna des paupières en prononçant ces mots, mais son expression resta impassible. Claire comprit que ce cauchemar s'était produit suffisamment souvent pour qu'Adrianna devienne presque insensible à l'idée de la présence de sang le jour de leur mariage.

Claire était romantique, mais pas spécialement superstitieuse ou spirituelle. Adrianna, toutefois, croyait en ce que Claire appelait (dans sa tête) le « fantastique ». Ainsi, Adrianna croyait fermement que les rêves pouvaient avoir un côté prophétique, même si elle n'avait jamais affirmé que l'un de ses rêves s'était bel et bien produit. Il n'en restait pas moins que c'était quelque chose d'important aux yeux d'Adrianna et qu'elle n'en avait pas fait part à Claire. C'était forcément intentionnel.

— Mesdames, vous avez une petite minute ? les interrompit Colleen sans remarquer la mine choquée de Claire. Puisque nous bouclons les derniers détails, je me disais que nous pourrions monter dans mon bureau pour repasser une dernière fois sur la paperasse.

— Pas de souci, répondit Adrianna en souriant.

Par « paperasse », Colleen sous-entendait « il est temps de passer à la caisse », songea Claire. Elle n'en avait pas particulièrement hâte. Elles avaient déjà versé la moitié de la somme, et ce second paiement s'annonçait délicat. Elles devraient le diviser en deux. À cause des récents événements, elles n'avaient pas eu le temps de mettre en place un compte commun pour ce genre de dépenses. Alors, Claire devrait payer sa part avec sa carte de débit, et son compte était tout juste assez approvisionné pour que la transaction passe. Encore une source d'inquiétude supplémentaire. Elle mordilla la peau abîmée de sa lèvre inférieure et suivit Colleen dans les couloirs de l'hôtel.

— Vous serez ravies d'apprendre que la météo s'annonce radieuse pour le grand jour, les informa Colleen en leur tenant une porte. Nous avons connu de vives tempêtes de neige, mais elles commencent généralement en janvier. Le mois de décembre a tendance à être plus doux.

— De la neige, ce serait magique, mais la moitié des invités ne pourraient pas venir, et peut-être que nous non plus, rit Adrianna. D'ailleurs, désolée de vous retenir, vous et vos employés, loin de vos familles le jour de Noël.

Claire sourit intérieurement. Du Adrianna tout craché, toujours à se soucier du ressenti des autres. Elle l'aimait encore plus pour cela.

— Oh, ne dites pas de bêtises, la rassura Colleen en ouvrant la porte de son bureau avant de leur faire signe d'entrer. Il n'y a rien de plus réjouissant que de passer le jour de Noël à célébrer l'amour. En plus, j'organise une petite fête familiale pour le réveillon du Nouvel An, ça compensera l'absence de dinde de Noël.

Elle ponctua sa phrase d'un clin d'œil.

Claire prit place sur une chaise libre et attendit que Colleen fouille dans toutes ses piles de papiers jusqu'à ce qu'elle tombe sur leur facture. Elles lui expliquèrent qu'elles se partageraient le solde du paiement, et Colleen leur tendit le terminal de carte bleue. Adrianna paya la première, tapa son code et rendit à Colleen la machine qui imprima alors une longue bande de papier.

— Voilà votre reçu, dit-elle en tendant celui-ci à Adrianna avant de tendre le terminal à Claire.

Claire inséra sa carte et tapa son code, puis redonna l'appareil à Colleen. Un long moment d'agonie s'écoula, jusqu'à ce que Colleen fronce les sourcils et émette un petit « Oh ».

— Qu'y a-t-il ? s'inquiéta Claire en se penchant en avant pour tenter de voir le message qui s'affichait sur le terminal.

— Le paiement semble être refusé. C'est peut-être un souci avec la banque, suggéra Colleen, parfois les banques bloquent les gros paiements, non ?

— Je vais vérifier sur mon application, lui indiqua Claire.

La pièce semblait désormais bien trop petite pour elles trois, et l'air lui manquait. Ses mains devinrent moites et glacées à la fois. Avait-elle oublié un paiement ? La facture d'électricité lui avait-elle déjà été débitée ? Avait-elle trop dépensé ? Elle ouvrit l'application de sa banque sur son téléphone et hoqueta de surprise.

— Ce n'est pas possible, souffla-t-elle.

— Quoi ? demanda Adrianna en se penchant vers elle.

— Il n'y a pas d'argent sur mon compte. Tout a disparu. Quelqu'un me l'a volé.

Elle passa son téléphone à Adrianna et la regarda fixer l'écran.

— Je ne comprends pas, fit sa fiancée.

— Quelqu'un m'a volé tout mon argent.

— Mais comment ?

— Je ne sais pas.

— C'est quoi, toutes ces transactions ? l'interrogea Adrianna en pointant l'écran du doigt. Cinq cents livres sur ASOS, sept cents livres chez John Lewis...

— J'imagine que quelqu'un a réussi à obtenir mes coordonnées de carte bleue et a dépensé toutes mes économies sur Internet.

— Oh, mon Dieu, compatit Colleen. C'est horrible.

— Qu'est-ce qu'on fait ? demanda Claire à sa fiancée en se tournant vers elle.

— J'ai assez sur mon compte épargne pour m'en occuper, lui assura Adrianna. Ensuite on ira à la banque pour résoudre tout ça, OK ?

Claire hocha la tête d'un air abasourdi. Encore un coup de Simon Botham. C'était forcément lui.

La Mariée

Le feu crépitait dans la cheminée. Près de l'âtre, sur le tapis, un golden retriever dodu roula sur le dos. La mariée se réchauffait peu à peu, installée dans un fauteuil confortable. Elle sentait encore l'odeur d'humidité que la neige avait laissée sur elle.

Denise lui offrit un sandwich et prit place dans l'autre fauteuil au coin du feu. Elle se pencha vers le chien et lui caressa le ventre affectueusement.

— Merci, fit la mariée tout en remarquant que Denise ne semblait ni inquiète ni effrayée. Au fait, au sujet du téléphone…

— Mangez, la coupa Denise en écartant une mèche de boucles grises de devant ses yeux. Vous devez reprendre des forces, par ce temps. Un téléphone ne vous serait d'aucune aide, ma jolie.

La dinde était délicieuse. Tendre, agrémentée d'un coulis de cranberry. Elle avala vite sa bouchée.

— Pourquoi donc ?

— Les lignes sont coupées à cause de la tempête, vous savez.

— Avez-vous un téléphone portable ?

— Mon fils m'en a acheté un, un jour, mais je l'ai perdu, répondit-elle en secouant la tête.

— Et votre fils, il rentre bientôt ?

Une montée d'angoisse chatouilla le ventre de la mariée. Elle reprit toutefois une bouchée du sandwich, elle avait besoin de toute l'énergie qu'elle pouvait emmagasiner.

— Non, il ne vit plus ici. Bon, ce dont nous avons besoin, c'est d'une bonne tasse de thé pour bien nous réchauffer, qu'en dites-vous ? lui lança Denise en se levant du fauteuil.

— Non, je... je crois que vous ne comprenez pas. Dehors, j'ai vu un homme armé. Nous devons appeler la police. Pourriez-vous me prêter votre téléphone, s'il vous plaît ? Je vais au moins essayer.

Elle reposa l'autre moitié du sandwich sur la table basse.

— Oh, ne dites pas de bêtises, s'amusa Denise avec un geste de la main. Vous avez sans doute vu un fermier ou un braconnier.

— Non, insista la jeune femme, vous devez me croire, l'homme que j'ai vu est dangereux.

Denise quitta la pièce. La mariée remordit dans son sandwich à la dinde et attendit qu'elle revienne.

— Bon, le voilà, mais il ne marche pas, je vous l'ai dit, déclara Denise en lui tendant le combiné du téléphone fixe sans fil.

Elle le saisit et composa le numéro, mais la vieille femme avait dit vrai : il n'y avait aucune tonalité.

— Merde, jura-t-elle.

Elle soupira et rendit le combiné à Denise. Elle sortit alors le portable qu'elle avait dans la poche et composa une nouvelle fois le numéro des secours. Toujours aucun réseau. Elle consulta les messages, mais rien de nouveau. Le téléphone n'était pas le sien et les menaces provenaient d'un numéro masqué, mais à cet instant précis, un pressentiment s'imposa progressivement à elle. Elle commençait à comprendre qui était là-bas dehors, dans l'étendue neigeuse, à qui il écrivait et pour quelle raison.

— Tout va bien, ma belle ? lui demanda Denise.

— Je devrais y aller, souffla-t-elle en scrutant la fenêtre. Celui qui me poursuit ne va pas tarder à retrouver ma trace, il pourrait s'en prendre à vous.

Elle se pencha vers les flammes et se frotta les mains pour tenter de se réchauffer une dernière fois avant de retourner dans le froid.

— Est-ce que je pourrais vous emprunter quelque chose ? demanda-t-elle à Denise en tournant son regard vers elle.

— Quoi donc, ma belle ?

— Une arme à feu. Il y en a toujours dans les fermes, non ?

— Mon fils avait une carabine, fut un temps.

La mariée soupira. Une carabine ne lui serait pas d'une grande aide. Peut-être qu'un couteau serait préférable. Facile à dissimuler, plus léger, et cela lui permettrait d'être furtive.

— Pourrais-je vous emprunter votre plus gros couteau ?

Denise sourit.

— Bien sûr !

La femme âgée se releva une nouvelle fois et s'éclipsa.

Partie Deux

Mila

Nous étions la veille du mariage. Elle n'arrivait pas à y croire.

Rafael versa quelques larmes alors qu'ils chargeaient leurs affaires dans la voiture. Il prit les mains de Mila et embrassa ses doigts.

— Un jour, j'ai cru mourir, et puis j'ai rencontré l'amour de ma vie, et maintenant je vais l'épouser. Je suis béni du Ciel. Je suis le plus chanceux des hommes.

Il lui sourit, dévoilant ses dents d'un blanc éclatant sous les rayons du soleil matinal.

Sur le trajet vers le lieu de la réception, Mila posa sa tête contre la vitre et repensa à tout ce qui s'était passé au cours du mois écoulé, et à tout ce qu'elle savait sur le point de se produire.

Néanmoins, ses pensées dérivèrent vers un brouillard confus. Après tous ses efforts pour retrouver son maître chanteur, elle avait fini par se retrouver dans la maison de son enfance. Elle avait tenu sa promesse à Christopher et était allée voir leur père.

Tout ce dont elle se souvenait de son enfance s'était

trouvé sous ses yeux, jusqu'au trampoline cassé dans le jardinet devant la maison. De la mousse recouvrait désormais son armature en métal, et une entaille barrait la toile autrefois tendue.

Elle s'était approchée de la porte et avait toqué deux fois. Elle savait qu'il était là, car elle l'avait vu sortir du débit de boissons avec un sac rempli de canettes de cidre. Il boitait, ce qui coïncidait avec ce que lui avait dit Christopher. Sinon, elle aurait été sceptique sur l'agression qu'il avait dit avoir subie.

Cependant, c'était sa mère qui lui avait ouvert la porte. Mila avait grimacé en la voyant. Ses yeux cernés à l'eye-liner qui avait bavé la scrutaient derrière ses mèches éparses de cheveux gras.

— On ne veut rien acheter, avait-elle marmonné.

— Maman, c'est moi.

Les yeux de la femme s'étaient écarquillés et ses pattes d'oie s'étaient accentuées alors qu'elle prenait conscience qu'il s'agissait de sa fille.

— Oh ! Qu'est-ce que tu veux ?

Son ton était davantage perplexe qu'accusateur.

— Je dois parler à papa. Il sait pourquoi. Tu comptes me laisser entrer un jour ?

Et voilà que resurgissait le côté impertinent et populaire de Mila qu'elle avait tenté d'étouffer depuis qu'elle avait rencontré Rafael. L'une des nombreuses raisons pour lesquelles elle n'avait plus remis les pieds chez elle.

La porte s'était ouverte un peu plus et elle avait franchi le seuil de la maison en évitant deux vieilles chaussures abandonnées sur le paillasson. Mila avait refermé la porte derrière elle et suivi sa mère jusqu'à la pièce minuscule qui leur servait de salon.

— Notre fille nous fait l'honneur de sa visite, avait lancé sa mère, et on dirait bien qu'elle est devenue snob.

Bien qu'il ait été encore tôt, son père était déjà presque

ivre. Ses cheveux étaient poivre et sel désormais. Elle avait vu sa mâchoire se détendre. Son regard avait oscillé entre sa mère et elle.

— Maman, tu pourrais nous laisser, s'il te plaît ? lui avait demandé Mila.

— Tu te prends pour qui ? Pour la Reine ?

— Hmm, j'en suis pas loin.

— Allez, laisse-nous, avait lancé son père en agitant sa main vers sa mère pour la chasser.

Mila s'était posée sur le bord d'un fauteuil en face de son père.

— Tu sais pourquoi je suis là ? l'avait-elle questionné.

Il avait baissé les yeux. Elle savait qu'il avait compris, mais elle savait également qu'il allait nier les faits.

— Parce que tu te maries et que tu veux m'inviter à la cérémonie ? avait-il raillé en dévoilant ses dents jaunies.

— Jamais de la vie, avait-elle répliqué en souriant. Non, la raison de ma venue est tout autre.

Elle avait appuyé ses coudes sur ses genoux et s'était penchée en avant.

— Tu sais, j'aurais pu aller voir la police, avait-elle ajouté.

— À quel propos ? Je n'ai pas le temps de jouer aux devinettes.

— Oh, à propos de beaucoup de choses, avait répondu Mila avec un lourd soupir exagéré. Voyons voir, négligence d'enfants, ça commence déjà fort, et puis consommation de drogue, violence, vol à l'étalage en permanence... mais le top du top, la cerise sur le gâteau, je crois que c'est la pédopornographie.

Il était devenu livide. Blanc comme un linge.

— J'ai quinze ans sur certaines de ces photos, papa. Tu en avais conscience ?

Elle mentait, mais ça, il ne le savait pas.

— Casse-toi, Millie.

— Hors de question. Pas avant de te voir les supprimer. Comment as-tu mis la main dessus, d'ailleurs ?

— Tu as laissé ton ancien ordinateur.

Elle avait lourdement soupiré, en colère contre elle-même. Elle l'avait complètement oublié dans sa précipitation à fuir cet endroit. Christopher lui avait ensuite acheté un nouvel ordinateur et elle n'avait plus repensé à l'ancien.

— Pourquoi me fais-tu chanter ?

— Disons que quelqu'un doit te faire redescendre de ton piédestal et te rappeler que tu es une Crawley, quel que soit le nom que tu prétends porter, avait-il rétorqué en triturant l'anneau de sa canette de cidre.

— Davidson.

— Ouais, je m'en fous. Tu es une Crawley jusqu'à la moelle. Sinon, pourquoi épouserais-tu ce... ce connard de merde ?

— Reste en dehors de ça, papa, l'avait-elle averti.

Elle s'était penchée pour saisir son sac et y chercher ce qu'elle avait apporté pour le calmer.

— Tu ne sais rien du tout, alors tais-toi.

— Qu'est-ce que penserait Carrie de tout ça, hein ? avait-il lancé alors qu'un éclat sombre traversait son regard.

Il savait exactement où appuyer pour lui faire mal, et Carrie était le talon d'Achille de Mila.

— Ne prononce pas son prénom, avait-elle grondé en serrant entre ses doigts l'enveloppe blanche qu'elle venait de sortir de son sac, avant de la lui tendre. Prends ça, prends ton argent sale. Ça devrait suffire à rembourser l'argent que tu as emprunté à je ne sais qui. Maintenant, fous-moi la paix. Ah, aussi, je veux récupérer mon ancien ordinateur et vérifier ton téléphone et tous tes autres appareils.

Il avait ouvert l'enveloppe et passé ses doigts dans la liasse de billets.

— Attends-moi ici.

Ça n'avait pas été aisé de rassembler cet argent. La moitié provenait d'un compte en banque qu'elle avait ouvert pour mettre de côté autant d'argent qu'elle le pouvait en toute discrétion. Mila n'était pas bête, elle savait que Rafael voulait qu'elle soit dépendante de lui. Mais parfois, la culpabilité qu'il éprouvait le rendait généreux et il lui filait de l'argent pour qu'elle se paie des journées dans des spas de luxe, des soins hors de prix et de nouvelles fringues. Mila achetait des vêtements de moyenne gamme et y apposait des étiquettes de créateurs. Elle n'allait pas au spa. Au lieu de ça, elle mettait tout cet argent sur un compte. Néanmoins, pas question que son père récolte tous les fruits de son dur labeur. Alors elle avait pioché quelques milliers de livres sur son compte privé, ce qui lui en laissait un peu plus de cinq mille de côté, et avait vendu une broche en diamant que Rafael lui avait offerte. Elle savait désormais quels étaient ceux de ses cadeaux dont il remarquerait l'absence, comme les boucles d'oreille qu'il lui avait offertes pour son anniversaire, et ceux vis-à-vis desquels il ne se rendrait compte de rien, comme la broche. Rafael avait tendance à lui offrir des bijoux hors de prix chaque fois qu'il la frappait, mais vu qu'il était dans le déni concernant son caractère violent, il oubliait souvent ces cadeaux-là.

En attendant que son père revienne, Mila s'était levée pour se dégourdir les jambes. Ses yeux étaient tombés sur un hérisson kitsch sur le rebord de la cheminée. Il portait des lunettes de soleil et une chemise hawaïenne. Elle s'en était emparée et l'avait fourré dans son sac sans vraiment savoir pourquoi. Elle aimait simplement l'idée de le leur piquer.

Quelques instants plus tard, son père lui avait montré ses appareils électroniques et elle l'avait regardé effacer tous les fichiers. N'importe quelle fille serait gênée et honteuse de voir son père faire défiler des photos d'elle nue, mais Mila s'était détachée de cet homme depuis bien longtemps. Même si elle l'appelait « papa », ce mot s'était vidé de son sens pour elle.

Cependant, c'était un peu la même chose pour toutes les relations que Mila entretenait avec les gens. Sauf avec Carrie, et peut-être Christopher. Elle ferait tout pour Carrie. Absolument tout.

— C'est un contrat à deux millions de livres, s'exclama Rafael, la tirant de ses pensées pour la ramener à la réalité, dans la voiture, avec un long trajet devant eux. Et pour une fois, c'est moi qui en suis à l'origine. Ça, c'est parce que j'ai cette... cette énergie, ce peps.

C'est surtout la cocaïne, songea Mila.

Lorsqu'elle eut atteint sa limite, elle l'interrompit :

— Bon, mon cœur, ne parlons plus boulot d'ici le mariage. Détends-toi, profite.

Cela le fit rire et il tendit le bras pour lui prendre la main.

— Tu as tout à fait raison.

De la neige fondue tombait du ciel, mais la météo n'était pas si terrible. Ils firent étape dans un pub plutôt tranquille pour le déjeuner. Ils étaient arrivés avec quinze minutes d'avance sur les parents de Rafael.

Un sentiment oppressant lui comprima les entrailles. De la crainte. L'appréhension d'une terreur inconnue. Elle n'arrivait pas à mettre le doigt dessus, mais cela s'imposait de plus en plus à elle. Ce n'était pas une émotion qu'elle connaissait ni ne comprenait particulièrement bien. Peut-être que cela provenait du long moment que mettait Rafael à revenir des toilettes, signe qu'il prenait de la cocaïne, ou du sourire suffisant que lui adressa Ana María lorsque personne d'autre ne regardait, ou de sa rencontre avec son père la semaine précédente. Quelque chose clochait.

— Oh, Mila, j'ai hâte que tu voies la robe ! s'exclama Ana María en cramponnant la main de Mila dans la sienne. On te la fera essayer cet après-midi pendant que les garçons seront partis tirer.

Mila jeta un coup d'œil à son fiancé, se sentant prise de court.

— Vous allez faire du tir ?

— Oui, du ball-trap, répondit Rafael d'un air détaché. C'est Peter qui a organisé ça, comme un petit enterrement de vie de garçon.

Le simple fait d'imaginer Rafael et José brandissant des fusils lui coupa aussitôt l'appétit.

Lucy

Lucy observa son pire cauchemar prendre vie devant ses yeux. Jacob arriva sur la pelouse avec un fusil sur l'épaule. Il lui adressa un sourire arrogant et elle eut l'impression qu'un parasite la rongeait de l'intérieur.

Elle se tenait à l'une des fenêtres de Wilder House et tous ses muscles étaient tendus. Elle apercevait de loin les hommes partis faire du tir, ils étaient aussi petits que des soldats de plomb et se tenaient près d'un homme portant une casquette plate qui semblait leur faire une démonstration.

Elle s'écarta de la fenêtre. Il s'agit d'une activité pré-mariage, comme une sorte de second enterrement de vie de garçon. Enfin, Henry, pour sa part, n'en avait pas vraiment eu. À vrai dire, Lucy n'était pas certaine qu'Henry ait des amis. Sa liste d'invités était plutôt réduite, c'était le moins que l'on puisse dire. Elle jeta un dernier coup d'œil par la fenêtre et remarqua deux autres hommes, probablement là pour l'un des autres mariages. Elle n'en avait pas vu grand-chose jusque-là.

Elle déplia une carte et tenta de se repérer grâce à la vue qu'elle avait depuis la fenêtre. Au nord-ouest de l'hôtel se trouvaient le lac Rookthwaite et, au-delà, le village du même nom. Ils avaient longé la vaste étendue d'eau sur le chemin jusqu'à l'hôtel. Toutefois, ce n'était pas une région très prisée par les touristes, contrairement à Windermere. L'endroit était assez reculé, et le calme qui y régnait était peut-être dû aux denses rangées d'arbres qui obstruaient une bonne partie de la vue. Ce n'était pas aussi pittoresque que d'autres lieux qu'elle avait visités dans la région de Lake District, mais le coin avait son petit charme, notamment avec son lac, ses petits cafés authentiques dans les rues du village et un chalet ancien qu'avait mentionné l'organisatrice de mariage. Celle-ci avait d'ailleurs proposé d'organiser une balade jusqu'au chalet l'après-midi même, mais Lucy avait décliné l'invitation. Elle voulait rester un peu seule.

Sa mère et ses amis d'enfance n'étaient pas encore arrivés, mais elle avait reçu quelques messages la prévenant qu'ils étaient en chemin. Leur mariage de taille modeste accueillerait une quarantaine d'invités. Certains d'entre eux arriveraient le jour J dans la matinée, et ça lui allait tout à fait, cela lui laissait ainsi le temps d'explorer de nouveau le forum d'incels de Jacob. Il avait certes supprimé son historique, mais elle se souvenait de son pseudo. Elle avait installé un VPN sur son téléphone pour se créer un compte sur Redpills. Elle passait par un VPN par crainte que Jacob, de par son rôle de modérateur, puisse avoir accès à sa localisation et devine que c'était elle.

Redpills semblait être hébergé par une plateforme lambda de création de sites Internet. Elle se créa un compte sous le pseudo de ***anon714*** et attendit que l'on valide son profil. En un claquement de doigts, elle fut acceptée sur le forum. Désormais, elle pouvait rechercher le contenu lié à Jacob, qui répondait au doux pseudo de ***l'égorgeur***. Elle passa en revue tous les commentaires qu'il avait laissés sur le site. Bon nombre d'entre eux concernaient son rôle de modérateur, comme lorsqu'il bannissait des utilisateurs qui dévoilaient des informations personnelles les uns sur les autres ou qu'il rassemblait sur une même page plusieurs fils de discussion traitant du même sujet. Néanmoins, quelque chose retint l'attention de Lucy : Jacob publiait des messages sur sa vie privée.

BM est tombée sur le forum et a essayé de me balancer. J'ai dû supprimer mon historique et m'acheter un téléphone de secours.

« BM » devait signifier « belle-mère ». Alors comme ça, Jacob s'était procuré un nouveau téléphone pour retourner sur le forum ? Henry devait lui verser un copieux argent de poche pour qu'il en ait les moyens. Encore quelque chose qui l'agaçait.

Saint Giddy ne tolérerait pas les conneries que me fait vivre BM. Elle va me faire péter un plomb, cette femoïde. J'ai envie de tout casser. Je veux qu'elle disparaisse.

Tout le sang quitta le visage de Lucy. Elle jeta un œil par la fenêtre. Un bruit sourd résonna en elle. Le premier tir.

Elle ouvrit un nouvel onglet et tapa « Saint Giddy » dans la barre de recherche. Le premier résultat la renvoyait à l'Urban Dictionary. *Saint Gidéon, ou Saint Giddy, fait référence à Gidéon Harris, un meurtrier. Après avoir tué sa sœur, sa mère et deux adolescentes de son école, il avait publié son manifeste sur Internet sous le titre « Mes chers Blackpills » avant de mettre fin à ses jours. Les abrutis d'incels considèrent Gidéon comme leur héros sacrifié pour la cause parce qu'ils ont tous les neurones grillés.*

Le rythme cardiaque de Lucy s'accéléra. Elle parcourut davantage de commentaires et étendit ses recherches à l'ensemble des publications du forum, plus seulement à ce qu'avait écrit Jacob. Elle constata alors avec horreur que ce dernier était loin d'être le plus atroce des utilisateurs du forum. Des dizaines de commentaires mentionnaient « Saint Gidéon », des centaines parlaient de « fémoïdes » et autres

« Chads ». De nombreux utilisateurs évoquaient leurs pulsions de violence, d'autres faisaient part de leur désir de trouver des vierges, qui selon eux étaient plus faciles à manipuler. Son estomac se noua. Elle ferma les onglets et plongea sa tête entre ses mains.

Pour la grande majorité de ces incels, elle savait que ce n'étaient que des paroles en l'air. La violence de leurs mots la choquait, mais cela lui faisait aussi prendre du recul sur les commentaires de Jacob. Ses publications se rapprochaient plus de diatribes que de promesses de passage à l'acte. Mais… et si elle se trompait ? Comment faire la différence entre un ado en colère qui avait besoin de se défouler, qui dépasserait peut-être bientôt cette phase de haine et de douleur, et quelqu'un comme Gidéon Harris ? Si elle estimait Jacob capable d'une telle chose, Henry la croirait-il ? Est-ce que quiconque la croirait ?

Après la bombe qu'avait lâchée Jacob la semaine précédente, Henry et elle avaient eu une conversation au sujet de Sunil. Lucy avait fini par lui avouer ce qui s'était passé : l'étudiant avait flirté avec elle alors qu'elle avait un verre dans le nez, puis l'avait harcelée jusqu'à ce qu'elle accepte de le voir. Pour une fois, Henry fut de son côté. Il ne fut jamais question d'annuler le mariage. Il semblait surtout se faire du souci pour elle.

Comme par hasard, son téléphone vibra à ce moment-là. Elle venait de recevoir un nouvel e-mail de Sunil. Elle ne voulait pas l'ouvrir. Elle scruta la housse qui pendait sur un cintre accroché à la porte de l'armoire de sa chambre. Elle s'enfonça dans le fauteuil en velours et posa sa tête contre le dossier. Puis elle repensa à la boîte cadenassée et à ce qu'elle avait trouvé à l'intérieur la veille.

Même si la réaction d'Henry aux avances de Sunil l'avait apaisée, elle savait qu'elle ne pourrait pas l'épouser sans savoir ce que renfermait cette boîte. Alors, elle l'avait forcée. Armée d'un tournevis, elle avait réussi à casser le verrou et à ouvrir le couvercle. Elle devrait s'expliquer auprès d'Henry après le mariage, mais elle avait besoin de savoir. Dans la boîte, elle avait trouvé deux passeports, de vieilles médailles militaires, l'acte de naissance de Jacob et... des papiers de divorce non signés. Néanmoins, ils étaient là, sous ses yeux, noir sur blanc, ce qui prouvait que Sunil n'avait pas menti. Depuis, Lucy avait peu à peu digéré l'information.

Le fait que Sunil avait dit vrai à propos du divorce lui faisait peur, mais elle estimait qu'elle ne pouvait toujours pas lui faire confiance. Et s'il avait exagéré ? Et si Henry s'était confié à Sunil au sujet du divorce, mais que ce dernier avait inventé toute cette histoire de dispute ? Elle avait absolument besoin d'en parler à Henry, mais elle avait merdé. D'abord, elle lui avait parlé du forum de Jacob sans preuves, ce qui l'avait discréditée, et maintenant elle avait fouillé dans ses effets personnels. Sans parler de son flirt avec Sunil et de leur rendez-vous secret. En repensant à toutes les erreurs qu'elle avait commises, elle se demanda pourquoi elle était comme ça, à toujours se planter, à ne pas parvenir à s'exprimer, à enchaîner les mauvaises décisions.

Tout la ramenait à son ex. Dans les moments où elle avait souffert des pics les plus intenses de sa violence, elle s'était fermée comme une huître et avait étouffé ses émotions. Elle voyait sa voix comme de la fumée dans une pièce vide : d'abord elle emplissait l'espace, puis quelqu'un frappait dans un mur et y laissait un trou par lequel la fumée s'échappait jusqu'à s'évaporer complètement. Elle ne voulait plus jamais ressentir cela, mais voilà, elle recommençait à perdre sa voix. Néanmoins, si elle prenait le risque de s'exprimer, il y avait de fortes chances qu'elle perde Henry pour de bon.

Pour autant, quel était son ressenti vis-à-vis de cela ? Serait-elle dévastée de perdre Henry, ou serait-ce un soulagement ? Elle ne voulait pas penser à cela, à tel point qu'elle finit par ouvrir l'e-mail de Sunil pour penser à autre chose.

Lucy,

Ne te marie pas, je t'en supplie. Henry n'est pas un homme bien et je me fais du souci pour toi. Ne l'épouse pas. S'il te plaît. Je ne dis pas cela en raison de mes sentiments à ton égard, je te le demande au vu de ce que je pense de lui.

Je transfère ma thèse à l'université de Birmingham. Je ne peux plus travailler avec lui. Je voulais croire qu'il valait mieux que ça, mais non. Je vais d'ailleurs le dénoncer auprès de la direction du département pour la façon dont il a traité son étudiante. La dernière pièce du puzzle, c'est toi, Lucy. Tu dois le quitter. Il mérite de finir seul. Tu sais que j'ai raison.

Son doigt s'arrêta au-dessus du symbole de la corbeille, mais elle hésita, puis finit par le fermer sans le supprimer. Une seconde plus tard, un message enthousiaste de sa mère lui parvint.

« Presque arrivée ! Trop hâte de te voir ! Tellement contente de me rendre au mariage de ma fille adorée ! Bisous »

Lucy sentit le goût acide de la bile lui remonter dans la gorge.

Claire

La playlist de voyage d'Adrianna reprit depuis le début et Taylor Swift entonna *Love Story* pour la seconde fois. La tête posée contre l'appuie-tête, Claire chantait en play-back et observait Ad' chanter à tue-tête pendant qu'elle conduisait, faisant remuer ses boucles au rythme de la musique.

— Quoi ? fit Adrianna en se tournant vers elle avec un sourire.

— Rien ne pourrait gâcher ce moment. Quoi qu'il se passe, ce moment est parfait.

Elle pensait sincèrement ces mots. Après quelques échanges téléphoniques avec sa banque, elle avait réussi à récupérer son argent. Elle en avait fait part à l'agent Deol, qui travaillait toujours sur son dossier. Bien qu'il lui ait promis de la tenir au courant, elle doutait que cette enquête aboutisse à quoi que ce soit. Néanmoins, malgré toutes ces préoccupations, elle se sentait de plus en plus légère à mesure qu'elles s'éloignaient de chez elles.

— Je vais peut-être tester le ball-trap cet après-midi, annonça Claire. Enfin, si on n'arrive pas trop tard.

Elle consulta l'heure sur le tableau de bord : il était à peine 14 h 30.

— Sérieux ? s'étonna Adrianna en passant une vitesse.

Le lac de Rookthwaite s'étendait dans la vallée de l'autre côté de la colline. Au cœur de nombreux grands pins et châtaigniers, elles approchaient de Wilder House.

— Et pourquoi pas ? Au moins, j'apprendrai à me servir d'un fusil.

— Tu n'as pas besoin d'apprendre ça, répondit Adrianna en fronçant les sourcils.

— Je sais, mais ça pourrait être marrant.

— Au vu des dernières semaines qu'on a passées, pas sûr... Être entourée de fusils et de bruits violents risquerait d'accentuer tes angoisses, non ?

— Hmm, tu as peut-être raison, admit Claire en haussant les épaules.

Elles atteignirent le sommet de la colline, et tandis que la Vauxhall d'Adrianna entamait sa descente, Wilder House se dessina derrière les arbres. Cela faisait moins d'une semaine qu'elles étaient venues apporter les décorations, mais cette vue coupa de nouveau le souffle de Claire. Un bâtiment imposant doté de tourelles et de pierres sombres, des chemins sinueux qui parsemaient le domaine, les branches nues des arbres de l'orée du bois... C'était un lieu majestueux, aux voûtes au-dessus des portes et aux hautes fenêtres, avec à la fois une forme de vulnérabilité, comme si un glissement de terrain pouvait tout emporter sur son passage à tout instant. Wilder House, que l'on pouvait comprendre comme « le domaine sauvage », portait parfaitement son nom.

— Si la météo le permet, nous devrions essayer de prendre quelques photos à l'extérieur, suggéra Adrianna. Peut-être devant cet arbre qui fiche les jetons pour un petit effet dramatique.

Claire approuva d'un hochement de tête, mais son attention était focalisée sur les dépendances. Elle n'avait pas remarqué les écuries vides lors de leur dernière visite. Ni ce qui semblait être un cabanon de jardin ou une sorte de toilettes d'extérieur. Soudain, elle fut de nouveau sur le qui-vive, en train de réfléchir aux potentiels endroits où quelqu'un pourrait se cacher. Elle finit par chasser ces pensées. Les employés de Wilder House seraient disséminés sur la propriété toute la journée. Ils remarqueraient forcément un intrus planqué dans les écuries. Néanmoins, cela restait un lieu isolé qui n'était pas idéal pour affronter un harceleur. Elle s'y sentait vulnérable. Elle jeta un œil à son téléphone et fut soulagée de constater qu'elle avait du réseau.

Adrianna se gara, ouvrit sa portière et serra un peu plus le col de sa veste autour de son cou.

— On dirait qu'il va neiger, nota-t-elle en respirant l'air frais.

— La météo ne le prévoit pas, marmonna Claire en sortant à son tour de la voiture.

La plupart des invités arriveraient dans la soirée. Cela leur laissait quelques heures pour apporter les touches finales ensemble, tel que le coin photos pour les convives, les centres de tables, les fleurs et les marque-places.

Alors que Claire et Adrianna déchargeaient la voiture, elles remarquèrent l'arrivée d'un gros van sur le parking. Puis leur organisatrice de mariage, Colleen, se précipita vers le véhicule pour en accueillir les passagers.

— On dirait bien que quelqu'un a embauché une boîte pour préparer son mariage, nota Adrianna tandis que deux femmes d'une trentaine d'années déchargeaient de grandes boîtes en plastique semblant contenir des guirlandes et des fleurs.

Le regard de Claire se posa sur le logo qui ornait le van : *Cherish Events*.

— Mince, on aurait dû faire ça, soupira Claire.

— On n'a pas les moyens, lui rappela Adrianna.

— Tu marques un point.

— Bonjour, mesdemoiselles !

Les bras chargés d'un carton de fleurs séchées, Claire se retourna et vit Colleen arriver vers elles en boitant.

— Voulez-vous apporter ces cartons directement dans la bibliothèque ? leur proposa-t-elle.

— Ce serait super, répondit Claire.

— Je vais vous ouvrir, suivez-moi.

Adrianna appuya son carton contre sa hanche le temps que Colleen leur ouvre. Claire fit de même, puis suivit l'organisatrice de mariage à l'intérieur.

— Comment s'est passée la route ? Je crois que vous êtes le couple qui habite le plus près, indiqua Colleen.

— Ça a été, lui dit Adrianna. Il n'y avait pas grand-monde.

— Tant mieux.

Colleen enfonça sa main dans sa poche pour en ressortir un trousseau de clés. Elle respirait lourdement tout en cherchant la bonne.

— En fait, vous êtes le dernier couple à être arrivé. Quelques personnes se sont rendues sur les terres du domaine pour la session de tir.

— Oh, ça a commencé ? s'étonna Claire.

— Vous vouliez y participer ? Oh, je suis désolée, si j'avais su, nous vous aurions attendue.

— Ce n'est pas grave, une autre fois.

Colleen ouvrit la porte de la bibliothèque et leur fit signe d'entrer. Les tables étaient désormais en place, et Claire découvrait sa salle de réception prête pour la première fois. La pièce sentait le vieux cuir et la lavande. Elle sourit lorsque ses yeux tombèrent sur l'alcôve qui se trouvait au fond de la bibliothèque, où une allée avait été décorée, menant à une magnifique arche parée de lumières féériques. Le lendemain, elle se tiendrait près de cette arche et contemplerait Adrianna en train de marcher jusqu'à elle, entourées d'une quarantaine de leurs proches les plus chers.

— J'avais oublié comme cet endroit était beau, soupira Adrianna.

— Et vous êtes les premières à vous marier ici, souligna Colleen. Nous n'avions jamais pensé à proposer cette pièce pour des événements jusqu'à récemment.

— Vous avez manqué l'occasion d'organiser le mariage de rêve de n'importe quel rat de bibliothèque, commenta Claire en posant un carton à ses pieds.

Le portable de Colleen sonna et celle-ci s'éloigna de quelques pas.

— Je vais aller chercher un autre carton à la voiture, indiqua Claire à Adrianna.

Colleen écarta alors le téléphone de son oreille et leur chuchota :

— Avant que j'oublie, quelque chose vous attend à la réception. Probablement un cadeau arrivé avec un peu d'avance.

Le sang de Claire se figea dans ses veines. Non. Pas ici. Elle braqua son regard sur Adrianna, qui remarqua immédiatement que quelque chose n'allait pas.

— Quelqu'un nous a envoyé quelque chose, balbutia Claire avant de se précipiter hors de la pièce sans un regard en arrière.

Elle se rua dans les couloirs, longeant des murs lambrissés et des fenêtres laissant passer les courants d'air. Elle remarqua à peine les deux femmes assises dans le hall en pleine conversation, tout comme les prestataires qui faisaient des allers-retours dans le bâtiment avec diverses boîtes. Elle était concentrée sur la réception.

— Il y a... Il y a quelque chose pour Claire Rivers ? balbutia-t-elle à l'intention de l'hôtesse d'accueil.

— Oui, un instant, s'il vous plaît.

La jeune femme lui sourit et s'éclipsa dans la petite pièce à l'arrière. Claire essuya ses paumes moites sur son jean, et quand Adrianna posa une main sur son épaule, elle sursauta.

— Que se passe-t-il ? lui demanda Ad'.

— Il a envoyé quelque chose ici. Il sait où on est.

— Comment sais-tu que...

La réceptionniste revint vers elles avec un bouquet de fleurs dans les mains.

— Et voilà ! Ces roses sont magnifiques.

Claire était incapable de prononcer le moindre mot. Son regard restait braqué sur les roses rouge sang. Adrianna remercia la réceptionniste et s'empara du bouquet. Claire se laissa guider par sa fiancée jusqu'à un petit groupe de chaises près de l'entrée. Elle sentait vaguement que deux femmes les observaient depuis l'autre côté de la pièce.

— Reste calme, lui chuchota Adrianna. Je vais regarder s'il y a un mot. Nous ne savons même pas si ça vient de lui. Ça pourrait être un cadeau de mariage.

Claire scruta avec horreur sa fiancée qui fouillait entre les couches d'emballage et de papier décoratif qui entouraient les tiges vertes. Enfin, elle sortit une petite carte retenue par un morceau d'adhésif.

— Qu'est-ce que c'est ? lui demanda Claire, le souffle court.

— Ça vient de mon père, déclara Adrianna. Il ne peut pas venir.

Elle déposa lentement la carte sur la table devant elles et Claire soupira de soulagement. Cependant, elle s'en voulut aussitôt en voyant l'expression d'Adrianna se durcir.

— Eh bien, je suis ravie que tu sois soulagée. Mon père ne sera pas présent à mon mariage, mais au moins tu es contente.

— Ad', non, je... je suis désolée. Est-ce qu'il précise pourquoi il ne peut pas venir ?

— Apparemment, il est coincé en France, soupira-t-elle.

C'est juste une excuse. Il ne veut pas m'accepter telle que je suis.

Claire prit les fleurs des mains de sa fiancée et l'attira dans une étreinte.

— Je suis désolée, mon cœur.

— Oh, et puis merde, fit Ad' lorsqu'elle s'écarta. Qu'il aille se faire voir.

Elle blottit ses mains dans ses manches et essuya rageusement des larmes sous ses yeux.

— Je savais qu'il ferait ça, alors je ne sais pas pourquoi je suis étonnée. Viens, allons finir de décharger la voiture, ensuite on ira manger un bout, je meurs de faim.

— Tu es sûre ? On peut en discuter un peu si tu en as envie, lui souffla Claire alors que son regard dérivait vers les femmes assises de l'autre côté de la pièce.

Elles ne les regardaient pas, mais elles ne semblaient pas non plus vraiment en grande discussion. Claire les soupçonnait d'espionner leur conversation.

— Enfin, pas ici, en revanche, ajouta Claire.

Adrianna se redressa, saisit les fleurs et sortit de l'hôtel à grandes enjambées. Claire lui emboîta le pas et la vit jeter le bouquet dans une poubelle à l'extérieur. Elle fronça les sourcils, inquiète de l'émoi qu'éprouvait Adrianna. Allaient-elles vraiment se marier au cœur de tout ce chaos ? D'abord, il y avait eu le harceleur, et maintenant, le père d'Adrianna leur faisait faux bond. Elle se surprit à analyser les environs de l'hôtel de nouveau, scrutant les voitures et les employés de l'hôtel qui allaient et venaient. Elle éprouvait une sensation désagréable. Les fleurs s'étaient révélées sans danger, mais elle ne parvenait pas à chasser ses peurs.

Colleen

Maintenant que Patrick Crawley était dans une chambre, que Dolores Rodriguez se réchauffait avec un chocolat chaud et qu'Adrianna était retournée dans le hall avec un verre d'eau auprès de sa famille, Colleen décida de vérifier les dépendances du domaine. Ne voulant pas affronter les invités, elle se faufila par la cuisine et gagna rapidement l'extérieur enneigé. Au moins, le blizzard s'était calmé. La neige tombait encore abondamment, mais le ciel commençait à s'éclaircir. Elle espérait que les secours pourraient bientôt arriver.

Son genou la torturait. Elle serra son manteau contre elle et se blottit dedans.

Elle passa d'abord par les écuries. Elles servaient surtout de lieu de stockage et le jardinier avait aligné râteaux, truelles et autres outils divers le long des murs. Tout semblait en ordre. Elle appela Claire à voix haute à quelques reprises, mais les écuries étaient à l'évidence désertes. Elle se rendit alors au petit cabanon faisant office de débarras, plus sale et poussiéreux, rarement utilisé l'hiver. Le jardinier y stockait des pots et des graines et y débutait ses semis au printemps.

Il lui restait deux endroits à vérifier : la vieille cave à vin et l'armurerie. L'année passée, il y avait eu un incident dans la cave et elle avait été condamnée depuis. L'un des employés avait failli chuter à l'étage inférieur lorsqu'une dalle avait bougé et était tombée en poussière. Un tunnel encore plus profond passait sous la cave, autrefois emprunté par le Duc de Kelkirk qui y faisait passer ses maîtresses pour les conduire au château. Personne n'y avait mis les pieds depuis l'incident, du moins depuis qu'ils avaient déplacé la majorité des bouteilles de vin onéreuses. Colleen avait demandé au propriétaire de l'hôtel qu'il fasse appel à des experts pour savoir ce qui s'était passé, mais on lui avait répondu que le budget ne le permettait pas. L'hôtel n'était pas assez rentable. Le propriétaire estimait que ce n'était pas le moment d'entreprendre des travaux de rénovation et qu'il se pencherait plus tard sur la question.

Elle n'avait pas parlé de la cave à Adrianna. Peut-être avait-ce été une erreur. Et si Claire était tombée dans ce trou ? Elle se précipita jusqu'à la cave, le cœur tambourinant. Maintenant qu'elle y réfléchissait, il lui semblait évident que Claire était là-bas. Pourquoi serait-elle introuvable sinon ? À moins qu'elle n'ait plus eu envie de se marier et soit partie.

Colleen contourna Wilder House et descendit les marches qui menaient à la cave. La porte était encore verrouillée, et les cordes qui scellaient l'endroit étaient intactes. Elle chercha sa clé, ouvrit la porte et enjamba les cordes. Il faisait sombre à l'intérieur. Elle passa la tête dans l'obscurité, frileuse à l'idée de se risquer sur les dalles instables.

— Claire ?

Silence.

— Claire ? répéta-t-elle un peu plus fort.

Personne ne répondit. Elle attendit un instant de plus et retenta sa chance :

— Claire ? Êtes-vous là ?

Elle fit quelques pas à l'intérieur et observa les environs à la recherche de traces indiquant que quelqu'un était entré et tombé entre les dalles. Cependant, rien ne semblait avoir changé depuis sa dernière visite. Tout semblait identique. La seule chose qu'elle perçut fut une légère brise lui parvenant, mais elle venait sans aucun doute du tunnel à travers le trou dans le sol. Elle recula et referma la porte à clé derrière elle. Elle n'avait jamais mis les pieds dans le tunnel, mais elle l'avait vu sur les plans de la propriété. Il menait tout droit à la petite maison du garde-chasse, d'où les employés conduisaient les maîtresses du duc jusqu'au château sans que sa femme s'en aperçoive. Quel vieux vicelard.

Elle devait d'ailleurs jeter aussi un œil à la maison du garde-chasse. Enfin, ce n'était plus vraiment une maison, la Seconde Guerre mondiale avait laissé la bâtisse délabrée. Elle tombait en ruine, seulement la moitié tenait encore debout. Dans les années 1970, les nouveaux propriétaires de Wilder House avaient transformé ce qu'il en restait en ce qu'ils appelaient désormais l'armurerie.

Bill, qui s'occupait du ball-trap, ne vivait pas dans cette bâtisse en tant que garde-chasse. Il vivait à Rookthwaite et la vieille maison lui servait de bureau et d'endroit sécurisé pour stocker ses armes. Tous les fusils étaient placés sous clé derrière une grille. Bill ne travaillait pas aujourd'hui, mais Colleen avait un double des clés. Sa peau la picotait tandis qu'elle traînait des pieds dans la neige. L'armurerie se trouvait sur le flanc de la colline, vers l'arrière du bois. Elle en apercevait les murs et le toit enneigé. Elle remarqua qu'il n'y avait aucune trace de pas dans l'étendue blanche. Elle était immaculée, et le silence environnant était pesant, tel un rideau étouffant. Elle prit une profonde inspiration et poursuivit sa route, le cœur battant.

De là où elle se trouvait, elle voyait le paysage qui s'étendait jusqu'aux arbres, mais le temps d'un instant, elle se retourna vers l'hôtel. Elle aperçut des traces de pneu s'éloignant du parking. Quelqu'un avait pris une voiture pour partir à la recherche de la vieille dame. Elle vit là où la neige avait été piétinée près du bâtiment, probablement quand ils avaient couru après Patrick. Elle aurait espéré apercevoir Claire quelque part, en train de retourner vers l'hôtel, ou d'autres marié(e)s qui, à sa connaissance, n'étaient pas encore réapparu(e)s. Néanmoins, personne ne se trouvait à l'extérieur du bâtiment. Elle soupira, pivota et reprit son ascension de la colline.

Colleen essuya la sueur qui perlait sur son front alors qu'elle remontait le chemin glissant jusqu'à l'entrée de l'armurerie. Elle plongea la main dans sa poche, en sortit son trousseau et chercha la bonne clé. Au contraire des clés de l'hôtel qu'elle reconnaissait au toucher et au poids à force de les utiliser, elle ne se servait que très peu de la clé de l'armurerie, alors elle dut vérifier les étiquettes pour trouver la bonne. Ses doigts engourdis tremblaient lorsqu'elle plaça la clé dans la serrure. Le verrou ne tourna pas. Elle mit cela sur le compte de ses mains froides et réessaya, mais fit face à un second échec. Alors, elle tenta de tourner la poignée, et la porte s'ouvrit toute seule. La maison n'avait pas été verrouillée.

Colleen n'avait qu'une envie : prendre ses jambes à son cou. Aucune explication plausible ne lui venait qui justifierait que Bill ait laissé la bâtisse ouverte le jour de Noël en pleine tempête de neige. Elle n'entendait rien d'autre que le son de sa respiration et le vent léger au-dehors. De la crainte s'immisça dans chacun de ses pores.

Elle avait embauché Bill cinq ans plus tôt, car elle savait qu'il avait l'expérience et le tempérament pour gérer les sessions de tir. Il était l'une des personnes les plus consciencieuses qu'elle connaisse. La porte s'ouvrit avec un lent grincement, et son sang battait de plus en plus fort dans ses tempes. Elle fit un pas hésitant à l'intérieur et attendit, l'oreille aux aguets. Toutefois, si quelqu'un se trouvait à l'intérieur, elle n'entendit rien.

— Bill ?

Pas de réponse.

— Claire ?

Elle frotta distraitement son genou boiteux pour se réchauffer et avança dans la maison. Elle aperçut le bureau de Bill, des bottes en caoutchouc et des cirés accrochés à des patères le long d'un mur. Une pile de paperasse se trouvait sur le bureau, ainsi qu'une photo de Bill et son fils dans un cadre argenté. Puis elle remarqua la grille ouverte.

— Oh non, chuchota-t-elle.

Elle avança vers la grille sécurisée, le cœur au bord de l'explosion, les côtes qui lui comprimaient la poitrine. Puis son regard se baissa vers le sol. Un pied avec une chaussette. Ce détail la frappa tout particulièrement. Elle savait que Bill retirait ses bottes à l'intérieur, alors elle savait que ce pied, c'était le sien, et que quand elle contournerait le bureau, elle y trouverait Bill. Elle savait déjà que Bill était mort, car c'était la seule explication possible. Colleen sentit son estomac se retourner avant même de faire un pas de plus. Elle tenta tant bien que mal de calmer sa respiration et avança vers le pied qui dépassait.

Le sol de l'armurerie était couvert de sang. Bill était étendu face contre terre, la tête en sang, son corps tordu, comme s'il n'avait pas bougé depuis sa chute. Elle se baissa et toucha son cou, mais grimaça aussitôt et écarta sa main en sentant sa peau glaciale et rigide. Son corps fut envahi d'un pur sentiment de terreur, et cette vision lui fila la nausée. Elle pivota sur ses talons et se rua hors de la maison, avant de tomber à genoux dans la neige et de régurgiter son gin. Trois haut-le-cœur suffirent à lui vider l'estomac. Elle s'assit alors sur ses fesses contre la porte d'entrée ouverte. Pauvre Bill.

Colleen sentit son menton trembler et son nez la picoter

sous la menace des larmes. Cependant, elle devait prendre sur elle assez longtemps pour appeler la police, même si ça risquait d'être vain par ce temps. Elle s'empara de son téléphone, composa le numéro des secours et pria pour avoir du réseau.

— Police secours, j'écoute ?

— Mon... Il y a... bredouilla-t-elle avant de respirer un bon coup. Je suis à l'hôtel Wilder House, près de Rookthwaite. L'un de mes employés est mort. Je crois... Je crois que quelqu'un l'a frappé avec un objet lourd, et il est mort.

— Qu'est-ce qui vous fait dire qu'il a été frappé ?

— Il est par terre, face contre terre, et le sang... Il a du sang à l'arrière de la tête...

Elle marqua une pause, reprit son souffle et continua :

— Un fusil a été volé. Bill, mon employé, gère les fusils de l'hôtel, et quelqu'un l'a tué pour mettre la main dessus.

Elle se pencha en avant et passa une main sur son front.

— Quelqu'un est dans les parages avec une arme. Personne n'est en sécurité à Wilder House.

Un élément la frappa alors : aucune trace de pas ne menait à l'armurerie, ce qui signifiait que quelqu'un avait fait ça *avant* qu'il ne commence à neiger, donc soit à six heures ce matin, soit Bill avait été tué la veille. Bill serait-il venu tôt ce matin ? Le jour de Noël ? Non, c'était fortement improbable. Alors, l'assassin de Bill l'avait tué le soir précédent. Bill n'était pas passé dire au revoir en quittant la propriété. Colleen avait dormi à l'hôtel la nuit précédente à cause de tout ce qu'il y avait à faire. Il l'aurait forcément su et serait passé la saluer. Cependant, elle avait été si occupée qu'elle n'avait pas fait attention.

Bill vivait seul au village depuis son divorce. Peut-être que personne de sa famille n'avait remarqué son absence le jour de Noël à cause de la tempête et du réseau téléphonique capricieux. L'auteur de ce crime avait forcément dû discuter avec

Bill pour apprendre une partie de ces informations, voire toutes. Peut-être que Bill avait laissé échapper qu'il vivait seul et que son tueur avait sauté sur l'occasion. Sa tête lui tourna sous le coup de toutes les pensées qui fourmillaient dans son esprit.

— Gardez votre calme, lui dit l'opérateur des secours. Nous allons vous envoyer quelqu'un dès que possible.

— Quand ? demanda Colleen.

L'opérateur marqua un silence avant de répondre.

— Je vous passe la police. Ne quittez pas.

Cependant, Colleen savait déjà ce que la police dirait. La tempête avait rendu impossible l'accès à cette partie de la région. Wilder House s'était déjà retrouvé ainsi isolé. Ils étaient tous coincés ici et elle avait un hôtel bondé d'invités qui seraient pris de panique sitôt qu'elle leur dirait ce qui s'était passé. À moins que... À moins qu'elle ne leur dise rien. Du moins jusqu'à l'arrivée de la police.

Elle raccrocha après avoir parlé à la police et se releva. Toute tremblante, elle referma la porte à clé et contourna son vomi. Toutefois, dès qu'elle fit un pas, son téléphone sonna.

— Patrick est parti, lui annonça une voix paniquée dès qu'elle décrocha.

— Qui est à l'appareil ?

— C'est Nina. Patrick, vous savez, l'homme qui prétend être le père de Mila Davidson, il s'est échappé de sa chambre et il a quitté l'hôtel !

— Je croyais que David et Sammi étaient postés à sa porte ?

— Oui, mais il s'est sauvé par la fenêtre.

— Merde, marmonna Colleen. Je suis dehors, mais j'arrive tout de suite.

Est-ce que cela pouvait être lui ? Patrick avait-il caché un fusil quelque part dans l'hôtel ? Et si oui, que comptait-il en faire ?

Mila

Mila se trouvait au restaurant de l'hôtel en compagnie de Rafael, José, Ana María, Félicia et Peter. Elle souriait, hochait la tête, sirotait son vin et disait à tout le monde qu'elle avait hâte que ce soit le grand jour. En tant que fiancée modèle, elle serrait la main de Rafael dans la sienne et tentait d'ignorer les regards inquiets que lui adressait Félicia. Peut-être que cela avait été une erreur de lui montrer ces bleus. Obsédée par son plan à long terme, Mila n'avait pas songé au fait que Félicia pourrait essayer de l'empêcher de se marier. Et si elle parlait de la violence de Rafael à ses parents ? Cela ne changerait sans doute rien. Au vu des menaces proférées par Ana María quelques semaines auparavant, Mila se doutait que ses parents savaient exactement comment était leur fils.

— Ce mec est vraiment nul au tir, s'exclama Peter en riant tandis que des morceaux de steak dansaient dans sa bouche.

Mila retint un haut-le-cœur. Regarder des gens manger lui filait la nausée.

— T'exagères, répliqua Rafael, j'ai fini deuxième !

— Seulement parce que l'ado chelou et son père étaient pires encore, rétorqua Peter.

— Quel ado chelou ? demanda Mila.

— Le fils de quelqu'un qui se marie demain, lui indiqua Rafael avant de siroter son café. Ils étaient sympas, mais plutôt réservés, tu vois le genre ? Un peu intellos.

— J'sais pas, fit Peter. Le gamin avait l'air d'un voyou, avec une coupe de cheveux mi-longue rasée sur les côtés que tous les mecs craignos ont ces temps-ci.

— C'est vrai, s'esclaffa Rafael.

— Je crois qu'il emmerdait l'organisateur de l'activité. C'était quoi son nom, déjà ? Bill ? Il n'arrêtait pas de lui poser des tonnes de questions.

— Oui, mais c'était intéressant, objecta Rafael. Tu ne trouves pas ? Enfin, pour quelqu'un qui n'a jamais tiré au ball-trap.

Mila sentit son attention décliner. Son regard se balada dans le restaurant. De l'autre côté de la pièce, assise seule à une table, une femme d'une trentaine d'années la fixait. Quand leurs regards se croisèrent, la femme rougit et elle détourna les yeux. Mila reporta son attention sur sa propre tablée. Ana María racontait la fois où José et elle avaient passé un week-end à Wilder House quelques années plus tôt. Mila sourit et acquiesça. Rafael afficha un grand sourire. C'était la raison pour laquelle ils avaient choisi cet endroit pour le mariage. Rafael aurait évidemment pu se payer un lieu bien plus luxueux. Mila tourna de nouveau la tête vers la femme, mais elle avait disparu.

Trois mariages célébrés au même endroit faisaient forcément la part belle aux commérages. Elle avait déjà assisté à un vif échange entre deux femmes dans le hall d'entrée. Elle n'était généralement pas du genre à écouter les conversations des gens, mais elle se trouvait avec Félicia à ce moment-là, en train de parler du mariage. Ou plutôt, Félicia tentait de la convaincre de *ne pas* se marier.

— Tu es prête ?

Mila cligna des paupières et réalisa qu'elle s'était perdue dans ses pensées.

— Pardon ?

— Pour le dernier essayage de la robe. Tu as assez mangé ? On y va ?

Le stress commençait à la grignoter. Elle n'avait mangé que la moitié de son plat, elle était incapable d'avaler le reste.

— Oui, allons-y.

— À plus tard, les garçons, les salua Ana María en se levant de sa chaise. Tu viens aussi, Félicia ?

L'évocation de la robe sembla ragaillardir Félicia. Elle posa sa serviette sur la table et sourit.

— Avec grand plaisir. Que diriez-vous de faire apporter du champagne à la chambre ?

— Parfait ! s'exclama Ana María.

Mila avait l'impression d'être un numéro de cirque. Elle n'y avait pas pensé jusque-là, mais son apparence lors de son mariage serait jugée par tous les proches de Rafael. Cela serait un divertissement pour eux. Les invités en parleraient dans son dos, diraient que la robe lui seyait bien, qu'elle était trop ou pas assez maquillée. Après tout, c'était ce qu'elle aurait fait aussi. Enfin, non pas qu'elle ait un jour mis les pieds à un mariage. La famille Crawley n'y était pas souvent invitée, du moins pas si les mariés souhaitaient ne pas voir disparaître tous leurs cadeaux.

En sortant du restaurant, Mila jeta un regard en arrière afin de repérer la femme étrange. Pourquoi l'avait-elle ainsi fixée ? Et qui était-elle ? Colleen lui avait appris que la plupart des invités arrivaient ce soir-là ou le matin même du mariage. Jusqu'ici, seuls les couples de futurs mariés et leur famille proche étaient arrivés. Se pourrait-il qu'il s'agisse d'une des autres mariées ? Cela paraissait assez triste qu'une future mariée dîne seule la veille de son mariage.

— C'est vraiment dommage que ta mère n'ait pas pu venir, Mila, déclara Ana María. Une mère devrait être présente pour le mariage de sa fille.

Cela lui fit l'effet d'une pique. Elle suivit les autres dans les escaliers et se retint de riposter.

— Nous avons perdu le contact depuis longtemps, expliqua-t-elle simplement.

— Oui, Rafael nous a dit, mais il n'a jamais raconté pourquoi.

— C'est compliqué, éluda-t-elle, les dents serrées, avec un sourire forcé.

Elles accélérèrent le pas dans le couloir et croisèrent un homme vêtu d'un gilet en tweed, accompagné d'un adolescent à la démarche gauche. L'homme leur sourit et les salua, mais le garçon garda les yeux rivés sur ses pieds. Il y avait quelque chose de particulier chez l'homme. Un charme d'intello derrière d'épaisses lunettes. Pourtant, en même temps, il lui rappelait les ratés auxquels elle avait fait face avant le mariage. Roger et Dominic. Peut-être que c'était dû à la façon dont le regard de l'homme descendait sous le menton de Mila. Il n'était pas très discret. Le garçon, pour sa part, ne retint pas du tout son attention.

Mila ouvrit la porte de sa chambre et laissa entrer les autres. Elle se dirigea ensuite vers son armoire pour en sortir la robe enveloppée dans sa housse. Elle l'avait essayée un peu plus tôt ce jour-là, et l'ourlet devait être très légèrement relevé. Elles en avaient épinglé la majeure partie pendant l'après-midi, et Ana María avait apporté sa machine à coudre pour les dernières retouches. Elles auraient dû faire cela la semaine précédente, mais Mila n'avait cessé de repousser en prétextant être trop occupée par le reste des préparatifs. En vérité, elle ne souhaitait pas passer plus de temps que le strict nécessaire avec sa future belle-mère. Et au vu des menaces de cette dernière à l'encontre de sa famille, c'était pour le mieux.

— Je vais aller l'enfiler dans la salle de bain, indiqua Mila. Servez le champagne s'il arrive avant que je ne revienne.

Elle se précipita dans la salle de bain adjacente et ferma la porte derrière elle, s'autorisant enfin à se défaire de son sourire. L'épuisement la submergea. Son visage était douloureux à force de devoir garder son sang-froid, mais ce n'était pas le moment de flancher. Elle saisit la fermeture Éclair de la housse, et son irritation lui fit tirer trop fort dessus. La fermeture se coinça. Depuis qu'ils s'étaient mis en route pour Wilder House, de la peur s'était immiscée au creux de son ventre. Mais pourquoi maintenant ? Elle mettait cela sur le compte de son bon à rien de père. Toute cette histoire de photos l'avait davantage perturbée qu'elle ne le croyait jusqu'ici. Elle avait été convaincue qu'elle avait le pouvoir lorsqu'elle avait traqué ces hommes, jusqu'à ce qu'elle se rende compte de qui la manipulait. Cela lui avait alors fait prendre conscience qu'elle pouvait *être* manipulée, et que si son père y parvenait, alors peut-être que son fiancé et sa belle-famille aussi. Ou n'importe qui.

Mila ne s'était jamais crue faillible... jusqu'au moment où elle avait compris qui la faisait chanter.

Elle passa la robe par-dessus sa tête. Elle avait davantage de dentelle que Mila l'aurait voulu, dotée de manches longues et d'un col montant. Elle avait l'impression d'être Kate Middleton qui cachait la marchandise pour ne pas froisser la monarchie. Mila aurait opté pour un dos-nu et un décolleté plongeant si elle avait pu. L'ourlet de soie de la robe caressa le sol lorsqu'elle regagna la chambre. Ana María lui fit signe de monter sur un tabouret.

— Allez, monte là-dessus, on a presque fini, lui lança sa future belle-mère avec une épingle entre les dents.

— Waouh, tu es magnifique, souffla Félicia en tendant à Mila une flûte de champagne.

— Je sais, répondit Mila en souriant avant de prendre une gorgée de bulles.

Elles mentaient toutes les deux. Ce n'était pas que la robe était laide, mais elle ne mettait pas vraiment sa silhouette en valeur non plus. Et malgré la capacité de Mila à se servir de ses charmes à son avantage, elle n'était pas non plus une beauté fatale, disons plutôt qu'elle était très jolie. Rien ne l'agaçait davantage que des compliments hypocrites.

Ana María souleva le bord de la robe et se mit au travail.

— Mon fils est un homme chanceux, déclara-t-elle d'un ton qui laissait penser le contraire. Il a toujours craqué pour les jolis minois.

— Comment étaient ses précédentes petites amies, Ana ? la questionna Mila.

— Oh, tu sais, elles étaient belles, fit-elle en plantant une épingle dans la soie. Peut-être pas aussi malignes.

Mila tenta de réprimer un sourire.

— Je ne savais pas si Rafael allait ou non finir par se poser, poursuivit-elle. Il ne cessait de passer d'une fille à une autre. En revanche, il y en a eu une que j'ai bien aimée.

Et voilà... songea Mila.

— C'était une fille discrète, elle n'aimait pas se faire remarquer, soupira-t-elle. Mais évidemment, elle n'était pas faite pour Rafael. Elle l'ennuyait. J'ai toujours vu en elle la mère de ses enfants, même après leur rupture.

Mila vida le reste de sa flûte et répliqua :

— Ne vous en faites pas, nous vous ferons plein de petits-enfants.

— J'en suis ravie.

Ana María planta une autre aiguille, puis sortit sa machine à coudre de sa housse.

— Il serait malavisé de ma part de ne pas te le demander

une dernière fois, Mila. Pourrais-tu signer les papiers qui protègent mon fils et sa famille ?

Elle leva les yeux vers Mila avec une expression neutre, mais dure. De l'autre côté de la pièce, Félicia sirotait son champagne, les yeux exorbités.

— Non, je ne les signerai pas.

Ana María soupira.

— C'est ce que je craignais. Bon, eh bien, donne-moi la robe. Il va me falloir quelques heures pour la peaufiner. Peut-être que vous pourriez aller prendre quelques verres au bar, leur lança-t-elle en souriant, les lèvres pincées.

* * *

Mila et Félicia commandèrent une bouteille de Merlot au bar et l'emportèrent jusqu'à un box du restaurant. Peter et Rafael n'étaient pas dans les parages. Ils étaient peut-être partis se balader en direction de Rookthwaite à la recherche d'un pub. Dans tous les cas, elle était ravie de ne pas être en leur compagnie.

— Tout va bien ? la questionna Félicia. Ça ne rigolait pas, là-haut.

— Franchement, je m'attendais à pire, répondit Mila en écartant une mèche de ses cheveux. Elle avait l'air d'avoir un atout dans sa manche, pendant un instant, comme si elle comptait faire quelque chose face à mon refus de signer le contrat de mariage.

— Oui, moi aussi, j'ai eu cette impression, mais... elle a juste arrêté de parler. Tu ne trouves pas ça bizarre ?

Mila hocha la tête.

— Je sais que je te l'ai déjà dit un million de fois, mais tu es sûre que tu veux aller au bout ? Je sais que c'est flippant d'annuler un mariage au dernier moment, mais ça se comprendrait. Rafael est... particulier. Et à la façon dont

Ana María a parlé de ses ex, on dirait qu'il n'en est pas à son coup d'essai.

— Je sais dans quoi je mets les pieds, lui assura Mila sans méchanceté aucune. Fais-moi confiance, d'accord ?

Avant que Félicia ne prononce le moindre mot supplémentaire, Mila fut distraite par deux femmes qui faisaient leur entrée. Son dos se raidit. Il s'agissait de la femme qu'elle avait vue au dîner, celle qui l'avait fixée. Sans réfléchir, elle se leva et se dirigea vers elle. La femme avait la trentaine, des cheveux châtains mi-longs et des yeux marron. Elle faisait à peu près la même taille que Mila, peut-être avec un tout petit plus de formes, mais arborait globalement la même silhouette. La femme plus âgée à ses côtés, aux mêmes yeux marron et sourcils fins, était assurément sa mère.

— Bonjour, les salua Mila. Je vous ai aperçue au dîner. Je m'appelle Mila, je suis l'une des mariées. Du mariage Davidson-Rodriguez.

La femme plus âgée lui tendit sa main en premier.

— Enchantée, Mila. Je m'appelle Beth, je suis la mère de Lucy. Elle se marie aussi demain.

— Ah, je me disais bien que vous deviez être l'une des mariées. Puis-je vous offrir un verre ? Souhaiteriez-vous vous joindre à nous, avec mon amie Félicia ?

— Non, merci, déclina poliment Lucy.

Beth tourna la tête vers sa fille, interloquée. Puis Lucy secoua la tête, comme si elle se reprenait.

— Peut-être plus tard. Mais merci de proposer.

Mila hésita avant de s'éloigner.

— Pas de souci. Passez une excellente soirée, et bonne chance pour demain.

— Vous de même, répondit Lucy. Bonne chance.

Il y avait quelque chose d'étrangement sincère dans la façon qu'eut Lucy de prononcer ces mots. Elle ne pouvait s'empêcher de penser que quelque chose ne tournait pas rond chez cette femme. On aurait dit qu'elle aurait voulu lui parler, comme si elle brûlait de lui dire quelque chose, mais que pour une raison qui lui échappait, elle s'était retenue. Très bizarre.

Mais bon, Mila avait d'autres soucis à gérer. Elle rejoignit Félicia à leur table et se servit un autre verre de vin.

Lucy

Quand deux bras étonnamment puissants la serrèrent soudain, des larmes montèrent aux yeux de Lucy. Elle n'avait pas eu de câlin de sa mère depuis bien trop longtemps. Pourquoi laissait-elle toujours autant de temps s'écouler ? Elles se trouvaient dans le hall de l'hôtel, entourées de bagages. Beth, sa mère, venait d'arriver.

— Ça me fait plaisir de te voir, fit Beth en s'écartant, tout en laissant ses mains sur les épaules de Lucy. Tout va bien ?

— Allons prendre un thé, lui suggéra sa fille en lui prenant sa valise.

Après avoir déposé les bagages de sa mère dans la chambre de celle-ci, elles retournèrent au bar de l'hôtel et commandèrent une théière à partager. Pendant que sa mère leur servait deux tasses, Lucy lui parla du mariage et de ce qu'il restait à faire. Colleen avait demandé à quelques employés de s'occuper des guirlandes en papier à accrocher et des rubans à nouer sur les chaises, et il n'y avait plus qu'à finir de décorer les tables et de disposer les petits cadeaux pour les convives. Les demoiselles d'honneur de Lucy n'étaient pas encore arrivées. Elle avait demandé à Deepa, son amie d'enfance, si ses deux petites filles seraient d'accord pour tenir ce rôle. Elle avait bien trop conscience de la piètre amie qu'elle avait été depuis la fin de ses études pour demander cela à ses vrais amis.

— Est-ce qu'il y a quelque chose qui te tracasse ? lui demanda Beth. Tu n'as pas l'air dans ton état normal, ma puce.

Lucy se mordit la lèvre et hésita à dire quelque chose, puis tout sortit d'un coup. Elle raconta à sa mère ce qu'elle avait vu sur le forum Redpills et ce qu'avait écrit Jacob dans son horrible rédaction. La seule chose qu'elle ne partagea pas fut l'insistance de Sunil et les papiers du divorce. Pour l'instant, le fait d'avoir consulté l'ordinateur de Jacob sans sa permission était le maximum de ce qu'elle se sentait capable d'avouer.

— Et Henry, qu'a-t-il pensé de tout cela ?

— Il a des œillères, maman. Il ne veut pas voir ce qui est sous son nez. Jacob est un jeune homme en colère, mais il fait encore son deuil, alors il a peut-être le droit d'être comme ça. Et puis il a supprimé son historique de navigation pour que je ne puisse pas montrer à Henry ce qu'il faisait sur ce forum incel.

Beth soupira.

— Je ne comprends pas cet univers, cet Internet... Parfois, je me dis que tout serait mieux si les gens gardaient leurs pensées pour eux.

— Je devrais faire quoi, selon toi ? lui demanda Lucy.

— Allons installer les dernières décorations, décida Beth. Je suis sûre que ça te fera te sentir mieux.

— D'accord, accepta sa fille.

Elle commença à se diriger vers le jardin d'hiver avec sa mère, puis elle s'arrêta.

— Zut, j'ai oublié mon portable dans ma chambre. Attends-moi ici, je file le chercher.

— OK, ma puce.

Lucy abandonna sa mère au bar et se dirigea en réalité vers la réception.

— Bonjour, Hiya, navrée de vous déranger. Mon fils vient de m'appeler, il est en train de participer au ball-trap et aimerait que je lui apporte sa veste qu'il a laissée dans sa chambre, mais je n'ai pas la clé. Est-ce que je pourrais vous emprunter un double, s'il vous plaît ? Je vous le rapporterai tout de suite.

— Bien sûr, accepta la réceptionniste souriante.

Un sentiment de soulagement s'infiltra dans les veines de Lucy. Elle n'avait pas été sûre que ce soit autorisé. Du haut de ses quinze ans, Jacob disposait de sa propre chambre, mais à cet âge-là, il n'était pas tout à fait un adulte et la réceptionniste semblait ravie de remettre une clé de sa chambre à un tiers.

Lucy remercia la jeune femme et se dépêcha de gravir les escaliers. Elle disposait de peu de temps pour trouver le second téléphone de Jacob. Cependant, elle se disait qu'avec tout le matériel que devait trimballer Jacob pour le ball-trap, il avait peut-être laissé le téléphone dans sa chambre. Elle ouvrit la porte de sa chambre, le cœur battant contre ses côtes. Elle devait faire vite.

La chambre de Jacob était déjà sens dessus dessous. Il avait laissé traîner ses baskets en plein milieu de la pièce, à côté d'un sweat à capuche en boule sur le sol. Elle en vérifia les poches, puis celles d'un jean posé sur un fauteuil. Elle s'attaqua ensuite au tiroir de la table de chevet. Ce fut un échec : il ne contenait qu'un carnet de notes et un crayon, pas de téléphone. Alors, elle vérifia sous l'oreiller.

Elle lâcha un soupir victorieux. Bingo. Un vieil iPhone. Il devait l'avoir acheté d'occasion. Elle se rendit alors compte qu'il était protégé par un code secret, et son ventre se noua. Sa date d'anniversaire ? Elle essaya, sans succès. *Allez, Lucy,* s'encouragea-t-elle mentalement tandis que chaque seconde qui s'écoulait augmentait le risque qu'elle se fasse prendre. Et Sue ? Peut-être sa date d'anniversaire à elle ? Elle ne la connaissait pas. La seule autre date dont elle se souvenait, c'était celle de sa mort. Elle tenta sa chance, et ses yeux s'écarquillèrent : cela avait fonctionné, elle avait déverrouillé le téléphone.

Maintenant, elle devait se mettre au boulot. Elle passa en revue tous les onglets que Jacob avait laissés ouverts et en prit des photos avec son propre téléphone. Elle captura également son pseudo et son mot de passe sur le forum Redpills, de même pour ses réseaux sociaux. Elle avait l'impression que des insectes fourmillaient dans ses bras et ses jambes. Si Henry savait ce qu'elle était en train de faire... Néanmoins, c'était trop tard maintenant, elle avait passé un cap et il n'y avait plus de retour en arrière possible. Elle se dépêcha de replacer le portable sous l'oreiller de Jacob et de quitter la chambre, une sueur froide lui glissant le long de la colonne vertébrale.

* * *

Lucy fut distraite tout au long de l'après-midi. Alors qu'ils accrochaient les éléments de décoration et discutaient du plan de table, elle était en pilote automatique. Elle sentit que sa mère voulait lui parler de son père, mais cela restait un sujet sensible pour elle. L'image qu'avait gardée Lucy de son père différait de celle que sa mère avait de lui. Tandis que Beth estimait désormais que Jim avait été un mari aimant (depuis sa mort d'une crise cardiaque cinq ans plus tôt), Lucy se souvenait davantage du négatif. Elle se souvenait de la façon dont il rabaissait sa mère, dénigrait ses choix, exigeait un bon repas maison tous les soirs à dix-neuf heures tapantes et se plaignait quand Beth prenait du retard sur les tâches ménagères. Lucy se souvenait de toutes les fois où elle n'avait pas eu le droit d'aller voir ses amis, de se faire percer les oreilles ou de porter des jupes au-dessus du genou. Elle se souvenait de son haleine alcoolisée et de la teinte écarlate que prenait son visage quand il s'énervait.

Cependant, sa mère souhaitait lui dire à quel point il serait fier de la voir se marier, et chaque fois qu'elle parlait de lui, Lucy sentait sa poitrine se comprimer. Elle observa la pièce, les roses jaunes qu'elle avait choisies, les ornements de table jaunes, les guirlandes lumineuses et le décor de leur échange de vœux : un rideau de fleurs artificielles jaunes qu'elle mourait d'envie de réduire en lambeaux.

Sur le chemin du retour à la chambre de Lucy, elles croisèrent Henry et Jacob qui revenaient du tir. Beth les enlaça tous les deux, même un Jacob peu enclin aux rapprochements qui se tendit à son contact.

— J'ai tellement hâte d'être demain, s'exclama Beth. Tu seras ravissant dans son costume, Jacob.

L'intéressé esquissa un sourire narquois et détourna le regard.

— On ferait mieux d'aller nous rafraîchir, déclara Henry. Je crains que nous soyons dans le dernier des états.

À la surprise de Lucy, il avait les joues rosies et souriait, comme exalté par l'idée du mariage qui approchait. Elle ne l'avait jamais trouvé particulièrement enthousiaste vis-à-vis de la cérémonie jusqu'alors.

— Rejoignons-nous pour le dîner ? leur proposa-t-il. Disons dix-huit heures ?

— D'accord, fit Lucy.

— Parfait, se réjouit Beth.

Alors qu'elles partaient regagner leur chambre, Lucy n'avait en tête que le temps qu'elle pourrait passer à étudier les photos qu'elle avait prises de l'écran de Jacob. Malheureusement pour elle, sa mère décida de leur commander une bouteille de prosecco et deux verres. Elle but trop vite et, lorsque vint le moment de se préparer pour la soirée, elle se brûla les doigts avec son fer à boucler.

— Tu n'as pas les yeux en face des trous, ma puce, la taquina Beth en l'aidant à passer de l'eau sur sa plaie. C'est le stress de dernière minute. Ne t'en fais pas, personne ne s'en rendra compte demain.

Lucy acquiesça.

Beth changea rapidement de sujet et se mit à parler des invités, des diverses heures d'arrivée et d'autres détails futiles du mariage. Lucy ne tarda pas à saturer. À dix-sept heures, elle lui proposa de descendre au bar. Même si son esprit était déjà embrumé, elle se commanda un verre de pinot noir, ainsi qu'un panaché pour sa mère. Le prosecco tourbillonnait dans son estomac. Elle redoutait l'arrivée d'un hoquet à tout instant.

— Allez, ma puce, tout va bien se passer, tu sais ? tenta de la rassurer sa mère. C'est normal de stresser, et les derniers mois ont été compliqués pour toi. Tout va s'arranger.

— Tu veux dire comme entre toi et papa ? rétorqua-t-elle, avant d'aussitôt regretter ses paroles.

— Oh, Lucy, ne remets pas ça sur le tapis.

— Ah oui, c'est vrai, fit Lucy en se pinçant l'arête du nez. « Ne dis jamais rien de négatif, contente-toi de sourire et de prendre sur toi. »

Beth ne répondit rien. Elle posa une main sur le bras de Lucy et le serra. Les larmes montèrent aux yeux de Lucy, et elle reposa son pinot noir sur le bar, prête à faire demi-tour et à quitter le bar… jusqu'à ce qu'elle remarque la présence d'une famille d'un autre mariage qui faisait son entrée. En tête de cortège se trouvaient deux femmes en robe moulante et au brushing parfait. Elles ne la remarquèrent même pas en passant juste devant elle pour rejoindre le restaurant. Elles étaient magnifiques. Toutefois, ce ne furent pas elles qui glacèrent le sang de Lucy dans ses veines, mais l'homme qui marchait derrière elles. Son souffle se bloqua dans sa gorge, et pendant un instant d'angoisse, elle crut qu'elle allait réellement défaillir.

Il ne la remarqua pas. Elle n'en fut pas étonnée. Elle avait changé de coiffure depuis la dernière fois qu'elle l'avait vu. Cela faisait une éternité, et elle n'avait jamais vu Rafael comme le genre d'homme qui se souviendrait de toutes les femmes qu'il utilisait puis jetait. Toutefois, sa mère la vit. Dès que l'œil de lynx d'Ana María croisa le regard de Lucy, la première détourna les yeux. Lucy se cramponna au comptoir du bar. Elle avait toujours souhaité ne jamais revoir Rafael. Elle se souvenait encore de ses mains serrées autour de sa gorge, de la dent qu'il lui avait cassée et qu'elle sentait en passant sa langue dessus. Cette fois-là, il lui avait claqué la tête contre le plan de travail de la cuisine. Elle pivota face au bar, la peau rouge écarlate.

— Tout va bien, ma puce ? lui demanda Beth. Est-ce que c'était...

— Oui, c'était lui, confirma Lucy, le souffle saccadé.

— Quel connard.

Lucy fut surprise d'entendre sa mère cracher ainsi son venin. Elle se redressa et se retourna quand Rafael et ses acolytes disparurent dans le restaurant.

— Tu penses qu'il est invité à l'un des mariages ? se demanda Lucy.

— Je ne sais pas, répondit Beth. On devrait peut-être aller dîner ailleurs. On pourrait appeler un taxi pour nous emmener à Rookthwaite ou à Fellrick.

Lucy acquiesça. Juste à cet instant, Henry arriva seul.

— Jacob ne se sent pas très bien, expliqua-t-il. Il est barbouillé. Je pense qu'il stresse pour demain.

Lucy en doutait, mais elle était soulagée de ne pas avoir à le supporter pour la soirée. Beth suggéra qu'ils bravent le froid glacial et aillent dîner à Rookthwaite. Cela ne dérangeait pas Henry de ne pas boire, alors il les conduisit jusqu'au village, où ils tombèrent sur un pub nommé le Black Swan. Dès lors, Lucy repassa en pilote automatique, rit aux plaisanteries d'Henry, regarda sa mère sourire et grignota sa tourte à la viande. L'atmosphère entre eux restait polie, mais relativement froide, et personne ne souhaitait s'éterniser au pub plus longtemps que nécessaire. Alors ils partirent tôt et ne prirent même pas de dessert.

À leur retour à l'hôtel, Lucy décida qu'elle devait *le* revoir. Elle s'était convaincue qu'elle avait dû halluciner. Même si elle savait qu'elle en souffrirait, elle souhaitait simplement observer ses traits, percevoir ses nouvelles rides, ses nouveaux cheveux blancs. Elle avait rencontré Rafael lorsqu'elle avait vingt-cinq ans, et lui trente. La différence d'âge n'était pas énorme, mais leur différence d'expérience vis-à-vis du reste du monde avait été colossale.

Ayant grandi dans une petite maison de banlieue, Lucy n'avait alors jamais voyagé ni vraiment eu de vie sociale. Après le lycée, elle avait enchaîné les petits boulots, entre jobs administratifs et dans le commerce. Elle n'avait jamais vécu l'expérience de la fac ni tellement fait la fête le week-end. Elle avait toujours préféré rester chez elle avec un bon bouquin. Rafael était tout le contraire.

Elle s'assit à la table située en face de celle de Rafael et sa famille. Il était encore tôt, pas loin de vingt heures. Elle vit la jeune femme brune tourner la tête vers elle, et son sang se glaça dans ses veines. Elle se leva pour partir, tandis qu'une pensée terrible s'imposait à son esprit : Rafael était ici pour épouser quelqu'un.

Claire

Le soleil hivernal se couchait, et leurs invités commençaient à arriver. Claire enlaça ses parents, envahie par un sentiment de culpabilité en sachant que le père d'Adrianna venait de leur faire faux bond au dernier moment. La pauvre Ad' n'avait vu arriver jusqu'à présent personne de sa famille. Sa mère et sa sœur, qui arrivaient de Londres, devaient arriver le lendemain matin.

Néanmoins, revoir ses amis de longue date et sa famille se révéla être une précieuse distraction. Elle montra la bibliothèque à ses parents, leur fit visiter les extérieurs emmitouflés dans un manteau, et ils échangèrent même des cadeaux de Noël au bar.

— Nous avons un petit quelque chose pour toi, lui dit sa mère. Nous ne voulions pas faire de l'ombre au mariage, mais nous nous disions que ce serait chouette de t'offrir quand même quelques bricoles.

— Merci, maman ! se réjouit Claire en déballant une belle bouteille de vin et du bain moussant.

Elle remercia ses parents d'une bise.

— Et nous avons aussi quelque chose pour toi, Ad', ajouta

la mère de Claire en lui tendant un cadeau emballé dans du papier couvert de paillettes qui vinrent parsemer la table du bar.

— Oh, merci beaucoup, Emily, il ne fallait pas.

Claire remarqua qu'Adrianna souffrait de ne pas avoir sa famille auprès d'elle. Au cours des quelques dernières années, les relations avec le père d'Adrianna s'étaient distendues. Après avoir divorcé de la mère d'Ad', il était parti vivre en France et avait eu tendance à manquer tous les événements familiaux. Surtout quand il s'entichait d'une nouvelle copine. Par ailleurs, même s'il soutenait n'avoir aucun problème avec le fait que sa fille épouse une femme, son comportement leur indiquait parfois l'inverse.

— C'est adorable, merci, sourit Adrianna en brandissant ses nouveaux chaussons en pilou.

Claire se pencha vers elle et lui prit la main. Seule une personne qui l'aimait sincèrement pouvait faire ainsi semblant de se réjouir d'un tel cadeau. Non pas que la mère de Claire ait eu l'intention de lui offrir un cadeau qui ne lui plaise pas, mais elle avait sûrement paniqué en ne trouvant pas d'idée.

La soirée se déroula plutôt tranquillement, malgré le silence d'Adrianna tout le long qui fit se serrer le cœur de Claire. Elle détestait l'idée de se marier alors que les choses n'étaient pas au beau fixe. Cependant, il était trop tard pour reporter le mariage. De plus, elle n'avait pas parlé à ses parents du harcèlement qu'elle subissait, et ce secret lui pesait.

Lorsqu'elle se leva pour aller commander une nouvelle tournée de boissons, Claire ne s'attendait pas à se sentir angoissée. Elle avait perdu une partie de l'hypervigilance avec laquelle elle était arrivée. Toutefois, avant qu'elle ne dise au barman ce qu'il lui fallait, elle se sentit observée. Les petits cheveux dans son cou se dressèrent. De la chair de poule se répandit sur ses bras. Elle pivota sur ses talons, mais personne ne se trouvait derrière elle.

Claire s'éloigna du bar et se dirigea vers la réception. Elle avança, hésitante, en jetant un œil à toutes les sorties. La porte de l'hôtel cliqueta, comme si quelqu'un venait tout juste de la laisser se refermer. Elle la rouvrit et s'aventura dans la fraîcheur du soir d'hiver. La nuit claire enveloppait l'hôtel de son obscurité, et les étoiles étincelaient sur la voûte céleste.

— Qu'est-ce que tu fous ici ? s'exclama une voix féminine.

Claire se fondit dans l'ombre dans un recoin. Près des écuries, un homme et une femme se faisaient face. La femme était grande, vêtue d'une robe moulante et de talons hauts qui s'enfonçaient dans le gravier. L'homme était grand lui aussi, plus vieux, négligé, avec une barbe grisonnante qui avait grandement besoin d'être taillée. Aucun des deux ne remarqua Claire. Elle se tint là en silence, intriguée par le ton et le langage corporel sur la défensive de la femme. Et si ces deux-là avaient quelque chose à voir avec Simon Botham ? Cela semblait tiré par les cheveux, mais elle se devait de rester et de le découvrir.

— Qu'y a-t-il de mal à vouloir voir ma petite fille se marier ?

— Menteur, rétorqua la femme en s'allumant une cigarette avant d'en prendre une bouffée. Dis-moi ce que tu fais vraiment là.

— Tu mijotes quelque chose, Millie. Je veux savoir quoi.

— Tu veux surtout savoir s'il y a de l'argent à la clé, s'énerva la femme.

— Alors, il y en a ?

Claire savait qu'elle aurait dû retourner à l'intérieur. Maintenant qu'elle savait qu'ils n'étaient pas liés à Simon Botham, elle devait partir. Mais elle n'en fit rien et resta immobile, l'oreille tendue.

— Écoute, *papa*, tu vas tout gâcher. Je ne te laisserai pas faire. J'ai un plan. Rentre chez toi, OK ?

Elle se retourna pour partir, mais l'homme débraillé lui attrapa le bras.

— Je ne partirai pas avant que tu ne me dises ce qui se passe.

— Lâche-moi ! siffla-t-elle.

Mais il tint bon. Le rythme cardiaque de Claire s'accéléra. Elle était à deux doigts d'intervenir, mais elle hésitait.

— Bon, d'accord, il y a de l'argent en jeu, céda-t-elle. Mais c'est...

Elle marqua une pause, jeta un coup d'œil vers les fenêtres comme pour s'assurer qu'elle n'était pas observée, puis reprit :

— Mais c'est à long terme. Je n'ai pas un rond actuellement. Tu ferais mieux de rentrer.

— Non, fit-il.

Son ton était ferme, mais il finit par lui lâcher le bras. Elle soupira.

— Je lui dirai qui tu es vraiment à moins que tu ne me files de l'argent. Ce soir, menaça l'homme.

— Ne dis pas n'importe quoi.

— Je suis sérieux, Millie. Ta mère a besoin d'aide. Elle est...

— ... accro à la défonce, oui, je sais. Et tu vas faire semblant de vouloir l'aider alors que tu vas tout dépenser dans de l'alcool et de la drogue. Va te faire foutre, lui cracha la jeune femme en se dirigeant vers la porte. Raconte-lui ce que tu veux. Il n'en croira pas un mot. Tu penses vraiment qu'un homme comme Rafael aura quelque chose à faire d'un vieil alcoolique fini comme toi ? Je nierai tout en bloc. Maintenant, dégage hors de ma vue. Remonte dans ta voiture et *barre-toi*.

La femme ouvrit violemment la porte de l'hôtel et s'engouffra à l'intérieur. Claire se retrouvait désormais seule avec l'homme, et elle n'aimait pas ça du tout. Il balança un coup de pied dans le gravier et déguerpit en direction du parking. Par le même temps, quelqu'un d'autre apparut le long d'une façade de la bâtisse.

Il était grand, mais ses bras semblaient trop longs pour son corps, ce qui laissait penser qu'il s'agissait d'un adolescent. Au fil de son avancée, la lune vint éclairer ses traits. Elle aperçut des traces d'acné le long de sa mâchoire et de son menton. C'était bien un ado. Claire retint sa respiration. Elle ne bougea pas d'un poil. Elle se sentait particulièrement vulnérable. Le garçon pouvait à tout moment tourner la tête vers elle, mais ce ne fut pas le cas. Il transportait un sac de sport et remontait à la hâte le chemin de gravier. Il disparut à l'intérieur de l'hôtel, referma la porte d'entrée derrière lui, et, enfin, Claire se retrouva seule. Elle poussa un soupir de soulagement. Mon Dieu, qu'elle était bête. À l'origine, elle était seulement allée chercher une tournée au bar.

De retour dans l'hôtel, elle se frotta les mains pour se réchauffer et retourna vers le bar. La femme à la robe moulante était assise au comptoir avec une coupe de champagne, le regard perdu dans le vide. Claire essaya de ne pas trop la fixer avec insistance tandis qu'elle passait commande.

— Vous êtes là pour l'un des mariages ? lui demanda la femme.

Claire se sentait mal de lui répondre après tout ce qu'elle avait entendu, mais elle ne pouvait pas ignorer sa question.

— En fait, je me marie demain.

— Moi aussi, sourit la jeune femme. Je suis du mariage Davidson-Rodriguez, dans la salle de bal.

— Nous, nous nous marions dans la bibliothèque.

— Je m'appelle Mila, se présenta-t-elle en lui tendant une main.

— Claire.

— Vous êtes excitée à l'idée de vous marier, Claire ?

— J'ai hâte, oui. Et vous ?

Une ombre passa sur le visage de Mila. Était-ce du doute, de la peur, de l'agacement ? Elle était difficile à déchiffrer. Claire avait remarqué que ses yeux n'étaient pas très expressifs.

— Moi aussi, finit-elle par répondre. Mais les mariages, c'est lourd, non ? Tous ces préparatifs, gérer les familles en même temps…

Elle fit la grimace.

— Mais bon, ça vaudra le coup au bout du compte, conclut-elle.

— Oui, évidemment, approuva Claire.

— Je ferais mieux d'y retourner, lui indiqua Mila avec un signe de tête vers une table bruyante de convives. On risque de se recroiser dans l'hôtel demain, mais si ce n'est pas le cas, alors bonne chance.

— À vous aussi, lui répondit Claire en s'emparant de ses boissons.

Elle observa la jeune femme s'éloigner en repensant à la conversation qu'elle avait entendue. Cela ne la regardait pas le moins du monde, mais en même temps, elle se demandait ce qui pouvait bien se tramer dans cette famille. Elle était tellement perdue dans ses pensées qu'elle ne remarqua pas la personne à la fenêtre. Elle ne vit pas le regard braqué sur elle, immobile et sombre.

* * *

Il était près de minuit quand Claire et Adrianna quittèrent le reste du groupe et regagnèrent leurs quartiers. Elles avaient décidé de faire chambre à part pour la nuit précédant le mariage. C'était la seule et unique tradition qu'elles avaient choisi d'honorer. Toutefois, maintenant qu'elle y était, Claire sentait un poids dans son estomac en pensant à son lit vide.

Elle traînait des pieds lourdement. À ses côtés, Adrianna semblait maussade, elle n'avait pas l'air elle-même. Les bras croisés sur sa poitrine, elle fixait ses pieds. Un instant plus tard, elle s'arrêta en plein milieu des escaliers.

— Je ne crois pas pouvoir y arriver, déclara-t-elle soudain.

— Dieu merci, moi non plus je ne veux pas dormir toute seule. Pas avec tous ces cauchemars qui...

— Non, la coupa sèchement Adrianna. Bon sang, Claire, arrête de toujours tout faire tourner autour de toi et de ce fichu harceleur ! Je parle de tout ça, du mariage. Je ne vois pas comment je peux y arriver avec tout ce qui se passe. Tu es à cran, mon père ne vient pas, je n'ai pas eu de nouvelles de ma mère et de ma sœur de la journée... C'est juste que... ce n'est pas comme ça que j'imaginais les choses.

— Tu es sérieuse ?

— Oui.

Elle hocha la tête frénétiquement, les yeux tellement exorbités que le blanc de ses yeux ressortait.

— Je suis putain de sérieuse, reprit Adrianna. Je n'ai pas envie de me marier alors que ma fiancée ne cesse de regarder par-dessus son épaule au cas où un monstre lui sauterait dessus, sorti de nulle part.

— Ce... Ce n'est pas juste, Ad'. À t'entendre, on dirait que je suis folle, balbutia Claire. Je ne suis pas folle, j'ai traversé pas mal de choses récemment. Tu le sais.

— Oh, crois-moi, je le sais, oui, répondit Adrianna en se frottant les bras et en soupirant.

Puis ses épaules se détendirent et elle s'adoucit.

— Désolée, je ne voulais pas donner l'impression que je prenais tout cela à la légère. Je suis tellement à cran, et je marche sur des œufs avec toi depuis tellement longtemps que... je ne sais pas si je peux continuer comme ça. Je suis épuisée. Et maintenant je dois me coller un sourire sur le visage et...

Un homme passa à côté d'elles et les interrompit, inconscient de la scène qui se déroulait, et rit avec la personne à qui il parlait au téléphone.

Claire leva ses mains dans un geste de prière.

— Je ne sais pas quoi dire. Je ne veux pas que tu aies à te forcer à sourire pour te marier. Je suis fatiguée. Je vais aller dormir. Tous nos invités arrivent demain, et je n'arrive pas à croire qu'on en soit là, souffla-t-elle en secouant la tête pour tenter de retenir les larmes qui lui montaient aux yeux. Ça ne te ressemble pas, Ad'.

— Peut-être que tu ne me connais pas si bien que ça, répondit Adrianna d'une voix empreinte d'émotion.

— Ne dis pas ça, répliqua Claire en relevant vivement la tête.

Des larmes dévalaient les joues d'Adrianna.

— Ou peut-être que tu connais seulement la version de moi que tu t'es construite dans ta tête. Tu tournes le dos au reste de ce que je suis.

Claire vacilla et tomba d'une marche.

— De quoi tu parles ?

— De rien. Je vais aller dormir. Je ne peux pas...

Claire se remit au même niveau que sa fiancée et lui demanda :

— Attends. Est-ce que... Est-ce qu'on se marie demain ?

Le mascara d'Adrianna s'étala sur ses joues lorsqu'elle essuya ses larmes.

— Je ne sais pas, répondit-elle en haussant les épaules. Je suis peut-être juste bourrée.

Claire s'assit sur les marches des escaliers, abasourdie, ne souhaitant pas voir Adrianna s'éloigner d'elle.

La Mariée

Les boucles défaites, ses cheveux ébouriffés malmenés par le vent, elle se tenait au pied de la colline qui conduisait au chalet. La neige tombait doucement autour d'elle. Elle sentait l'humidité de l'air, son parfum de neige fondue.

La mariée sortit le téléphone de la poche de sa veste et avança vers les arbres, à la recherche d'une barre de réseau. Dès qu'elle trouva le bon endroit, elle envoya un message :

« Rendez-vous au chalet. J'ai quelque chose à te dire. »

Puis elle composa un autre numéro et passa un appel. Il répondit dès la deuxième sonnerie.

— Qui est-ce ?

Elle lui répondit, puis lui promit quelque chose.

— Mais seulement si tu fais exactement ce que je te dis, ajouta-t-elle. C'est clair ?

Elle raccrocha avec un sourire. Elle reprenait enfin le contrôle de la situation.

Elle se remit en marche.

Partie Trois

Mila

Mila fit mine d'aller se coucher. Elle monta les escaliers, puis fit demi-tour et retourna au bar. Il était fermé, mais elle s'assit à une table, remonta ses genoux sous son menton et resta ainsi pendant quelques minutes, perdue dans ses pensées. Il était minuit passé, c'était donc Noël. Le jour de son mariage.

— Bonsoir.

Le regard de Mila croisa celui de la personne à qui appartenait cette voix hésitante. Il s'agissait de Lucy, l'autre mariée, celle qui avait semblé vouloir lui parler, mais s'était ravisée.

— Puis-je me joindre à vous ? demanda Lucy.

Mila hocha la tête et laissa retomber ses jambes sur le sol tapissé.

— Désolée de ne pas avoir accepté votre invitation tout à l'heure, poursuivit Lucy.

Mila remarqua qu'elle triturait les manches de son haut et que son regard restait rivé sur la table plutôt que de croiser le sien.

— Vous n'avez pas à être désolée, la rassura Mila avec un haussement d'épaules.

Lucy ne répondit pas et se mit à tapoter la table du bout des ongles.

— Quelque chose ne va pas ? s'impatienta Mila.

— Je ne sais pas comment dire cela, expliqua Lucy.

— Quoi donc ?

Le regard de Lucy tressauta face au ton sec de son interlocutrice.

— Est-ce que vous allez épouser Rafael Rodriguez ? demanda-t-elle enfin.

— Oui, confirma Mila.

— Ne le faites pas.

Lucy lâcha un petit rire sans joie.

— J'ai été sa copine pendant un moment. Près d'un an, en réalité. Il m'a fallu longtemps pour partir. Pendant tout ce temps, il m'a battue, physiquement et psychologiquement, jusqu'à ce que je ne sache plus qui j'étais.

— Merde, souffla Mila. Je suis vraiment désolée.

— Vous... Vous n'avez pas l'air choquée ni étonnée, observa Lucy en haussant les sourcils.

Mila se mordilla la lèvre inférieure en réfléchissant à la réponse qu'elle allait fournir à cette femme. Elle se douta à ce moment-là qu'elle était l'ex dont avait parlé Ana María, la soumise qu'elle avait appréciée.

— Il me fait la même chose.

— Oh, mon Dieu, je suis tellement désolée... fit Lucy dont les yeux se baignèrent aussitôt de larmes, tandis qu'elle tendait le bras et prenait la main de Mila dans la sienne. Vous n'avez pas à aller au bout de ce mariage. Vous pouvez partir. Tout de suite. Je peux vous aider.

Elle baissa les yeux un instant, puis ajouta :

— Je... Je songe aussi à m'en aller.

— Vraiment ? s'étonna Mila.

— Je crois que mon fiancé n'est pas l'homme que je le pensais être, avoua-t-elle en baissant la voix. Lui et son fils...

Elle s'interrompit, les yeux dans le vague.

— Je ne sais pas si je peux me marier avec lui demain. Mais alors je me dis que je suis peut-être parano, que je me monte la tête pour rien. Est-ce que vous... Quand Rafael vous fait du mal, est-ce que vous avez déjà eu l'impression qu'il vous ôte votre voix ? Comme si vous étiez incapable de vous exprimer ? Je ne sais pas si je récupérerai un jour ma voix.

Mila posa sa main libre sur celle de Lucy.

— Écoute-moi, ma belle. Tu as une voix. Vraiment. Et aucun homme ne pourra jamais te l'ôter tant que tu respireras. Tu m'entends ?

— Oui.

— Promets-moi une chose.

— Quoi ? la questionna Lucy.

— La prochaine fois que tu as l'impression que l'on t'arrache ta voix, je veux que tu hurles de toutes tes forces, répondit Mila en se penchant vers la jeune femme, la voix pleine de détermination. Hurle si fort que tu en péteras les tympans de ce connard. OK ?

Lucy, les yeux écarquillés et les joues striées de larmes, hocha la tête. Mila serra sa main dans la sienne une dernière fois et s'en alla.

* * *

Ana María attendait Mila devant la porte de sa chambre. La belle-mère pinçait les lèvres, visiblement contrariée que Mila traîne si tard seule dans l'hôtel.

— Je t'attendais pour te donner ceci, déclara-t-elle en lui tendant la housse de la robe.

— Merci, fit Mila.

— Où étais-tu ?

— J'avais besoin d'un petit moment toute seule au bar.

Elle ne mentionna pas le fait qu'elle était restée au rez-de-chaussée pour s'assurer que son abruti de père ne tente pas de remettre les pieds dans l'hôtel.

Le regard d'Ana María s'étrécit.

— Tu es étrange, comme femme, Mila. Et je ne me réjouis pas que tu épouses mon fils. Je suis au courant de ton passé, tu sais. J'ai vu les photos. Notre détective privé a retrouvé la trace d'un dénommé Roger Smythson.

Ces paroles la prirent par surprise. Fichu Roger. Cela avait dû se produire après son petit tête-à-tête avec lui. Le détective privé d'Ana María avait probablement filé une grosse somme d'argent à ce raté en échange des photos. Elle garda son calme et secoua doucement la tête, en ouvrant les yeux pour jouer les innocentes.

— Quelles photos ? Qui est Roger Smythson ?

— Les photos que tu as envoyées à des hommes contre de l'argent. J'ai toujours su que tu n'étais pas assez bien pour mon fils, et j'ai toujours su que tu étais une traînée.

— Photoshop fait des merveilles de nos jours. Je suis persuadée que qui que soit ce Roger Smythson, il a seulement fait ce qu'il fallait pour récolter l'argent de votre détective, affirma Mila en ignorant l'insulte.

— José réfléchit encore à ce qu'il va faire.

La matriarche recula d'un pas. Sa colonne était raide, tout son corps tendu.

— Cela doit être frustrant d'être mariée à un homme comme ça, déclara Mila. Vous qui êtes une femme intelligente, j'imagine que vous adoreriez diriger l'entreprise familiale. À la place, vous êtes reléguée aux fourneaux et aux petits travaux de couture, à élever un fils narcissique qui aime contrôler et frapper ses petites amies.

L'expression d'Ana María se transforma, sa peau se plissant sous l'effet de sa grimace. Elle fit deux pas en avant, et leurs nez se touchaient presque désormais.

— Surveille tes arrières, menaça la belle-mère. Je sais que

tu nous caches encore des choses. Tu n'es pas celle que tu prétends être. Dès que je découvrirai...

— C'est un peu tard maintenant, non ?

— Tu n'es pas encore mariée, cracha-t-elle. Je briserai ce mariage avant même qu'il ne commence.

Le visage d'Ana María avait viré au rouge écarlate. Elle s'éloigna, les mains serrées en poings.

— Au fait, la robe ne te va pas, lâcha-t-elle.

— Je sais, répliqua Mila. Mais je suis quand même canon dedans. Pas comme vous et votre corps tout flasque. Bonne nuit, belle-maman !

Elle lui fit un grand signe de la main et rentra dans sa chambre d'hôtel. L'adrénaline lui irradiait les veines. Elle verrouilla aussitôt la porte et s'écroula sur le lit. Un rire nerveux monta dans sa gorge, mais mourut aussi vite. Cela avait une joie de remettre Ana María à sa place, mais maintenant que c'était terminé, elle devait faire face à la réalité de ce qui l'attendait. Le lendemain. Le mariage. Les photos. Son plan s'était à peine amorcé qu'il commençait déjà à s'écrouler autour d'elle.

Lucy

Elle se réveilla à six heures du matin, prise de sueurs froides. Dans la nuit, elle s'était enroulée dans les draps comme dans un cocon. Dans le lit qui se trouvait de l'autre côté de la pièce, la mère de Lucy ronflait doucement.

Sa mère avait toujours eu le sommeil lourd, surtout après quelques verres de vin. D'ailleurs, elle n'avait même pas remarqué que Lucy s'était faufilée hors de la chambre d'hôtel peu après minuit. Celle-ci avait espéré tomber sur l'autre mariée, Mila, et elle y était parvenue. Les chances avaient été faibles, mais Mila ne semblait pas du genre à se coucher tôt. Sa conversation avec l'autre mariée l'avait épuisée sur tous les plans. Après avoir séché ses larmes, elle s'était effondrée dans son lit et s'était endormie presque aussitôt.

Elle frotta ses yeux ensommeillés et s'assit sur le lit. C'était le matin de Noël. Le jour de son *mariage*. Rien de tout cela ne lui paraissait romantique désormais. Elle avait la gorge sèche, l'air ambiant était glacial, et elle redoutait ce qui l'attendait. En silence, elle enfila des sous-vêtements, un jean et son pull de la veille. Elle traversa la chambre sur la pointe des pieds, enfila des baskets et s'éclipsa.

En bas, le bar était désert, comme elle s'y attendait, mais elle alla s'asseoir près de la fenêtre et fut surprise de découvrir qu'il neigeait dehors. Elle plissa les yeux pour observer les alentours et se sentit encerclée par l'obscurité extérieure. Puis son portable vibra.

« Il faut qu'on se voie. J'arrive. »

C'était encore Sunil. Elle n'arrivait pas à le cerner. Il paraissait jaloux de la carrière d'Henry plus qu'autre chose, et elle avait l'impression que c'était la source de son obsession pour elle. Éprouvait-il de l'affection pour elle, ou voulait-il simplement ruiner la vie d'Henry ? Elle penchait pour la seconde hypothèse.

« NE VIENS PAS ! », répondit-elle aussitôt. **« Tu n'es pas le bienvenu ici. Je ne sais pas ce que tu crois, mais ce qui se passe dans ta tête est loin de la réalité. Tu fais clairement une fixette sur Henry. Laisse-nous tranquilles, ma famille et moi. »**

Elle prit une profonde inspiration et appuya sur « Envoyer ». Un instant plus tard, la réponse arriva :

« C'est toi qui es déconnectée de la réalité. Il te tuera comme il a tué sa première femme. »

C'en était assez. Lucy alla dans ses contacts et bloqua son numéro. Elle se sentit immédiatement plus légère. Au moins, ce problème était réglé. Et les autres, alors ? Elle jeta un coup d'œil à son téléphone. Il était six heures et demie. La photographe arriverait à dix heures, puis la coiffeuse-maquilleuse. Elle avait prévu de prendre un bon petit déjeuner avec sa mère à huit heures. Il lui restait du temps à tuer. Elle se pencha sur les photos qu'elle avait prises de l'écran de Jacob et zooma pour déchiffrer les identifiants de son compte sur le forum. Son rythme cardiaque s'accéléra lorsqu'elle ouvrit son navigateur et se rendit sur Redpills. Et si Jacob recevait une notification le prévenant que quelqu'un s'était connecté à son compte avec une autre adresse IP ? Elle hésita. Au moins, s'il venait la confronter, tout sera dévoilé au grand jour... non ?

Et puis merde, se dit-elle tout en tapant « l'égorgeur » dans la case du nom d'utilisateur.

— Lucy ?

Elle sursauta si vivement en entendant son prénom qu'elle en lança son téléphone en l'air, qui atterrit sur ses genoux. Elle porta une main à sa poitrine.

— Tout va bien ?

Elle hocha la tête, saisit son portable et le fourra dans la poche de son jean. Henry s'assit face à elle, les sourcils froncés. Avait-il découvert ce qu'elle avait fait ?

— Moi aussi, je me suis réveillé tôt, déclara-t-il en se frottant l'arête du nez. Je suis peut-être stressé. Tu es stressée, toi ?

— Oui, se contenta-t-elle de répondre de peur de trop en dire.

— Je ne peux pas t'en vouloir. Je sais que les choses n'ont pas été simples avec Jacob ces derniers temps.

Cela ne ressemblait pas à Henry de reconnaître une chose comme ça, et cela piqua la curiosité de Lucy. Elle se pencha légèrement vers lui et attendit qu'il poursuive.

— J'y pense beaucoup en ce moment. Je pense surtout à la rédaction. C'était exécrable de sa part, et j'ai peut-être balayé le problème un peu trop vite parce que je ne voulais pas voir la souffrance de mon fils. Parce que vraiment, il est en souffrance. Ça me saute aux yeux.

Henry grimaça et remua ses mains en l'air comme s'il illustrait la souffrance dont il parlait.

— Je sais, fit Lucy.

À sa grande surprise, la voix d'Henry se serra et elle vit un voile de larmes recouvrir ses yeux.

— Et pour être honnête, j'ai moi aussi eu ma part de souffrance, et te rencontrer m'a aidé à y faire face. Je n'ai pas été quelqu'un de bien ces derniers temps. J'en ai conscience, avoua-t-il en contenant ses larmes et en reniflant. Mon travail en a pâti. J'ai fermé les yeux sur... tout ce qui se passait à la maison. Je ne t'en veux pas d'avoir fouillé dans l'ordinateur de Jacob, car je t'ai laissée seule sans allié dans cette maison, n'est-ce pas ? Je suis vraiment désolé.

Lucy fixait le regard humide de son fiancé et hochait la tête. Ils tendirent tous deux le bras vers l'autre en même temps et se tinrent la main.

— Je dois te dire quelque chose, déclara Lucy. Je suis au courant de ton intention de divorcer de Sue. Sunil m'a... Eh bien, Sunil n'a eu de cesse de m'importuner. Il pense que tu l'as tuée.

Henry lâcha sa main presque instantanément et son expression se durcit subitement.

— *Quoi ?!*

Lucy se redressa, surprise par sa soudaine froideur.

— Mais je ne le crois pas, assura-t-elle.

— Sunil a dit ça ?

— Je crois qu'il est jaloux de toi.

Henry poussa un long soupir et se détourna. Son corps se tendit puis se figea, comme s'il se forgeait une façade. Lorsqu'il reprit enfin la parole, la majeure partie de la vulnérabilité que Lucy avait aimé qu'il dévoile avait disparu.

— Je voyais ce garçon comme un second fils, mais je crois que je me suis trompé en lui accordant mon affection. Il est vrai que Sue et moi étions en plein divorce avant sa mort. C'est l'une des raisons pour lesquelles mon deuil a été si difficile. À cause de la culpabilité.

— Je comprends, répondit Lucy.

Henry semblait distant.

— Jacob vit aussi avec son lot de culpabilité, tu sais, ajouta-t-il.

Elle ne savait pas quoi dire. Elle ne voulait rien dire du tout. Elle se sentait à fleur de peau et lessivée, autant physiquement que mentalement.

Claire

Les mots d'Adrianna tournèrent en boucle dans l'esprit de Claire jusqu'à ce qu'elle succombe enfin à un sommeil sans repos. Des cauchemars la hantèrent, comme d'habitude. Cependant, c'était désormais Adrianna qui était poursuivie par Simon Botham et qui hurlait à Claire : *tout ça, c'est ta faute*. Claire se réveilla en sursaut. Elle se rua dans la salle de bain pour vomir, puis s'assit sur le sol froid, tremblante.

Certaines des paroles d'Adrianna paraissaient sorties de nulle part. Claire en comprenait certaines autres. Évidemment, elle comprenait combien les dernières semaines avaient été stressantes. Néanmoins, Claire était persuadée d'être celle qui connaissait le mieux sa fiancée. Pourquoi cette dernière avait-elle insinué que Claire s'était construit une image fictive d'elle ? Ce n'était pas vrai. Elles vivaient ensemble. Elle avait vu absolument toutes les facettes d'Adrianna... non ?

Peut-être y avait-il un peu de vérité là-dedans. Claire ne s'était pas attendue à ce qu'Adrianna prenne aussi mal l'absence de son père au mariage, mais c'était sans doute parce que le harcèlement qu'elles subissaient l'avait perturbée. Elle avait été soulagée de voir que le mot venait du père d'Adrianna, et à cause de ce soulagement, elle n'avait pas pris le recul nécessaire sur la nouvelle.

Elle avait déçu sa fiancée. Il fallait qu'elle voie Ad'.

Il était huit heures quarante. Adrianna avait organisé un petit déjeuner avec ses amis dans un café à Rookthwaite. Claire devait retrouver ses parents au restaurant de l'hôtel à neuf heures, tandis qu'Adrianna avait quitté les lieux à huit heures trente. Elle l'avait ratée. Elle lui envoya alors un message : **« On peut parler ? »**

Adrianna répondit presque aussitôt : **« Pas la peine. Hier soir, ce n'était qu'un petit coup de mou. »**

Claire s'adossa contre le mur de la salle de bain. Ce retournement de situation semblait soudain. Presque trop soudain.

« Tu es sûre ? On pourrait reparler d'hier soir, si tu veux. Je ne veux que ton bonheur. »

La réponse lui parvint de nouveau rapidement : **« Tout va bien, vraiment. On se voit tout à l'heure, bisous. »**

Quelques secondes plus tard, Adrianna ajouta : **« Si tu me cherches, je serai la fille en robe blanche. »**

« La fille carrément canon en robe blanche, tu veux dire. », lui répondit sa fiancée.

Claire poussa un soupir de soulagement. D'heureux soulagement. La boule qu'elle avait au ventre s'était évanouie, et ses doigts n'étaient plus crispés autour du téléphone. Elle se remit sur ses pieds et se prépara pour le petit déjeuner. Ad' et elle avaient prévu de partager la même coiffeuse-maquilleuse. Adrianna ferait sa mise en beauté à dix heures, et Claire à onze heures. Une partie de Claire détestait tout ce planning millimétré. C'était un mal nécessaire pour s'assurer que tout se passe de manière fluide, mais au bout du compte, à leur journée manquait le romantisme de la spontanéité.

Mais bon, elles avaient eu leur lot de surprises récemment, songea-t-elle.

* * *

Le petit déjeuner passa à la vitesse de l'éclair. Ses parents se montrèrent bavards et très enthousiastes. Encore sous le coup d'une gueule de bois, Claire eut du mal à manger, même si ses parents l'avertissaient qu'elle aurait faim plus tard.

— Les mariées ne peuvent jamais manger grand-chose à leur mariage, la prévint sa mère. Il y a trop à faire, trop de gens à qui parler.

— Ne t'inquiète pas, ma chérie, c'est normal de stresser, la rassura son père.

Elle ne leur parla pas de sa dispute avec Ad' la veille. Cela ne lui semblait pas approprié d'évoquer le sujet, mais maintenant, cela faisait deux choses qu'elle cachait à ses parents : le harcèlement et la dispute. Trois, si on comptait la crise d'angoisse au boulot.

Au bout d'environ une demi-heure, Claire s'excusa et s'éclipsa plus tôt, espérant profiter d'une demi-heure de sommeil supplémentaire avant qu'elle n'ait besoin de se préparer. Ses muscles tremblotaient alors qu'elle montait les escaliers. Elle avait encore trop d'alcool dans le sang. Elle aurait dû se réfréner. Lorsqu'elle posa la tête sur son oreiller, elle ne s'attendit pas à s'endormir aussi vite, mais l'épuisement la terrassa. Au bout de ce qui ne lui parut que quelques secondes à peine, l'alarme de son téléphone vibra sous son oreiller. Claire se redressa, se frotta les yeux et l'éteignit. Elle se leva du lit et se dirigea vers la douche pour se rafraîchir avant que tout le monde ne débarque pour la préparation officielle. Elle allait arborer un joli peignoir de soie blanc pour l'occasion. Puis elle aperçut l'enveloppe blanche sur le tapis près de la porte de sa chambre d'hôtel.

Claire se précipita vers la porte et s'empara de l'enveloppe. Avant de l'ouvrir, ses doigts bataillèrent avec les verrous, et elle se rua dans le couloir. Personne. Le cœur tambourinant contre ses côtes, elle regagna sa chambre et déchira l'enveloppe. Il en tomba une nouvelle photo. Celle d'un enfant. Il était assis seul sur un tabouret et posait pour la photo de classe. Il devait avoir six ou sept ans. Il avait de grands yeux bleus et de courts cheveux châtain clair. Claire n'avait jamais vu cet enfant de sa vie. Elle retourna la photo et y découvrit un message griffonné au dos : ***Je vais te faire payer pour ce que tu lui as fait.***

Ce qu'*elle* lui avait fait ? Claire n'avait jamais vu ce garçon. Elle ne comprenait pas. Elle fit quelques pas en arrière et s'assit sur le bord du lit. Tout ce temps, le harcèlement avait donc été à propos de ce petit garçon, mais elle ne comprenait pas. Elle retourna la photo encore et encore pour essayer de la date, mais le papier était épais et granuleux, une photo de classe banale, elle n'en tirerait aucun indice. Cet enfant pourrait aussi bien être devenu adulte entre-temps.

Elle approcha la photo de son visage. Qui était-il ? Y avait-il un enfant impliqué dans l'affaire Botham ? Kévin Botham avait une famille, cela pouvait-il être son fils ? Ou celui de Simon Botham ? Et si elle se trompait complètement ? Et si son harceleur n'avait rien à voir avec le procès du meurtre ? Quelles que soient les réponses à ses interrogations, il y avait une chose dont elle était certaine : quelqu'un avait déposé cette photo en personne dans sa chambre d'hôtel pendant son sommeil.

Encore vêtue de ses habits froissés, Claire quitta la chambre en trombe, traversa le couloir et descendit les escaliers. Elle marqua alors un temps d'arrêt. Quel était son plan ? Annuler le mariage ? Dire à Adrianna qu'elles étaient en danger et faire partir tous les invités quelques heures à peine avant la cérémonie ? Après leur dispute de la veille, elle s'inquiétait que son couple ne soit pas aussi solide qu'elle le pensait. Et si repousser le jour qu'elles avaient attendu si longtemps se révélait être le coup de grâce ?

Claire se précipita vers la réception et demanda à parler à Colleen. En l'attendant, elle fit les cent pas dans le hall d'entrée, le téléphone collé à l'oreille, en train de faire part à l'agent Deol de ce message menaçant. Du coin de l'œil, elle remarqua une chose inhabituelle à l'extérieur de Wilder House. Il neigeait. Et pas seulement quelques flocons, mais une vraie tempête.

La Mariée

Le chalet semblait si chaleureux depuis le froid de la neige. Elle attendait près de la fenêtre, prête à se cacher dès qu'elle le verrait entrer. Elle avait retiré la corde des passants de son jean et la tenait fermement dans son poing gauche. Dans sa main droite, elle cramponnait le couteau. Elle tâta ses côtes vigoureusement pour tester sa douleur et grimaça à peine. Ce n'était pas si terrible.

Le corps frissonnant de froid, les lèvres gercées et son maquillage étalé sur son visage, elle se concentra de toutes ses forces. Sur le chemin du retour vers le chalet, elle avait pris un risque énorme. Peut-être qu'il paierait. Peut-être. Si c'était le cas, alors tout reviendrait dans l'ordre. Sinon, tout s'écroulerait.

Elle s'était servie du téléphone pour contacter deux hommes, mais elle pressentait que l'homme au fusil arriverait le premier. Elle se disait qu'il était plus près. Néanmoins, évidemment, cela la mettait ainsi en danger. Alors, elle devait bien choisir son moment. Elle n'avait que son couteau pour affronter une arme à feu, elle devait mobiliser ses méninges.

Elle entrouvrit légèrement la fenêtre, prête à ce qui allait suivre. Son plan nécessitait de l'agilité. Elle étira ses muscles et patienta.

Lorsqu'elle entendit le bruit caractéristique de pas dans la neige, elle s'aplatit contre le mur et retint son souffle. Pas encore. Elle devait attendre, y aller doucement. La porte grinça en s'ouvrant. Des chaussures résonnèrent contre le parquet à l'intérieur. Une porte de placard grinça, une autre se ferma en claquant. Il vérifiait que les lieux étaient vides. Puis elle perçut le bruit d'un robinet ouvert. Il se servait un verre d'eau. Elle jeta un coup d'œil rapide par la fenêtre. L'homme lui tournait le dos. Lorsqu'elle le vit se tourner, elle se hâta de se replacer derrière le mur. Il engloutit au moins deux bonnes gorgées d'eau, puis il se déplaça à nouveau. Elle l'entendit s'installer dans les coussins du canapé lorsque son pantalon en polyester se froissa contre le tissu sous l'effet de son poids. Elle savait que le canapé tournait le dos à la fenêtre. Elle s'en était assurée, car elle avait espéré qu'il y prenne place. Il allait forcément vouloir se placer face à la porte. Il n'avait pas remarqué que la fenêtre était entrouverte.

Désormais, il fallait qu'elle fasse vite. Cela ne serait pas facile.

La mariée se baissa et ramassa un caillou qu'elle avait posé à ses pieds. Il n'était pas très gros, mais d'une bonne taille tout de même. Elle se plaça lentement en face de la fenêtre. Elle ne piétina pas la neige comme il l'avait fait. Elle mit ses pieds en position, glissa le couteau dans sa poche arrière, souleva la fenêtre entrouverte et jeta la pierre de toutes ses forces. Elle atterrit contre son oreille gauche avec violence. Il se pencha en avant, pris par surprise, et sa casquette tomba sur le sol.

Elle se hissa sur le rebord de la fenêtre et bondit en avant. Le cadre métallique de la fenêtre lui rentra dans la peau. Elle lança ses mains en avant pour tenter de se retenir au canapé, mais ses doigts en frôlèrent seulement le bord. L'homme, au sol, se redressait, le fusil toujours à la main, mais il semblait abasourdi par le coup. Les genoux de la mariée heurtèrent le sol avec violence. Elle se déplaça à quatre pattes en crabe, les yeux rivés sur les mouvements de l'homme. Elle bougeait en même temps que lui, se plaçant dans son dos afin qu'il ne puisse ni l'attraper ni lui tirer dessus. Il était encore en train de reprendre ses esprits. Puis il brandit son fusil tandis que du sang coulait d'une entaille derrière son oreille. Elle bondit sur ses pieds et sortit le couteau de sa poche, mais il s'était déjà retourné et braquait son fusil sur elle. Instinctivement, elle se baissa lorsqu'il leva le canon, mais il ne tira pas. Il marqua un temps d'arrêt.

Ses sourcils se froncèrent alors qu'il semblait en proie à la confusion. Sa bouche s'entrouvrit.

— Qui êtes-vous ? demanda-t-il.

Elle saisit le canon de l'arme et tenta de lui faire lâcher prise. Cependant, malgré la fine silhouette de l'homme, il était plus fort qu'elle et ne lâcha rien. Elle leva son couteau jusqu'à le coller sous sa jugulaire. Il faiblissait et chancela en arrière. Elle tira d'un coup sec sur le fusil, mais les doigts de l'homme glissèrent et il appuya malencontreusement sur la gâchette. Le coup de feu déchira le silence. Le souffle de la mariée se bloqua dans sa gorge, ses oreilles sifflaient sous l'effet du tir. L'homme au fusil paraissait sous le choc. Il plaqua une main sur son oreille valide.

La mariée balaya la pièce du regard jusqu'à tomber sur le trou dans le mur et les débris de plâtre qui jonchaient le sol. Elle profita de sa confusion pour se pencher en avant en brandissant le couteau et le blessa au bras avec la lame. Il grimaça et s'écarta d'elle. Elle lâcha un hurlement guttural, laissa tomber le couteau, saisit à deux mains le canon de l'arme et la lui arracha.

— Putain ! jura-t-il tandis que sa peau prenait un teint cendreux sous l'effet de la peur, de la douleur ou des deux combinées.

Il appliqua une pression sur sa plaie au bras et s'éloigna d'elle d'un pas.

— S'il vous plaît, ne me tirez pas dessus, la supplia-t-il.

— À genoux, ordonna-t-elle.

Il obtempéra.

— Les mains derrière le dos.

Elle s'agenouilla, tremblante, derrière lui. Elle posa le fusil pendant une seconde, prit son couteau et le pressa contre le flanc de l'homme.

— Si tu bouges, je te transperce les poumons, siffla-t-elle.

Il ne bougea pas. Elle s'empara de la corde et lui attacha les mains en les serrant aussi fort et aussi rapidement que possible. Du sang lui coulait dans le cou.

Lorsqu'elle s'écarta, elle saisit le fusil et le hissa sur son épaule. Elle recula de cinq pas.

— Assieds-toi sur le canapé.

Il se remit debout tant bien que mal, tâta le canapé derrière lui et s'y assit. Son regard était sombre et dur.

La mariée s'empara d'une chaise et la positionna là où elle pourrait surveiller à la fois l'homme et la porte. De l'adrénaline irradia ses veines. Elle avait le dessus désormais. Tout s'arrangeait. Et pour la première fois depuis le matin de son mariage, elle se disait qu'elle pourrait peut-être bien se tirer d'un meurtre en toute impunité.

Mila

La robe la serrait plus que la veille. Le col l'étouffait. Et quand son voile s'étala sur sa couronne de boucles, elle eut envie de l'arracher aussi sec. Sa peau la démangeait. Elle sirota un verre de mimosa et sourit, bien trop consciente de la présence d'Ana María dans un coin, en train de la fixer.

Il y avait du monde dans la petite chambre. La photographe lui tournait autour en lui flanquant son appareil sous le nez, faisait une fixette sur tout ce qui lui semblait avoir trait à la féminité – les flûtes de champagne, les hauts talons, la dentelle, les fleurs – et tentait sans relâche d'extorquer la moindre émotion à Mila ou à sa belle-mère. Les cheveux de Mila avaient été coiffés, ses lèvres peintes d'une teinte rosée, et ses cils recouverts de mascara. Elle riait avec les autres femmes présentes dans la chambre, les enlaçait, lisait leurs cartes, se pâmait devant leurs robes. Félicia était sa seule demoiselle d'honneur, mais Rafael avait quelques tantes et deux cousines qui avaient voulu se préparer toutes ensemble. Elle se sentait déjà lessivée.

Pendant le maquillage, Mila avait perçu des petits coups frappés à la porte et des têtes passées dans l'entrebâillement.

Peter, José, puis encore Peter. Ils chuchotaient avec la personne qui leur ouvrait, qui que ce soit, et cachaient à l'évidence quelque chose à Mila. Le sourire de Félicia s'était figé une ou deux fois. Lorsque cela se produisit une cinquième fois, Mila décida d'intervenir.

— Que se passe-t-il ? lança-t-elle.

— Il y a un petit souci, répondit Félicia alors que son regard dérivait vers la fenêtre.

Mila traversa la pièce et écarta le rideau. Ses sourcils s'arquèrent sur son front. Elle n'avait pas remarqué qu'il neigeait autant. La neige tombait du ciel par paquets tel un chat perdant ses poils pendant sa mue. Un manteau blanc recouvrait les alentours, et pendant un instant, elle ne songea qu'à la beauté de ce paysage paisible. Elle désirait tant ressentir cette paix.

— Certains invités sont bloqués sur la route, l'informa Félicia. Leurs hôtels à Rookthwaite et à Fellkirk ont fermé. Je crois que la plupart ne pourront pas arriver jusqu'ici.

— Rafael est au courant ? lui demanda Mila.

Elle hocha la tête.

— Il veut quand même s'en tenir à la journée prévue ?

— Je crois, oui.

— Tant mieux, répondit Mila.

Félicia fronça les sourcils.

Lorsque Mila se retourna, elle remarqua que sa belle-mère était partie. Avant de pouvoir se renseigner sur sa disparition soudaine, la photographe lui demanda de poser près de la fenêtre, devant le paysage enneigé. Même si tout ce foin agaçait Mila, elle devait reconnaître qu'elle avait hâte de voir ces photos d'elle.

Ce fut ensuite au tour de Félicia de s'éclipser. Mila se demanda si quelque chose d'autre se tramait, en plus de la neige. Elle hésita, ne sachant pas comment réagir. Une partie d'elle se demandait s'il ne valait mieux pas qu'elle poursuive sa journée comme si de rien n'était, mais ne lui reprocherait-on pas alors d'être insensible ? Elle ne connaissait pas vraiment le reste de la famille de Rafael. Elle décida de suivre Félicia dans les escaliers, vêtue de sa robe de mariée. Elle perçut des voix venant de la réception, alors elle s'en approcha, se préparant mentalement à ce qui allait suivre. Son petit doigt lui disait que son père était mêlé à ça. Elle frémit en repensant à la façon dont il s'était pointé la veille. Où avait-il dormi la nuit dernière ? Elle l'imaginait roulé en boule à l'arrière de sa Toyota, frigorifié. Elle releva un peu sa robe et descendit discrètement les dernières marches. Un petit groupe était rassemblé près de la réception. Elle y remarqua Rafael, José et Peter autour de Colleen, l'organisatrice de mariage.

— Que se passe-t-il ? demanda Mila.

Personne ne sembla choqué par son arrivée ni n'émit le moindre commentaire sur sa robe. Ils étaient trop absorbés par leur conversation. Lorsque Rafael se tourna enfin vers elle, son regard était dur et furieux.

— Mamie a disparu, annonça-t-il. Les employés l'ont laissée quitter l'hôtel toute seule, dans la neige.

— Elle est atteinte de démence, précisa José.

— Restons aussi calmes que possible, intervint Colleen. Nous ne savons pas avec certitude si Mme Rodriguez est sortie de l'hôtel. Mes employés sont en train de se renseigner auprès des invités des deux autres mariages au cas où quelqu'un l'aurait aperçue. J'ai même appelé la police, mais avec toute cette neige, je crains que…

— Elle a plus de quatre-vingts ans ! On doit la retrouver sur-le-champ ! tonna Rafael, rouge de rage.

Mila ne voulait pas s'approcher de lui, mais elle le fit quand même et posa une main sur son bras afin d'essayer de le calmer. Il s'arracha de sa prise. Décontenancé, le regard de Mila croisa celui d'Ana María, qui esquissait un petit sourire.

Lucy

Lucy s'éclipsa un instant pour se rendre dans la salle de bain. C'était l'un des seuls moments qu'elle avait eus toute seule depuis son réveil ce matin-là. Son maquillage était prêt, ses cheveux bouclés, et sa robe enfilée. Elle ne lui avait pas paru aussi serrée la première fois qu'elle l'avait essayée. Toutefois, son corps entier lui semblait peser une tonne aujourd'hui.

Elle s'assit sur le bord de la baignoire et consulta son téléphone. Elle avait jeté un œil aux messages que Jacob avait publiés sur le forum toute la matinée et était enfin tombée sur quelque chose d'intéressant : un lien vers un serveur Discord privé.

Entre la coiffure, le maquillage et les photos, elle avait téléchargé l'application Discord et devait désormais s'y connecter avec les identifiants de Jacob. Par chance, elle avait fait preuve de prévoyance en prenant des photos de son gestionnaire de mots de passe et savait qu'il n'utilisait que des variantes du même mot de passe : saintgiddy.

Elle se connecta à Discord et parcourut ses messages aussi vite que possible. Elle avait peu de temps avant que quelqu'un ne veuille savoir où elle était et si elle allait bien. Elle fit défiler les conversations et tomba sur des mots qui lui glacèrent le sang.

« C'est aujourd'hui que tout va se passer. J'en ai marre de ce monde et je la traînerai en enfer avec moi. »

Quand quelqu'un toqua à la porte de la salle de bain, Lucy sursauta et en lâcha son portable.

— Tout va bien là-dedans, ma puce ? s'inquiéta sa mère.

— Oui, oui, ça va, assura-t-elle.

— Quelqu'un de l'hôtel est passé, lui indiqua-t-elle. Apparemment, une vieille dame s'est éloignée et ils voulaient savoir si on l'avait vue.

Lucy ramassa son portable et ouvrit la porte.

— Qui a disparu ? demanda-t-elle à sa mère.

— Quelqu'un du... hésita cette dernière. Quelqu'un du mariage Rodriguez. La grand-mère, je crois.

Lucy se souvenait de Dolores. Elle s'était toujours montrée gentille, tout comme la mère de Rafael, Ana María.

— Je ne l'ai pas vue, non. Et toi ?

Beth secoua la tête.

— Non, aucun de nous ne l'a vue. Et la météo est horrible dehors. J'espère qu'elle va bien.

Lucy acquiesça. Elle se sentait à des années-lumière de tout ça.

— J'espère aussi.

Elle s'approcha de la fenêtre et fit mine de contempler la vue. Au lieu de ça, elle poursuivit sa lecture des messages de Jacob.

« Tu vas tuer BM ? » lui avait demandé un autre utilisateur.

« Je vais me débarrasser d'elle comme de ma conne de mère. »

Claire

La moitié des invités ne pourraient être présents à cause de la neige. Heureusement, la mère et la sœur d'Adrianna arrivèrent avant que les routes ne soient bloquées. Claire avait l'impression que son mariage avait été maudit par la plus sadique des sorcières. À ce stade, elle se disait même que toute sa vie était maudite.

Pendant que la coiffeuse bouclait ses cheveux, Claire ne pouvait s'empêcher de penser à la photo qui avait été glissée sous la porte de sa chambre. Était-il possible qu'elle ait accidentellement fait du mal à l'enfant de la photo ? Elle n'avait jamais eu d'accident de voiture. À l'école, elle avait toujours été studieuse et réservée, se liant d'amitié avec ceux qui lui ressemblaient. Elle n'avait jamais malmené qui que ce soit. En réalité, Claire n'avait jamais pris la moindre décision ayant un impact sur la vie d'un inconnu jusqu'au procès de Kévin Botham. Elle n'avait aucune idée de ce dont il s'agissait. Absolument aucune. Tout ce qu'elle savait, c'était que tout ce qui aurait pu mal se passer avant son mariage s'était en effet mal passé, et qu'elle n'avait qu'une envie : clamer haut et fort son amour pour Adrianna devant ses amis et sa famille.

Avant qu'elle n'ait commencé à se préparer, Claire avait parlé à Colleen de la mystérieuse photo et lui avait demandé de vérifier le nom des invités avant qu'ils n'entrent dans la bibliothèque. Néanmoins, avec la tempête de neige qui s'était levée soudainement et la disparition d'une grand-mère, le chaos régnait dans l'hôtel. Une partie des employés n'avait pas pu arriver jusqu'au château et Claire craignait que personne ne puisse faire quoi que ce soit si Simon Botham se pointait avec une arme, prêt à l'assassiner.

— Peut-être qu'on devrait descendre à la réception, suggéra sa mère. Peut-être que ton père et moi pouvons aller voir s'ils ont besoin d'aide pour retrouver la dame qui a disparu.

— On devrait peut-être tous y aller, répondit Claire, qui ne souhaitait pas rester seule.

— Mais... et si Adrianna te voyait ? nota sa mère.

— Je pense que niveau malchance, on a déjà atteint le plafond, déclara Claire, ce qui fit rire son père.

Alors qu'ils descendaient vers le rez-de-chaussée de l'hôtel, Claire se surprit à espérer apercevoir Adrianna dans sa robe. Étant donné qu'Ad' et elle étaient toutes deux féminines, elle savait que sa fiancée avait forcément choisi une robe longue et élégante. Il lui était arrivé de craindre qu'elles finissent par porter deux robes identiques. Enfin, ça aurait fait une histoire cocasse à raconter à leurs petits-enfants.

Colleen, encerclée par un groupe de personnes, paraissait perdue et débordée, le front brillant de sueur.

— Il semblerait qu'une dame âgée soit sortie dans la neige, indiqua l'organisatrice de mariage aux convives. Certains de nos employés sont partis à sa recherche, mais s'il y en a parmi vous qui souhaitent se porter volontaires, nous mettrons en place des équipes de recherches.

Claire aperçut une autre robe blanche, et son cœur manqua un battement avant qu'elle ne se rende compte qu'il s'agissait de la femme de la veille, celle qui avait eu une vive discussion avec un homme aux abords de l'hôtel. Elle lui adressa un petit sourire, que lui rendit l'autre mariée.

— Bon, je vais aller me porter volontaire, annonça son père. Vous deux, attendez-moi ici.

— On devrait peut-être faire de même, déclara Claire.

Pour une raison qui lui échappait, l'idée de s'éloigner de son père l'angoissait.

— Et ta robe, alors ? releva sa mère, choquée. Tu ne peux pas aller dans la neige !

— Je peux me changer, argua Claire. Cette disparition est plus importante que le reste.

Elle jeta un coup d'œil à la météo au-dehors, pensive. Cette pauvre femme pourrait glisser, chuter et se blesser gravement.

— Ne t'inquiète pas, ma chérie. Retourne à ta chambre, nous reviendrons dès qu'elle sera retrouvée, lui promit sa mère en serrant sa main dans la sienne.

Claire observa la foule se diviser en petits groupes. C'était impossible. Comment pouvait-elle se sentir en sécurité face à tout ce chaos ? N'importe qui pouvait se faufiler dans l'hôtel parmi tous les convives rassemblés. Sa nuque la picota. Elle se sentit observée dans son dos, mais quand elle se retourna, il n'y avait personne.

Mila

Tandis que José et Ana María conversaient avec l'organisatrice de mariage, Rafael chuchota à l'oreille de Mila :

— Il faut qu'on parle.

Elle frissonna. Elle ouvrit la bouche pour lui demander de quoi, mais il s'était déjà éloigné. Mila se dirigea vers la fenêtre près de l'entrée. Elle aperçut alors l'homme aux allures intellos discuter avec un homme asiatique sur le parking à l'extérieur, tous deux malmenés par le vent et la neige. L'homme plus âgé poussa le plus jeune, qui chuta au sol. Elle continua de les observer et se demanda si elle devait prévenir quelqu'un. Puis l'homme à l'air intello tourna les talons et regagna l'intérieur de l'hôtel, alors elle s'écarta de la fenêtre.

— Je veux prendre la Range Rover et aller voir sur les routes, lança José à Rafael, mais on est bloqués par la camionnette du traiteur.

— Oh non, vous ne pouvez pas partir, leur indiqua Colleen. Les routes sont dangereuses par ce temps.

— Elle n'a pas pu aller bien loin, renchérit Mila. Commençons peut-être par vérifier les abords de l'hôtel.

Rafael lui jeta un regard empli de rage. Mais pourquoi ? Qu'avait bien pu lui dire Ana María ? Était-ce à cause des photos ? Ou savait-elle tout ?

— Attends ici pendant que nous cherchons, lui dit sa future belle-mère en la conduisant jusqu'à une chaise dans le hall de l'hôtel.

Elle s'assit et Félicia prit place à côté d'elle. Alors que les autres s'aventuraient dans le blizzard, elle jeta un coup d'œil au parking. L'homme asiatique qu'elle avait vu tomber s'était évaporé.

Lucy

Lucy fit un pas hésitant dans le couloir, tout en observant sa mère se diriger vers les escaliers. Beth avait décidé d'aller proposer son aide à Colleen, laissant ainsi Lucy seule. Malgré l'inquiétude autour de Dolores Rodriguez, Lucy ne parvenait pas à penser à autre chose qu'à ce qu'elle avait lu sur le serveur Discord. Elle avait déjà tenté d'appeler Henry, mais il n'avait pas décroché. Elle jeta un œil de l'autre côté du couloir, vers les chambres communicantes d'Henry et Jacob, mais elle craignait de s'y rendre et de se retrouver coincée seule avec l'adolescent.

Soudain, sa mère fit demi-tour et se précipita vers Lucy.

— Henry arrive ! Dépêche-toi de retourner dans ta chambre pour ne pas qu'il te voie dans ta robe, ça porte malheur !

Elle acquiesça et fit mine de rentrer dans la chambre, mais elle n'en fit rien et regarda sa mère s'éloigner. Dès qu'elle aperçut Henry arriver, elle alla à sa rencontre et lui saisit le poignet.

— Il faut qu'on parle. Maintenant, affirma-t-elle.

— Lucy, qu'est-ce que...

Son regard descendit le long de son corps et il prit conscience de sa robe.

— Je ne suis pas censé...

— J'ai fait quelque chose que tu n'approuveras pas, mais c'en est assez, le coupa-t-elle en brandissant son portable. Regarde un peu les choses que ton fils a écrites sur Internet. Regarde !

Elle fit défiler l'écran et pointa du doigt les mots les plus chargés de haine.

— Que se passe-t-il, Henry ? Il dit qu'il veut me tuer comme il a tué sa mère.

Henry la conduisit dans la chambre et referma la porte derrière eux.

— Lucy, écoute-moi, il n'a pas tué Sue, c'est absurde. Ce ne sont que des affabulations, il cherche à faire son intéressant.

— Son *intéressant* ?! Mais tu es aveugle ?

— La chute de Sue était un accident.

À bout de nerfs, elle appuya ses poings sur ses hanches.

— Et moi qui croyais que tu commençais à me prendre au sérieux.

— Bien sûr que je te prends au sérieux, ma chérie, mais je sais aussi que tout ça, ce ne sont que des bêtises. Il invente des choses pour impressionner ses amis, c'est tout, fit Henry en haussant les épaules. Tu sais, quand on fouine, on tombe sur des choses qu'on préférerait ignorer.

Elle secoua la tête. Elle voulait qu'il sorte de sa chambre. Elle voulait quitter cet endroit, s'éloigner de tout le monde. Puis quelque chose dans les paroles d'Henry lui fit tilt.

— Comment peux-tu savoir que Jacob n'y est pour rien dans la mort de Sue ? Tu n'étais pas là.

— Jacob était avec moi, répondit-il en détournant le regard.

— Tu mens, comprit alors Lucy tout en prononçant ces

mots. Tu as toujours menti à propos du jour de la mort de Sue, n'est-ce pas ?

Henry ôta ses lunettes et soupira.

— Bon, soit, ils s'étaient disputés juste avant.

Des signaux d'alarme résonnèrent dans la tête de Lucy, lui hurlant de prendre ses jambes à son cou. Cependant, elle demanda d'abord :

— Juste avant, c'est-à-dire ?

— Eh bien... Disons qu'ils étaient en pleine dispute quand elle est tombée.

— « Tombée » ?

— Oui ! s'emporta-t-il. Elle est tombée.

— Henry, dis-moi la vérité. Est-ce que tu as vu Sue tomber ?

— Non, soupira-t-il.

Il prit trois lentes respirations avant d'ajouter :

— Mais je l'ai *entendue* tomber.

Lucy passa devant lui en se ruant vers la porte, mais il lui saisit l'avant-bras.

— Où vas-tu ?

— J'ai besoin de prendre l'air, répondit-elle. Et... Et je crois qu'il faut que je demande à un employé d'appeler la police. Ton fils violent a émis une menace à mon égard.

Elle se défit de sa prise et enfila à la hâte une paire de baskets.

— Est-ce que... Est-ce qu'on se marie aujourd'hui ? balbutia Henry.

Elle était incapable de lui répondre. Elle avait besoin de quitter cette pièce, de s'éloigner de lui.

Claire

Claire se sentait démunie face à toute cette foule en émoi. Ses pieds, serrés dans ses talons inconfortables, la faisaient souffrir de la cheville aux orteils. Colleen essuya de la sueur sur son front tout en aboyant des consignes aux employés et en répondant aux interrogations des convives. Tout à coup, elle aperçut Adrianna qui descendait les escaliers. Claire se cacha dans un renfoncement pour que sa fiancée ne la voie pas. Elle souhaitait toujours contempler la réaction d'Ad' face à sa robe lors de la cérémonie, mais elle ne pouvait s'empêcher de jeter un petit coup d'œil à sa fiancée de loin.

Accompagnée de sa mère et de sa sœur, Ad' se tenait de l'autre côté de la pièce. Claire sentit son cœur se gonfler en la voyant. Les cheveux d'Ad' étaient nattés et enroulés autour de sa tête telle une couronne. Elle avait opté pour une robe ajustée à la silhouette de sirène et au décolleté en cœur. Elle était éblouissante. Sa peau brune était lumineuse, même sous les éclairages tamisés de l'hôtel. Claire vit Adrianna envoyer sa mère parler à Colleen, puis elles quittèrent toutes les trois la réception et se dirigèrent vers le restaurant.

Claire sortit de son renfoncement et songea à regagner sa chambre. Ses parents avaient raison, elle ne pouvait pas vraiment se balader ainsi dans la neige. Peut-être pouvait-elle mettre la main sur la photographe et poser pour quelques clichés dans sa robe. Au moins, elle ne serait pas seule.

— Bonjour, c'est bien vous, Claire Rivers ? s'exclama une voix qui la sortit de ses pensées.

Elle n'avait même pas remarqué qu'un jeune homme s'était approché d'elle, mais elle le reconnaissait de la veille. C'était le barman.

— Oui, confirma-t-elle.

— Adrianna vous cherche. Elle a dit qu'il y avait un souci avec le mariage et qu'elle avait besoin de votre aide.

— Oh, d'accord. Où est-elle ?

— Elle était près de la cave à vin quand je l'ai croisée. Vous devez passer ces portes pour atteindre l'arrière de l'hôtel, mais faites attention là-bas, nous avons eu quelques problèmes avec la cave l'année dernière. Le sol n'est pas très stable. Mais bon, elle a dit qu'elle vous attendrait là-bas. Ça vous embête si je vous laisse y aller sans moi ? Il faut que j'aille aider les autres.

— Pas de souci, le rassura Claire. Merci de m'avoir prévenue.

Ad' voulait la voir, mais pourquoi ? Elle souhaitait peut-être annuler le mariage. Ou peut-être voulait-elle simplement discuter et s'assurer que tout allait bien entre elles. Ou alors, peut-être n'avaient-elles pas prévu assez de bouteilles de champagne pour le dessert ou que d'autres invités avaient annulé à cause de la météo. Dans tous les cas, elle devait aller la voir. Tant pis pour la superstition de la robe.

Claire suivit les indications du barman, franchit une double-porte et remonta un long couloir jusqu'à l'arrière de l'hôtel. Elle fut frappée par la taille impressionnante du château. Des couloirs adjacents desservaient les autres ailes du bâtiment. Tout autour d'elle trônaient des portraits qui la scrutaient depuis les murs lambrissés. Un courant d'air la fit frissonner. Elle se frotta le haut des bras en se reprochant de ne pas avoir enfilé le boléro assorti à sa robe.

Le couloir finit par la conduire à l'air libre et elle aperçut la porte qui menait à la cave. Une corde et un panneau d'avertissement en entravaient l'accès au public, conformément à la description qu'en avait faite le barman. Cependant, aucun signe d'Adrianna. Elle se retourna et regarda derrière elle.

— Ad' ?

Rien. Où était-elle ? Et si personne n'était là, pourquoi ses poils se dressaient-ils soudain dans sa nuque ?

Jacob

Il les observa se disputer. Il avait su ce qui allait se produire. D'abord, il avait reçu des notifications chaque fois que Lucy s'était connectée sur l'un de ses comptes. Il l'avait simplement laissée faire, car il en avait marre de tout ça. Marre des cours, marre de son père, et surtout, marre de toutes les femmes qui l'avaient soit rejeté, soit méprisé.

Tout avait commencé avec sa mère, la meilleure personne qu'il ait connue. Du moins, jusqu'au moment où il l'avait surprise avec l'une de ses étudiantes. Une autre femme. Non seulement elle avait trahi son père, mais elle lui avait également menti sur qui elle était vraiment. Sa mère était une salope et une menteuse.

Il n'avait pas eu l'intention de la tuer. Il n'avait pas mijoté un plan pour le faire et s'en sortir sans être inquiété. Cependant, ce matin-là, il l'avait confrontée et elle s'était comportée comme une connasse qui se croyait tout permis. Jacob avait cru qu'au moins elle se mettrait à pleurer et à lui demander pardon, mais non. Elle l'avait pris de haut. Elle lui avait dit qu'elle avait ses faiblesses, qu'elle était humaine et commettait des erreurs, et qu'elle était tombée amoureuse de quelqu'un d'autre. Sa mère n'avait jamais sincèrement aimé son père. Ils étaient plutôt deux meilleurs amis. Et ils allaient désormais divorcer afin qu'elle puisse mener la vie qu'elle souhaitait. Elle avait fait mine que sa liaison écœurante avait finalement été une bonne chose, car elle *s'était trouvée*, comme elle l'avait dit.

Mais qu'en était-il de lui ? Qu'allait-il arriver à Jacob après le départ de sa mère ? Était-il censé poursuivre sa vie comme si de rien n'était ? Le fait qu'elle n'avait même pas pensé à tout ça avait fait bouillonner Jacob de rage.

Leur dispute avait commencé dans la chambre de Jacob, mais c'était lui qui en était sorti en trombe. En haut des escaliers, sa mère lui avait saisi le bras pour l'empêcher de s'éloigner, et le conflit avait continué.

— À t'entendre, on dirait que je ne t'aime pas, s'était exclamée sa mère. Je t'aime tellement.

— C'est faux. Sinon, tu n'aurais pas fait ça.

— Ce n'est pas *à toi* que j'ai fait ça. Ça s'est produit, c'est tout. Parfois, la vie est compliquée, surtout pour les adultes, et... Eh bien, il nous faut beaucoup de temps pour comprendre qui nous sommes et ce que nous voulons.

— Tu ne veux pas de moi, avait-il grondé en s'écartant d'elle et en secouant la tête.

Elle s'était tournée pour lui faire face, dos à la volée d'escaliers.

— Évidemment que si. Je t'aime.

— Menteuse.

— Jacob, ça suffit, tu ne peux pas me parler comme ça ! Je suis ta...

Il l'avait poussée. Elle avait hoqueté de surprise. Sa tête avait violemment frappé la rambarde et son corps avait dégringolé les escaliers de bois.

Il n'avait pas eu l'intention de la tuer. Vraiment pas. Il n'avait même pas eu conscience qu'une chute dans les escaliers pouvait tuer quelqu'un. Les cascadeurs le faisaient tout le temps dans les films. Il avait treize ans. De la morve lui avait coulé du nez, puis un gémissement lui était monté dans la gorge. Il avait ensuite entendu les pas lourds de son père se précipitant dans la maison, probablement depuis son bureau. Il avait vu les yeux de son père s'écarquiller d'horreur face à la flaque de sang sous le corps sans vie de sa mère.

— Elle est tombée, avait-il murmuré. Je n'ai pas réussi à... à la rattraper quand elle est tombée.

D'aussi loin que Jacob se souvenait, son père avait toujours opté pour la facilité lorsqu'il était confronté à un problème. Il détestait les conflits et faire face aux problèmes qui se présentaient à lui. Il refusait même de les voir et niait tout simplement leur existence. Alors, Henry avait aidé Jacob à descendre des escaliers, à contourner le sang de sa mère, et l'avait fait quitter la maison afin qu'ils aient tous deux un alibi. Il avait appelé les secours à leur retour et avait préparé avec Jacob la version qu'ils donneraient à la police. Henry avait fait le choix de la facilité, pas de la vérité. Et pendant longtemps après la mort de sa mère, Jacob s'était senti invincible.

Il avait commencé à sortir de sa coquille. Il n'avait pas beaucoup d'amis, mais des harceleurs, si. Il s'était battu avec certains d'entre eux, et ils avaient fini par le laisser tranquille. Il était même devenu ami avec deux d'entre eux. Cependant, malgré cette nouvelle confiance en lui, quelque chose lui manquait. À quatorze ans, puis à quinze, il avait remarqué que les autres ados de son école se mettaient en couple, alors que lui ne parvenait pas à se trouver une copine.

Il avait pensé que les autres pouvaient sentir qu'il avait tué une femme et que, peut-être, toutes les femmes savaient par instinct qu'il avait tué l'une des leurs. Il y avait vu une sorte de complot. Elles le détestaient et il ne pouvait rien y faire. Contrairement à certains incels sur Internet, Jacob était ce que l'on pouvait considérer séduisant. Du moins, suffisamment séduisant pour qu'une bonne partie des filles de son âge ait envie de le fréquenter. Pourtant, elles n'avaient cessé d'avoir des mouvements de recul quand il les approchait. Il les avait entendues chuchoter des choses à propos de lui, notamment qu'il avait l'air d'un violeur.

Quand son père avait entamé sa relation avec Lucy, une femme bien plus jeune que lui, Jacob avait eu honte des pensées sexuelles qu'il avait eues la concernant. Il avait eu beau les repousser de toutes ses forces, il n'avait pu s'empêcher d'imaginer Lucy sous la douche ou de fantasmer sur elle quand elle portait un short. Ces images s'étaient immiscées dans ses rêves, l'avaient submergé. Et il l'avait détestée pour ça. Il les détestait toutes, les filles qui se moquaient de lui à l'école, la belle-mère qui s'efforçait de tenter de créer du lien avec lui alors même qu'il la repoussait et, surtout, la mère qu'il avait assassinée. Désormais, il portait sur ses épaules le poids de toute cette culpabilité. Et ça n'allait pas disparaître. Son père allait se marier, et tout cela continuerait pour toujours. *Il devait y mettre un terme.*

Jacob vit Lucy courir hors de l'hôtel. Elle n'avait même pas enfilé de manteau par-dessus sa robe de mariée. Un instant plus tard, elle disparut dans la tempête. Il devait se dépêcher. Il attrapa son sac de sport, enfonça une casquette de baseball sur sa tête et se rua hors de l'hôtel. Ce n'était pas ce qu'il avait prévu, et cela n'aurait pas le même effet dramatique que la tuer alors qu'elle marchait vers l'autel, mais ça ferait l'affaire. Et au moins, avec la vieille dame qui avait disparu, il y avait suffisamment d'agitation pour qu'il s'éclipse sans se faire remarquer. Enfin, après tout, les gens avaient tendance à ne jamais faire attention à Jacob, alors il ne s'inquiétait pas le moins du monde.

Lucy

M*erde.* Qu'avait-elle fait ? *Qu'avait-elle fait ?!* Elle s'était enfuie de son mariage en robe de mariée et en baskets et avait couru tout droit dans la tempête de neige. Elle n'arrivait plus à s'arrêter. Ses pieds la propulsaient vers l'avant comme s'ils étaient dotés de leur propre volonté.

Le froid transperçait sa robe. Un boléro lui couvrait les épaules, mais ses avant-bras étaient nus. Elle frissonnait et se frottait les bras en avançant. Les flocons fouettaient sa peau nue et constellaient ses cils. Ses boucles étaient déjà trempées.

Avant de partir, elle avait cherché l'organisatrice de mariage pour la prévenir au sujet de Jacob, mais avec toute l'agitation dans le hall, elle ne l'avait pas trouvée. Elle avait alors tenté d'appeler l'hôtel, mais s'était rendu compte que la ligne ne fonctionnait pas à cause de la tempête. Cependant, elle avait ouï que la police avait été contactée par rapport à la disparition de la grand-mère de Rafael, Dolores. À ce stade, elle était si paniquée à la pensée que Jacob avait menacé de lui faire du mal et que son fiancé se voilait trop la face pour la protéger qu'elle s'était jetée dans le froid en espérant tomber sur la police. Mais maintenant... Eh bien, elle avait des doutes.

Elle n'avait pas réfléchi à ce qu'elle faisait. Les événements des dernières semaines l'avaient beaucoup perturbée.

Lucy s'arrêta quand elle atteignit la route qui quittait Wilder House. Elle entendit un bruit de moteur et se retourna. La voiture d'Henry approchait. Mais pourquoi ? Prise de panique, elle sauta par-dessus un petit muret et s'accroupit derrière pour se cacher. D'un coup d'œil discret, elle remarqua que la voiture roulait trop vite par ce temps. Henry ne conduirait pas comme ça. Et si c'était Jacob au volant ? Elle se tapit encore plus dans sa cachette en espérant que le blizzard la camouflerait.

La voiture la dépassa sans s'arrêter. Lucy lâcha un soupir de soulagement et se releva. Elle s'apprêtait à repasser par-dessus le muret quand elle aperçut une silhouette. Jacob n'était pas dans la voiture d'Henry, il s'éloignait actuellement de l'hôtel et marchait dans *sa* direction. Il avait un sac sur l'épaule et portait une casquette de baseball, mais elle reconnaissait de loin sa démarche et l'arrondi de ses épaules. *Qu'y avait-il dans ce sac ?* Elle le vit observer la voiture, et elle plongea de nouveau derrière le muret, gardant un œil sur Jacob depuis sa cachette. Celui-ci semblait avancer avec un but précis. Il avait l'air de suivre la voiture. Pensait-il qu'elle se trouvait dedans ? La poursuivait-il ? Elle s'aplatit autant qu'elle le put derrière le muret, sur la neige glaciale. Il portait toujours son costume et ses chaussures en cuir. Puis il s'arrêta, tout près d'elle. Trop près. Elle perçut le bruit d'une fermeture Éclair, puis vit le sac de sport atterrir sur le sol. Elle l'entendit fourrer quelque chose dans ses poches. Son souffle se bloqua dans sa gorge. *Qu'avait-il transporté dans ce sac ?*

Un instant plus tard, il reprit sa route vers la Discovery, et elle s'autorisa enfin à respirer avec soulagement. Elle jeta un coup d'œil furtif à la route et l'observa alors qu'il s'éloignait, dos à elle. Sa démarche avait quelque chose d'étrange, comme s'il transportait un objet encombrant. Puis il laissa retomber l'un de ses bras, et elle vit l'objet long qu'il tenait à la main. De prime abord, elle crut que c'était une sorte de batte ou de club de golf, mais alors, elle en aperçut la forme plus nettement. Non, ce n'était pas un club de golf, mais un fusil.

Lucy observa avec horreur la silhouette de Jacob disparaître dans le blizzard dense, puis elle s'éloigna de la route à la hâte et se mit à courir.

Henry

Cela lui faisait mal de le reconnaître, mais ce n'était plus son combat. Peut-être que ça ne l'avait jamais été. Il la laissa partir. Que pouvait-il bien dire pour la faire changer d'avis ? Il s'assit dans les escaliers, ôta ses lunettes et les nettoya avec la manche de sa chemise. Sue se moquerait bien de lui à présent. Si le paradis existait, elle devait être en train de l'observer avec jubilation et de répéter qu'il l'avait bien mérité. Et elle aurait eu raison.

Au moins, Sue avait aimé Jacob de tout son être. Ça, il le savait au plus profond de lui. Elle l'avait aimé autant que lui l'avait aimée. Parfois, quand Henry n'arrivait pas à trouver le sommeil, il se rejouait en boucle la scène dans son esprit. Jacob en haut des escaliers, recroquevillé sur lui-même, un horrible gémissement provenant du plus profond de son être. Et Sue, la pauvre Sue, morte, le cou brisé, du sang se répandant autour de son crâne. Elle était déjà tombée quelques semaines avant sa mort en trébuchant sur les marches du porche. La police avait tenu compte de cela pendant l'enquête. Ce n'était pas la première fois. Elle avait tendance à tomber, elle était maladroite. La police avait cru l'histoire qu'il avait inventée, comme quoi Jacob et lui étaient alors en train de visiter l'université tous les deux. Il avait emprunté des routes secondaires, avait évité les caméras de surveillance et s'était garé dans une rue résidentielle pour éviter de devoir entrer sa plaque d'immatriculation dans un parcmètre. Henry s'était assuré que quelques-uns de ses collègues le voient en train de faire visiter les lieux à Jacob. Pour être honnête, la police n'avait pas tellement creusé. Ni lui ni Jacob n'avaient de casier judiciaire et aucun des deux n'avait quelque chose à tirer de la mort de Sue. Elle n'était pas riche, elle travaillait à temps partiel dans la même fac, et c'était le salaire d'Henry et la fortune familiale de celui-ci qui faisaient vivre le foyer.

La seule chose qu'il craignait, c'était la petite amie de Sue, Eleanor. Toutefois, bien qu'elle fût venue aux funérailles, il n'y eut aucune suite. Eleanor déménagea en Espagne peu de temps après, ce qui fit se demander à Henry si leur histoire avait été aussi sérieuse que Sue l'avait laissé croire. Cette dernière avait toujours eu un léger côté théâtral.

Il croyait son fils. Personne ne pouvait faire semblant d'être aussi dévasté. Certes, il traversait une période sombre depuis ce triste événement, mais Jacob finirait par remonter la pente. Henry avait lui aussi été un jeune homme en colère, fut un temps, sans que quiconque s'en aperçoive ou s'en soucie. D'apparence, il avait l'air lui-même, studieux comme à son habitude. Mais dans son intimité, la poésie et les histoires courtes qu'il écrivait étaient emplies d'accès de violence. Il avait détesté son père autoritaire au plus haut point et avait couché sur le papier ses projets de vengeance chaque fois qu'ils se disputaient. Il avait vu son fils faire la même chose. Henry était persuadé que si lui-même avait eu une belle-mère à quinze ans, il aurait agi sur des coups de tête. En témoignaient ses nombreux carnets emplis de textes au vitriol.

Henry se releva et alla jeter un œil au grabuge en bas. Il avait besoin de se changer les idées après les révélations de

Lucy. Il se doutait que la police arriverait dès que la neige le permettrait, et il devrait alors gérer les conséquences des messages haineux de Jacob sur Internet. Était-ce un crime de lancer des menaces qui ne seraient pas mises à exécution ? Il ne savait pas vraiment. Si oui, alors lui aussi devait être mis derrière les barreaux, au vu de toutes les choses qu'il avait dites à Sunil ce matin-là. Ça non plus, il n'avait pas su le voir. Ce garçon était rongé par sa jalousie envers Henry. Henry savait que la santé mentale de Sunil n'avait pas été au beau fixe ces derniers temps. Rien de dangereux, mais il avait eu tendance à exagérer ou à inventer. Peut-être était-il temps pour Sunil de prendre ses distances pendant un temps.

Lorsqu'il arriva à la réception, la majeure partie de la foule s'était dispersée. Il traîna des pieds jusqu'à la fenêtre, sans savoir quoi faire. Les recherches semblaient avoir commencé. Il devait trouver Jacob et le prévenir de ce qui se passait, mais il ne souhaitait pas s'aventurer sur ce terrain glissant. Puis il aperçut Lucy en train de courir dans la neige. Elle était déjà à mi-chemin de la route. Une vague silhouette blanche au cœur de la grisaille. Il se rua vers le parking. Elle était dingue de courir dans la neige comme ça ! Elle allait mourir de froid dans cette robe.

Il hésita. Elle allait trop vite, il ne la rattraperait jamais à pied. Il décida alors de prendre sa voiture. Par chance, ses clés se trouvaient encore dans sa poche de pantalon après qu'il avait proposé à Sunil de le ramener à Rookthwaite.

Cependant, alors qu'il s'installait au volant et s'apprêtait à refermer sa portière, une main la saisit et l'empêcha de se fermer.

— Désolé, mec, je dois emprunter ta voiture.

Henry leva les yeux vers un jeune homme brun d'environ trente-cinq ans, élégant, en train de le scruter.

— Pardon ?

— J'ai besoin de ta voiture, mec. Ma grand-mère a quatre-vingt-six ans, est atteinte de démence et s'est perdue dans la neige. Ma voiture est bloquée. Tu as la seule voiture à quatre roues motrices capable de sortir du parking. J'en ai besoin tout de suite.

— Je dois rattraper ma fiancée, argua Henry. Elle est en train de courir vers la route en robe de mariée.

L'homme jeta un œil en direction de la route et hocha la tête.

— Je la vois, affirma-t-il. Elle n'est pas si loin. Si vous voulez, je peux la prendre en passant.

— Je peux aussi vous conduire, non ?

— Je ne préférerais pas, répliqua le jeune homme avec un sourire feint. Ma grand-mère est facilement perturbée, je préférerais qu'il n'y ait pas d'homme inconnu dans la voiture. Mais je pense qu'il ne devrait pas y avoir de problème avec votre fiancée.

— Attendez, votre fiancée, c'est Lucy ? intervint une voix.

Une jeune femme d'une beauté frappante en robe de mariée en dentelle bouscula le jeune homme.

— Oui, confirma Henry.

— Je la connais, annonça la mariée. Nous avons discuté hier soir au bar. Elle m'écoutera.

Henry hésita.

— D'accord, mais prenez mon téléphone avec vous. Je ne sais pas si elle a le sien, mais son numéro est enregistré dans mes contacts et vous pouvez l'appeler. Vous pouvez lui expliquer que… eh bien, que je suis désolé de la tournure qu'ont prise les événements et que je veux seulement qu'elle soit en sécurité.

— Je lui dirai, répondit la mariée avec un hochement de tête.

À contrecœur, Henry descendit de sa voiture et laissa l'homme prendre sa place. Avant que celui-ci ne referme la portière et n'abandonne Henry sur le parking, il lui tendit la main.

— Au fait, je m'appelle Rafael. Désolé pour tout ça. On se fait beaucoup de souci pour Mamie.

— J'espère que vous la retrouverez saine et sauve, lui répondit Henry.

Il aida Rafael à pousser la voiture hors de la neige et le regarda s'éloigner vers la route. Ce ne fut que lorsque la voiture accéléra qu'il prit conscience d'une chose. Lucy avait évoqué un jour un ex violent du nom de Rafael. Il s'en souvenait, car elle le lui avait montré un jour sur un article en ligne à propos de Rafael et de l'entreprise multimillionnaire de son père. Il se souvint également que les choses que Rafael avait infligées à Lucy avaient fait bouillir son sang dans ses veines.

Mila

— Tu sais pourquoi je n'ai pas laissé cet abruti rester dans la voiture avec nous ? fit Rafael en passant une vitesse.

Les essuie-glaces grinçaient en essayant de débarrasser le pare-brise de toute la neige accumulée.

— Parce que ce mec sentait le vieux ? suggéra-t-elle.

Rafael lui lança un regard qui aurait pétrifié sur place l'âme la plus téméraire.

— Parce qu'il faut qu'on parle.

La main de Mila se crispa sur l'accoudoir. Il ne conduisait pas particulièrement vite, mais tout de même trop vite par ce temps. Elle ne voyait plus Lucy à l'horizon. Elle s'était évaporée. À vrai dire, ils ne voyaient pas grand-chose tout court. Elle avait peur que Rafael écrase cette pauvre femme sous l'effet de la colère. Cela serait tout à fait dans sa nature.

— De quoi faut-il qu'on parle ? rétorqua-t-elle en se retenant de lever les yeux au ciel.

Si une dispute s'annonçait, elle voulait s'en débarrasser aussi vite que possible.

— Tu fais que t'es une salope. Une putain de salope de merde. Et n'essaie même pas de le nier, j'ai vu les photos. Je parie que la moitié d'Internet les a vues. Tu me dégoûtes, putain. Qu'est-ce que je suis censé faire maintenant, hein ? Je suis censé t'épouser, tout en sachant que tu n'es qu'une pute ? J'ai payé pour toute cette cérémonie. J'ai invité toute ma famille, même si apparemment, toi, tu n'en as *aucune*, ce qui est bizarre. Et maintenant je suis censé t'épouser, c'est ça ?

— Tu n'es pas obligé de m'épouser, répondit-elle doucement.

Elle vit sa jambe se tendre lorsqu'il appuya violemment sur l'accélérateur. Son rythme cardiaque s'accéléra et elle sentit son sang battre dans ses tempes. Une partie d'elle-même aimait cette adrénaline qui irradiait ses veines. Comme d'habitude, cela lui procurait un effet grisant, mais quelque chose d'autre assombrissait cette fois son exaltation.

— Pauvre salope de merde, reprit-il. Ça ne te dérange pas le moins du monde que je dépense tout cet argent, hein ?

Sa main libre se leva et la gifla. Il serra alors le poing et la frappa de nouveau, assez fort pour la faire souffrir, mais pas assez pour laisser un bleu. Il prenait du plaisir à cela. Il était devenu expert en la matière.

Mila serra les dents.

— Tu sais, cette femme qu'il voulait qu'on prenne en passant ? Sa fiancée, Lucy ? Tu savais que c'était ton ex ?

Les sourcils de Rafael se haussèrent d'incompréhension.

— De quoi tu parles ?

La voiture glissa sur du verglas et dérapa, mais il tourna le volant et la redressa sur la route, sans même freiner.

Mila laissa le pic d'adrénaline l'enhardir. Elle sourit intérieurement, prête à mettre un terme à tout ça ici et maintenant.

— C'était ta petite amie, mais tu l'as tabassée jusqu'à ce

qu'elle en ait ras le bol de toi et se casse. Tu es sans l'ombre d'un doute le pire être humain que j'ai croisé de ma vie.

— Qu'est-ce que...

Elle ne le laissa pas reprendre le pas sur la conversation.

— Ta mère arrive en deuxième position, évidemment. Après tout, c'est elle qui a élevé le pervers narcissique que tu es. C'est elle qui t'a fait croire que le monde était à tes pieds. C'est elle qui a élevé un homme capable de tuer quelqu'un avec sa voiture et de se servir de cet événement pour son *développement personnel.*

La voiture accéléra et les pneus crissèrent contre la neige.

— De quoi tu parles ?

Mila posa une main contre sa poitrine et prit une voix geignarde.

— Frôler la mort m'a changé. Je suis une personne plus heureuse maintenant. J'ai vu les portes du paradis et j'ai réalisé que ma vie ne devait pas s'arrêter là. Je savais que je devais rencontrer mon âme sœur.

— Tais-toi.

— Tu ne parles jamais de la fille que tu as tuée dans cet accident, hein, Rafael ? continua Mila en reprenant une voix normale. Tu ne mentionnes jamais le fait que tu étais défoncé par l'alcool et la cocaïne à ce moment-là.

Rafael resta silencieux.

— ALORS ? hurla-t-elle.

Elle en avait assez. Tant pis pour son plan. Elle avait tant désiré ce moment, elle en avait tant rêvé depuis l'instant où elle s'était délibérément infiltrée dans sa vie. Millie Crawley était devenue Mila Davidson. Puis elle l'avait observé, attendu, suivi, traqué jusqu'à ce qu'elle provoque leur rencontre un jour dans un café. Et depuis, elle avait fait semblant. Mais maintenant... maintenant, elle voulait qu'il sache qui elle était. Elle avait fini de jouer la comédie.

— Elle s'appelait Carrie Crawley, et c'était ma sœur. Tu

me l'as arrachée, puis tu as fait de sa mort une source d'apprentissage pour toi-même.

— Quoi ?

— Regarde la route, abruti ! s'emporta-t-elle.

— Mila, de quoi tu parles ?

— Je ne m'appelle pas Mila, répliqua-t-elle.

Maintenant qu'elle avait laissé tomber le masque de Mila, Millie reprenait le dessus, emplie de rage et d'amertume. Les techniques de survie de Mila avaient disparu, et elle avait laissé tomber sa stratégie à long terme. Mila avait toujours voulu détruire Rafael en lui prenant la chose qu'il aimait le plus : son argent. Cependant, ça aussi, ça pouvait faire l'affaire.

— Je m'appelle Millie Crawley, et tu as tué ma merveilleuse sœur.

Des larmes striaient ses joues. Elle n'avait pas pleuré depuis l'enterrement de Carrie et se revoyait, aux côtés de Christopher, effondrée au premier rang de l'église, tous deux submergés par la peine du deuil. À côté d'eux s'étaient tenus leurs parents, anesthésiés par la drogue, telles deux coquilles vides assistant aux obsèques sans être vraiment là. Elle se rappelait combien le cercueil était petit. Carrie n'avait alors que treize ans. C'était en novembre, elle rentrait à pied du sport. Habituellement, Mila passait prendre Carrie chaque semaine. C'était leur petit moment à deux. Elle emmenait sa petite sœur manger une glace et lui filait assez d'argent pour la semaine. Elle avait voulu veiller sur Carrie comme Christopher avait veillé sur elle. Cependant, elle n'avait pas pu passer la prendre ce jour-là. Elle travaillait dans un restaurant à cette période-là et l'une des serveuses l'avait suppliée d'échanger leurs services. Elle avait fini par céder après qu'on lui avait proposé d'être payée double. Évidemment, elle se haïssait pour cela.

Ce qu'elle n'aurait jamais pu anticiper, c'était Rafael, qui venait d'acheter de la coke à un dealer près de chez ses parents. Il avait percuté la jolie Carrie à cent dix kilomètres à l'heure, ne lui laissant pas la moindre chance de s'en sortir. Mila n'avait pas pu voir le corps de Carrie, car l'impact l'avait démembrée.

— Tais-toi, répéta Rafael. Tu mens. Ce n'est pas… Ce n'est pas…

— Tu devrais être mort, déclara Mila. C'est toi qui méritais de mourir. Et tu sais quoi ? Je n'ai cessé de prier pour ça depuis le jour où tu as massacré ma sœur.

— Non, bredouilla-t-il, la lèvre tremblante.

La voiture accéléra.

— Si. Enfin, je voulais d'abord te prendre ton argent. Ça a toujours été mon plan, histoire de faire du mal à toute la famille, de les faire tous souffrir.

Et elle en avait déjà posé les fondations en s'assurant que Félicia remarque ses ecchymoses. Pour ce qui était du divorce, Mila avait prévu de révéler au monde que Rafael était un mari violent et de lui prendre autant d'argent que possible, tout en détruisant la réputation de sa famille par la même occasion. C'était ce qui aurait dû se produire lorsque Rafael avait tué sa sœur, mais les parents de Mila avaient accepté de l'argent de José et Ana María en contrepartie de leur silence. Ils avaient appelé ça un dédommagement, mais Mila savait très bien ce que c'était : un pot-de-vin.

Une vague d'inquiétude commença à s'immiscer en elle lorsque Rafael relâcha l'accélérateur. Elle devait agir sans tarder. Hors de question que Rafael sorte vivant de cette voiture, c'était sa seule et unique chance. Elle vit le bas-côté raide. Elle vit le champ sur sa droite. Elle vit l'énorme chêne noueux dans ce champ. Elle saisit le volant, et la voiture partit en tête-à-queue. Pendant un instant, elle crut que le véhicule allait tourbillonner et se remettre droit… mais ce ne fut pas le cas. Elle se prépara à l'impact. Elle n'espérait même pas survivre au choc, mais ça n'avait aucune importance. Elle aussi avait toujours eu l'impression d'être une coquille vide, comme ses parents. C'était Carrie, le joyau débordant d'amour. Elle pensa alors à Carrie, et Rafael porta ses mains à son visage. Des branches basses se profilaient face à eux.

Lucy

Un voile de neige épais tourbillonnait autour d'elle. Wilder House était à peine visible au loin. Courir lui était devenu impossible et elle poursuivait sa route en marchant, la respiration tremblante. Le froid s'était infiltré en elle et lui brûlait les poumons.

Jacob avait un *fusil*. Tous les messages haineux qu'il avait écrits, tous les commentaires pleins de rage qu'il avait rédigés étaient réels. Qui était-il ? Un ado paumé et en colère qui idolâtrait les mauvais héros ? Une force purement malveillante dépourvue d'âme ? Elle avait un jour pensé cela de Rafael aussi, mais avec le recul, elle avait fini par se dire que c'était sa personnalité narcissique et sa tendance à se croire tout permis (sans jamais en subir les conséquences) qui l'avaient empêché de ressentir la culpabilité qu'il aurait dû éprouver. Rafael ressentait le besoin de tout contrôler. Mais Jacob ? Il puisait sa force dans le chaos. Il était imprévisible. Rafael, au contraire, était très prévisible.

Elle se dirigea vers la pâle silhouette de Wilder House. Il fallait qu'elle dise à Henry ce qu'avait fait son fils, et elle devait prévenir les autres que Jacob était armé. Ses jambes engourdies avançaient avec peine contre le vent tandis que des flocons glacés venaient échouer dans ses yeux, sur ses joues et sur ses lèvres. La neige lui arrivait désormais au-dessus de la cheville et paraissait monter à chacun de ses pas. Sa robe détrempée se collait à ses mollets, mais elle se concentrait de toutes ses forces sur son objectif : l'hôtel.

Sortis de nulle part, deux bras la serrèrent soudain, plaquant ses bras contre ses flancs et la soulevant de terre. Elle se tortilla pour échapper à cette prise et hurla, mais le vent et la neige étouffèrent ses cris. Elle sentit un souffle contre son oreille et la chaleur d'un autre corps. Ses pieds se reposèrent dans la neige, et il la traîna avec lui. Elle avait beau se débattre, rien n'y faisait. Il la tenait fermement.

Jacob ? songea-t-elle. Mais pourquoi ne lui aurait-il pas tout simplement tiré dessus quand il en avait l'occasion ? Elle se força à se faire toute molle afin qu'il ait à traîner un poids mort. Elle l'entendit respirer lourdement sous le coup de l'effort. Tandis qu'il la traînait dans la neige à reculons, elle tourna la tête à gauche et à droite pour tenter de deviner vers où ils se dirigeaient.

Lucy trouva la silhouette de Wilder House sur sa gauche plutôt que droit devant elle. Alors qu'ils s'éloignaient dans l'étendue neigeuse, elle prit conscience qu'il lui faisait traverser un champ en périphérie du domaine. Mais pourquoi ?

— Qu'est-ce que vous faites ? demanda-t-elle enfin.

Qui que ce soit, l'homme ne prononça pas un mot. Elle baissa les yeux vers ses mains, mais il portait des gants et un manteau couvrait sa peau. Elle inspira profondément en essayant de le reconnaître à son odeur. Sans succès. Et puis Jacob pouvait avoir mis un autre parfum. Elle était habituée à son déodorant bon marché qui lui piquait les narines. Qui que soit la personne qui s'en prenait à elle, cette odeur était celle d'un après-rasage haut de gamme.

— Où m'emmenez-vous ? insista-t-elle.

— J'essaie de t'aider, répondit-il enfin.

— Sunil ?

— Oui.

Lucy se tortilla de nouveau et tourna la tête aussi loin qu'elle le pouvait.

— Arrête, grogna-t-il, je t'ai dit que j'étais là pour t'aider.

— Alors pourquoi tu me kidnappes ?

— Le temps me manquait, je savais que tu refuserais de me parler. Jacob est dans les parages avec un fusil.

— Je sais, répliqua-t-elle. J'étais en train de regagner l'hôtel pour prévenir tout le monde.

— Non, c'est trop risqué. Tu pourras appeler avec mon portable quand on arrivera à ma voiture. Elle est garée un peu plus haut sur une petite route.

— Le téléphone de l'hôtel ne fonctionne plus, indiqua-t-elle tout en se remettant sur ses pieds, lasse de résister. Nous devons y retourner.

— On est arrivés. Je vais te lâcher, ne pars pas en courant.

Sa prise se relâcha lentement, et Lucy sentit ses muscles se détendre. Elle se tourna vers lui, puis vers Wilder House, puis vers la voiture. Elle n'avait jamais eu aussi froid de sa vie. L'hôtel était à une bonne dizaine de minutes de marche au minimum, mais elle aurait plus chaud dans la voiture. Sunil ouvrit une portière, sortit un manteau d'hiver de son véhicule et le passa autour des épaules de Lucy.

— J'en garde toujours un dans la voiture au cas où, indiqua-t-il. Tu montes ?

— Je ne te fais pas confiance. Qu'est-ce que tu fais là ? C'est dingue de ta part de te pointer comme ça. *Tu* es dingue.

— Je me disais que tu étais sur le point d'épouser un assassin, répondit-il en haussant les épaules.

Lucy secoua la tête.

— Henry n'a pas tué Sue, mais je crois que Jacob, si.

— Merde, souffla Sunil. Tu es sûre ?

Elle acquiesça, puis jeta un coup d'œil vers l'hôtel et soupira.

— Bon, d'accord, je monte dans ta voiture, mais il faut que j'appelle Henry pour le prévenir que Jacob a volé un fusil et rôde dans les parages.

— Pas de souci, répondit Sunil en lui ouvrant la portière passager.

Une fois à l'intérieur, Lucy serra le manteau contre son corps. Sunil mit le contact et alluma le chauffage. Elle frissonnait dans le satin trempé de sa robe.

Il lui passa son portable et elle composa le numéro d'Henry, mais l'appel sonna dans le vide.

— Il ne décroche pas, constata-t-elle. J'espère qu'il n'est pas sorti dans le froid pour me chercher.

De toute façon, il y avait des gens qui déambulaient tout autour de l'hôtel à la recherche de la dame disparue. Elle pourrait peut-être faire signe à quelqu'un et faire passer le message à l'hôtel de cette manière.

— Réchauffons-nous dix minutes et retournons ensuite à l'hôtel. Tu penses que tu peux nous y conduire ?

— Pour être honnête, je ne suis pas certain que ma voiture coopérera par ce temps.

— Dix minutes, répéta-t-elle. Et après on va les prévenir.

Claire

Lorsque Claire perçut du mouvement derrière elle, c'était trop tard. Des doigts froids lui empoignèrent les cheveux et tirèrent sa tête en arrière. Avant qu'elle ne puisse réagir, quelque chose d'aiguisé vint s'appuyer violemment contre sa peau sous sa mâchoire.

— Si tu cries, je te tranche la gorge illico, lui murmura une voix rauque à l'oreille.

Sous le choc, Claire ne put qu'émettre un gémissement. Elle fut alors frappée par le fait qu'il s'agissait d'une voix de femme.

— C'est compris ? lui demanda celle-ci.

— Oui, murmura Claire.

— Tant mieux. Ça simplifie les choses. Maintenant, on va gentiment descendre ces marches, OK ?

— Jusque dans la cave ? la questionna Claire.

— Exactement.

La femme la plaça en haut des marches et Claire tâtonna du bout des orteils. Elle avait besoin de sentir où elle mettait les pieds, à défaut de pouvoir voir où elle allait à cause de la lame qui maintenait son cou tendu vers le haut. Elle n'y voyait presque rien. À chacun de ses mouvements, le couteau grattait sa peau. La lame l'érafla et une goutte de sang descendit jusqu'à sa clavicule.

— Tout doux, lui dit la femme. Trouve la corde. Dénoue-la. Voilà. Maintenant, passe et je la rattacherai.

Claire réfléchit à ce qu'elle pouvait faire, car ce serait peut-être le moment de tenter quelque chose pendant que la femme serait distraite. Cependant, elle ne sut comment, mais le couteau ne bougea pas d'un pouce pendant que l'inconnue renouait la corde.

— Ouvre la porte, lui ordonna-t-elle. Elle n'est pas verrouillée.

Claire tâtonna pour trouver la poignée. Elle devait retrouver son calme. Son cœur s'emballait et sa respiration était saccadée.

— Très bien, commenta la femme d'un ton condescendant. Tu sais, personne n'a remarqué que j'avais volé une clé. Cet hôtel est tellement en sous-effectif que ce n'est pas étonnant qu'un tel chaos y règne.

C'était la première fois que son accent transparaissait dans sa voix. Elle était du Cheshire. Comme les Botham. Le couteau s'écarta de la gorge de Claire, et elle se retourna juste à temps pour voir son assaillante verrouiller la porte derrière elle. Ensuite, cette dernière avança vers la mariée en brandissant son couteau.

— N'essaie même pas de te rebeller.

Claire recula d'un pas. Ses yeux s'habituaient peu à peu à l'obscurité et elle distinguait désormais les traits de la femme. Elle était grande, large d'épaules, avec une carrure imposante. Ses cheveux blonds décolorés étaient relevés en queue-de-cheval et elle était vêtue d'un jean moulant et d'un chemisier fluide. Son maquillage était léger. Elle en avait fait juste assez pour se fondre dans la masse des invités, tout en optant pour une tenue assez confortable pour s'occuper de Claire.

— Qui êtes-vous ? lui demanda celle-ci.

Cette question était une erreur. Les lèvres de la femme se pincèrent et ses yeux s'étrécirent.

— Tu ne te souviens pas de moi ?

Claire repensa au procès en espérant que cela lui fournisse une réponse. Et tout à coup, elle comprit. Elle avait tellement redouté le frère de Kévin qu'elle n'avait pas prêté attention à sa femme. Cependant, celle-ci avait toujours été présente. Elle ne s'était pas assise aux côtés de Simon, mais un peu plus à l'arrière, parfois entourée d'enfants.

— Vous… Vous êtes Natasha, n'est-ce pas ? Natasha Botham ?

Natasha lui indiqua d'un signe du menton d'avancer vers le fond de la cave.

— Continue, on doit aller dans ce tunnel, là-bas. Dépêche-toi.

Elle n'en avait pas du tout envie, mais elle tourna le dos à Natasha et poursuivit son chemin vers le fond de la cave.

— Il y a une ouverture qui mène à un tunnel. Descends dedans.

Claire était apeurée et tendue depuis qu'elle avait senti la lame contre sa chair, mais pour la première fois, de l'effroi vint saisir violemment tous ses muscles. Ses jambes ne voulaient plus bouger, mais elle était trop terrifiée pour ne pas obéir à Natasha.

— Dépêche-toi, s'impatienta cette dernière. Un escargot irait plus vite que toi.

— Oui, c'est bon, balbutia Claire.

Chacune de ses inspirations lui donnait l'impression qu'elle manquait d'oxygène. Les murs autour d'elle avaient l'air de se rapprocher. Elle tendit les bras alors que l'obscurité la submergeait.

— Stop, lui lança Natasha.

Claire se figea.

— Descends dans le tunnel.

— Pourquoi ? Qu'allez-vous faire ?

— Contente-toi de faire ce que je dis.

Tremblante, Claire s'accroupit près du trou béant. Elle posa alors une main au sol et s'assit au bord, les jambes dans le vide. Puis elle se laissa tomber et atterrit plus bas lourdement en poussant un petit cri. Sa cheville se tordit. Un sanglot se bloqua dans sa gorge. Pouvait-elle s'enfuir en courant, là, tout de suite ? Mais où irait-elle ? Natasha atterrit à côté d'elle. Claire frissonna. La lame revint se coller à ses côtes. Une nouvelle menace pour qu'elle reste docile.

Natasha alluma une lampe torche qui illumina les murs autour d'elles. Claire hoqueta et porta une main à sa bouche. Au vu du sac de couchage et des emballages de nourriture, il sautait aux yeux que cette femme campait ici depuis un bon moment. De nombreuses photos recouvraient une paroi. Des photos du même garçon que sur celle qui avait été glissée sous sa porte de chambre. Toutefois, elle le voyait désormais à tous les âges. Elle vit une jeune Natasha dans un lit d'hôpital avec un nourrisson dans les bras. Elle la vit avec Kévin, entourée de leurs enfants. Elle vit le garçon dans son début d'adolescence, des cheveux devant les yeux, des boutons sur le menton.

— Tu sais qui c'est ? lui lança Natasha.

— C'est votre fils, répondit Claire.

— David, confirma-t-elle en acquiesçant.

— Il est beau.

— Tais-toi, cracha-t-elle avec un regard furieux.

Claire prit appui contre l'un des murs froids. Elle aurait voulu disparaître. Il fallait qu'elle garde son sang-froid, mais à cet instant, elle ne voyait pas comment elle pouvait s'en sortir. Pire, Natasha paraissait imprévisible et perturbée. Le moindre mot de Claire pouvait déclencher une réaction violente de sa part. Natasha arracha l'une des photos du mur et la fixa, en la tournant et la retournant. Elle lâcha un long soupir.

— Il était gentil, tu sais. Rien à voir avec son père. Il adorait les animaux, mais je ne lui ai jamais pris d'animal de compagnie, parce que c'est trop de boulot, hein ? Je devais déjà m'occuper de quatre autres enfants.

— Où sont vos enfants actuellement ? lui demanda Claire en espérant reconnecter Natasha à la réalité.

— Chez ma sœur. Quatre d'entre eux sont chez ma sœur, répondit-elle en lâchant la photo et en se tournant vers Claire. Et je ne reverrai jamais le cinquième.

Claire comprit soudain ce qui allait suivre. Un frisson lui remonta la colonne vertébrale.

— Que s'est-il passé ?

— Il n'a pas supporté ce qui a été dit sur son père au tribunal, expliqua-t-elle en reniflant. Je l'ai supplié de ne pas venir au procès, mais il avait seize ans et il a insisté. Il a entendu toutes ces choses horribles sur son père et y a cru. Il a eu l'impression que son père l'avait laissé tomber. David vivait un enfer à l'école à cause du harcèlement, et ça a été la goutte de trop. Il a dû voir son héros être envoyé en prison pour… pour toutes ces choses. Il s'est pendu.

Claire enroula ses bras autour d'elle pour se réchauffer. Elle secoua la tête.

— Toutes mes condoléances…

— Garde ta pitié pour toi, je n'en veux pas, répliqua sèchement Natasha.

Claire attendit. Elle sentait que cette femme voulait en dire davantage.

— Tout est ta faute. Tu crois peut-être que tu m'as rendu service, hein ? Je parie que tu méprises mon mari. Il n'est pas parfait, je le sais, mais c'était un bon père. Il subvenait à leurs besoins, il les aimait. Et il avait tout arrangé. Il avait les bons contacts, tu vois ? Le jury était trié sur le volet. Mais il a fallu qu'il y ait un échange de dernière minute, et tu as débarqué. Et tu nous as mis des bâtons dans les roues. Le patron de

Kévin avait suffisamment graissé de pattes pour que le verdict bascule vers le « non coupable », mais il avait sous-estimé ton obstination. Les éléments de preuve étaient faibles, mais tu as tout retourné. C'est à cause de *toi* que mon fils est mort.

Claire tressaillit lorsqu'elle pointa le couteau vers elle.

— Qu'allez-vous faire de moi ? lui demanda Claire d'une voix chevrotante.

Natasha se pencha et ramassa des menottes.

— Mets ça. On doit attendre la fin de la tempête. Après, ça dépendra de ce que veut faire mon beau-frère. Mais moi, je voulais m'occuper de cette partie-là. Je voulais que tu voies mon fils.

Voyant Claire avoir du mal à se mettre les menottes, Natasha lui hurla :

— Mets-les ! Tout de suite !

— Vous allez me tuer ? la questionna Claire en enclenchant les deux anneaux de métal autour de ses poignets.

— C'est Simon qui décidera.

Natasha décrocha une autre photo du mur et souffla un baiser vers le portrait de ce garçon souriant.

Claire comprit alors qu'elle ne reverrait jamais Adrianna. Elle se laissa glisser contre la paroi de pierre et atterrit sur le sol, sa robe de mariée étalée tout autour d'elle.

Jacob

Il ne comprenait pas vraiment pourquoi la voiture de son père descendait le chemin qui s'éloignait de l'hôtel, mais il savait qu'il devait la suivre. Peut-être que son père voulait aider aux recherches pour la femme qui avait disparu. Peut-être que Lucy était avec lui. Ou peut-être qu'ils s'en allaient loin du mariage, l'abandonnant à l'hôtel. Lucy avait probablement convaincu son père de partir. C'était bien son genre. Quelle égoïste.

Cependant, il était à pied et prenait du retard. Il craignait de ne plus pouvoir retrouver Lucy. S'ils atteignaient Rookthwaite, il risquait d'avoir loupé sa chance.

Jacob ouvrit plus grand les paupières. Des flocons lui volèrent dans les yeux et se transformèrent en larmes. Il ne cilla pas. Il aimait la douleur. S'il ne parvenait pas à rattraper Lucy, il se disait que ce paysage désolé et enneigé n'était pas si mal pour en finir. Il dégaina son téléphone et commença à se filmer. D'abord la neige, puis le fusil, puis son visage. Il ne prononça pas le moindre mot. Il n'avait pas de message à scander ou quoi que ce soit de ce genre. Il n'avait pas l'envie dévorante de laisser des derniers mots au monde. Saint Giddy avait de toute façon exprimé tout ce qu'il ressentait. Le monde savait déjà ce que c'était d'être un homme. Il n'aurait fait que hurler dans le vide. Quel était l'intérêt ?

Sur le point de replacer son téléphone dans sa poche, Jacob remarqua quelque chose au loin. Était-ce une voiture ? Celle de son père ? La neige s'écrasa sous ses pieds à mesure qu'il accélérait le pas. Sa respiration était difficile. Ses poumons étaient en feu. Il suivit les traces de pneu, déjà à moitié recouvertes de neige, qui indiquaient la trajectoire du véhicule jusqu'à l'énorme chêne. L'une des portières était grande ouverte, comme si quelqu'un était parti trop vite pour la refermer. Plus Jacob se rapprochait, plus il voyait les dégâts. Le pare-brise était explosé, des branches rentraient dans l'habitacle tels des doigts crochus, et le châssis était tordu.

— Papa ? s'écria-t-il. Papa, ça va ?

Il posa le fusil contre la voiture et se pencha par la portière ouverte. Il y avait encore quelqu'un à l'intérieur. Le ventre de Jacob se noua. Pendant un instant, il crut qu'il s'agissait de son père, couvert de sang, transpercé dans le ventre par ces branches. Cependant, il remarqua que l'homme avait les cheveux bruns, et non gris. Il était plus jeune. Même dans la mort, il était beau, malgré la teinte bleutée de sa peau.

Jacob appuya deux doigts dans le cou de l'homme, au cas où. Il ne flancha pas. Il avait déjà vu la mort. Quand il fut certain qu'il n'y avait plus aucun pouls, Jacob sortit de la voiture et s'appuya contre la carrosserie. Il n'y avait aucun intérêt à appeler la police à ce stade, n'est-ce pas ?

Il se remit à marcher le long de la route. Il avait reconnu l'homme, il avait aussi participé au ball-trap. C'était l'un des futurs mariés, celui du mariage Rodriguez. Mais pourquoi se trouvait-il dans la voiture de son père ? Peut-être l'avait-il empruntée pour partir à la recherche de sa grand-mère. Ça se tenait. Alors, qui se trouvait avec lui ? Quelqu'un avait ouvert cette portière. Son père, peut-être ? Jacob accéléra le pas. Il plissa les yeux pour mieux y voir dans la neige. Il était persuadé de distinguer une silhouette sur la colline. Il apercevait une forme sombre sur la moitié haute de la personne, mais en dessous, son corps était à peine visible dans le blizzard. La personne portait du blanc. *Une robe de mariée*, songea-t-il. *Lucy ?*

Partie Quatre

Mila

Son père arriva quinze minutes plus tard, et pendant ce laps de temps, elle craignit que l'adolescent ne parvienne à se défaire de ses liens. Elle le soupçonnait d'être plus fort qu'il n'en avait l'air.

Lorsqu'elle était chez Denise, elle avait compris que les messages menaçants parvenaient au portable d'Henry. Lorsque Rafael lui avait emprunté la Discovery, Henry leur avait confié son téléphone. Celui-ci avait dû être projeté hors de l'habitacle dans l'accident et elle avait d'abord cru que c'était celui de Rafael. Elle comprenait désormais que les menaces concernaient Lucy. Toutes les pièces du puzzle s'assemblaient dans son esprit. Elle s'était bien dit que l'homme au fusil lui disait quelque chose, mais de loin, elle n'avait pas reconnu l'ado un peu gauche. Ce petit connard voulait tuer la fiancée de son père. Elle ne le laisserait pas faire.

Attraper le volant et envoyer la voiture droit dans un arbre avait été complètement dingue. Elle n'avait pas envisagé la possibilité qu'elle puisse s'en sortir indemne. Enfin, plus ou moins indemne, ses côtes étaient encore endolories. Néanmoins, l'accident avait tourné en sa faveur. Rafael était mort, et elle était en vie. Maintenant, il fallait qu'elle s'en tire sans être soupçonnée, et pour cela, il lui restait quelques détails à régler.

Le vieux Pat' Crawley entra dans le chalet en jurant.

— Qu'est-ce qui se passe, Millie ?

Il épousseta les flocons de neige sur sa veste de costume. Il n'y en avait pas tant que ça, et elle devina que la neige s'était beaucoup calmée. Il leur restait peu de temps avant l'arrivée de la police.

— Pas ici, lui dit Mila. Dehors.

Mécontent, il grogna, mais la suivit tout de même dans la neige. Mila referma la porte derrière elle et baissa la voix.

— J'ai besoin de ton aide pour déplacer un corps.

— Celui du gamin que tu as ligoté là-dedans ?

— Non, quelqu'un d'autre.

Son père fronça les sourcils.

— Ton mec ? C'était lui dans la voiture sur le chemin jusqu'ici, hein ?

— Ce n'est pas mon *mec*, rétorqua-t-elle. Il a tué Carrie. Et non, ce n'était pas Rafael, c'était le père du gamin. J'étais dans la voiture avec eux quand on a eu l'accident. J'ai dû tuer Rafael près du chalet parce qu'il avait découvert mon identité.

— Je ne comprends rien, soupira-t-il. Pourquoi t'infliger toute cette préparation de mariage si c'était pour le tuer comme ça ?

— Ce n'était pas mon plan. Je visais à plus long terme, mais tout est parti en vrille, papa. Alors, tu comptes m'aider ou pas ? Je te paierai.

— Avec quoi ? répliqua-t-il. Ta poule aux œufs d'or a disparu, ma belle.

— Ça fait longtemps que je lui vole de l'argent. Et puis je peux revendre toutes les fringues de couturier hors de prix qu'il m'a achetées.

Elle vit un nouvel éclat illuminer le regard de son père.

— Bon, reprit-il, c'est quoi ce fusil et ce gamin ?

— Je l'ai surpris en train de rôder dans les parages avec l'arme à la main, répondit Mila en levant l'arme qui reposait sur son avant-bras, ouverte en deux.

Les cartouches étaient visibles dans le canon. Elle avait placé des balles supplémentaires dans les poches de sa veste avant l'arrivée de son père.

— Des histoires de famille. Je crois qu'il n'apprécie pas trop sa belle-mère.

— Mon Dieu, souffla Pat' en contemplant l'arme.

— La police arrivera dès que les routes seront praticables, indiqua Mila. Ça ne devrait pas tarder maintenant que la tempête s'est levée. On doit faire vite.

Mila jeta un coup d'œil dans le chalet par la fenêtre. Elle avait bâillonné l'adolescent avec une chaussette trouvée dans un placard. Il gigotait et se tortillait sur sa chaise, mais les liens semblaient tenir bon. Une montée de stress fourmilla dans le ventre de Mila. Elle avait enclenché une série d'événements dévastateurs. Parviendrait-elle à aller au bout ?

Oui, décida-t-elle tout en éloignant son père du chalet.

— Le corps est là-bas, dit-elle en désignant la colline et les arbres.

C'était la colline qu'elle avait gravie pour échapper à l'homme armé quand il avait débarqué au chalet.

Pat' haletait en grimpant la colline. Mila aurait aimé qu'il neige davantage. Elle voulait que l'air soit assez saturé de neige pour que cela étouffe le bruit de ce qu'elle avait prévu ensuite. Il fallait que ses pas soient recouverts par la neige. Il fallait que les preuves soient détruites.

— Qu'est-ce que tu veux faire de lui ? demanda Pat'. On ne peut pas l'enterrer, le sol est gelé.

— Il faut juste qu'on le déplace pour qu'il soit plus difficile à trouver. Ça me laissera assez de temps pour me barrer d'ici.

— Comment tu l'as tué, au fait ?

— Je l'ai poignardé, répondit Mila en songeant au couteau dans sa poche, toujours immaculé – pour le moment.

— Comment je récupérerai l'argent ? l'interrogea-t-il en s'arrêtant.

— Je sais où tu habites, tu te rappelles ? Je te l'enverrai par la poste, ou je le passerai à Christopher.

L'évocation du frère de Mila sembla apaiser les craintes de Pat'. Il reprit sa marche, et Mila marqua une pause. Puis elle reprit son avancée elle aussi, mais bien plus lentement. Elle se lécha les lèvres et réenclencha le fusil. Son souffle se bloqua dans sa gorge quand elle le leva devant elle, puis elle le vit s'arrêter.

Pat' Crawley s'était à moitié retourné vers elle quand elle appuya sur la gâchette. Elle n'avait pas eu le temps de stabiliser l'arme en prévision du recul, alors le fusil lui frappa l'épaule brutalement, la faisant trébucher de quelques pas en arrière. Le coup de feu résonna dans le silence environnant, brisant la sérénité du lieu. Ses oreilles sifflaient. Son père s'effondra en avant, un épais liquide rouge s'écoulant de son torse. Elle ouvrit le fusil et la douille en fut éjectée. Elle la ramassa sur le sol, encore chaude, et la fourra dans sa poche.

— Millie ? murmura-t-il.

— Mila, le corrigea-t-elle.

— Aide-moi... supplia-t-il en levant une main couverte de sang vers elle.

Elle détourna le regard pour jeter un œil au chalet, distinguant la pâle silhouette de Wilder House au loin. Elle soupira. Un étrange sentiment de mélancolie prit possession d'elle. Puis elle se tourna de nouveau vers son père, piocha deux cartouches dans sa poche et chargea le fusil.

— Non, répondit-elle. Ça, c'est pour Carrie. Tu n'en as jamais rien eu à faire d'elle, ni de moi, ni de Christopher, ni même de Maman, et le monde se portera bien mieux sans Pat' Crawley.

Elle marqua une pause et se demanda si le monde se porterait également mieux sans elle, mais elle décida alors qu'elle aimait faire partie de ce monde et que le monde devrait alors faire avec.

Cette fois-ci, Mila brandit le fusil avec application. Elle était loin d'être une experte en la matière, mais elle avait au moins appris à stabiliser le poids du fusil avec son épaule désormais contusionnée. Elle visa sa poitrine et appuya sur la gâchette.

Henry

Il était retourné dans l'hôtel après avoir prêté sa Discovery à Rafael. Il avait fait les cent pas dans le hall d'entrée tout en regardant l'organisatrice de mariage s'agiter dans tous les sens. Son fils ignorait ses appels. Sa fiancée était introuvable. Pendant une heure, il avait réconforté la mère de Lucy, qui lui avait dit que Lucy avait eu un coup de mou avant le mariage.

— Elle a recroisé son ex, tu comprends ? fit Beth.

— Rafael ? demanda-t-il.

— Oui. Tu es au courant pour lui ?

— J'en sais assez, disons.

Il avait alors arpenté Wilder House à la recherche de Jacob. Son fils s'était peut-être joint aux volontaires partis à la recherche de la grand-mère disparue, mais personne ne l'avait vu. C'en était assez. Il devait partir chercher Lucy. D'abord, il raccompagna Beth à sa chambre avec une tasse de thé. Il lui emprunta son téléphone pour réessayer d'appeler Lucy et Jacob, mais aucun des deux ne répondit. Ils trouvèrent alors le portable de Lucy qui vibrait sous son oreiller.

— Elle est partie sans, nota Beth. Tu devrais le prendre avec toi au cas où tu aurais besoin d'appeler.

Henry la remercia et le mit dans sa poche. Il enfila un large manteau par-dessus son costume et quitta l'hôtel pour s'enfoncer dans la tempête.

Il ne savait pas du tout par où commencer, mais la route semblait un bon début. Lucy avait peut-être cherché à rejoindre Rookthwaite à pied. Henry s'en voulait. C'était sa faute. D'abord, il avait provoqué le départ de Lucy, puis il avait laissé cet homme horrible lui prendre sa voiture. Et si Rafael avait mis la main sur Lucy ? Le ferait-il alors que sa propre fiancée se trouvait aussi dans la voiture ? Qui sait, peut-être bien.

Il lui fallut environ vingt-cinq minutes pour atteindre sa voiture. Lorsqu'il vit la portière grande ouverte, il se précipita vers le véhicule. Ses chaussures glissaient sur la neige fondue. Il distingua des traces de pas partiellement recouvertes. Certaines menaient à la voiture, d'autres s'en éloignaient. Lorsqu'Henry arriva à sa voiture accidentée, il était à bout de souffle. Et quand il vit le corps à l'intérieur, il se pencha par-dessus le siège passager trempé et gelé pour vérifier le pouls de l'homme.

Il était mort. L'ex violent de Lucy était mort. Il ne ressentait pas la moindre tristesse à l'égard de cet homme. Il avait entendu trop de choses sur lui et avait vu les cicatrices sur l'intérieur des cuisses de Lucy. Il se languissait d'elle. Elle lui manquait tellement... Bon sang, pourquoi ne réalisait-il qu'à ce moment-là à quel point il l'aimait ? Pourquoi ne l'avait-il pas écoutée ?

Les genoux flageolants, il s'appuya quelques instants contre la voiture pour reprendre ses esprits. Est-ce que cet accident signifiait quelque chose pour Lucy et Jacob ? Était-ce lié ? Et où se trouvait Mila, la fiancée de Rafael ? Il n'avait pas revu Mila à l'hôtel, alors elle avait dû chercher un refuge quelque part dans les environs. La voiture n'aurait pas pu la garder au chaud avec le pare-brise éclaté. Puis il se rappela que Bill leur avait parlé d'un chalet près de la route lorsqu'ils s'exerçaient au ball-trap. Les chasseurs s'en servaient parfois. Peut-être que Mila avait également appris son existence. Il devait être dans le coin.

Il reprit sa route en suivant les traces de pas de la personne qui avait quitté les lieux de l'accident, puis il commença à croire que ces traces ne pouvaient être celles de la fiancée de Rafael. L'accident s'était probablement produit juste après le départ de la voiture du parking. Il jeta un œil à sa montre. Cela faisait sans doute trois heures qu'il avait prêté sa voiture à Rafael et sa fiancée. Il neigeait encore sans relâche à ce moment-là. Cela signifiait que quelqu'un d'autre était tombé sur la voiture accidentée et était ensuite reparti. Henry se rendit alors compte qu'il n'avait pas encore appelé la police, trop abasourdi par la scène. Il était persuadé que quelqu'un avait déjà contacté la police, mais il sortit tout de même le portable de Lucy de sa poche. Il ne voulait pas avoir d'ennuis s'il ne signalait pas cet accident.

Tandis que ses doigts planaient au-dessus de l'écran, il entendit un craquement sourd. Il se figea. Cela ressemblait à un coup de feu. Il composa le numéro des secours et patienta. Peu de temps après, un autre bruit identique résonna dans l'air. Alors que l'opérateur des secours lui posait des questions au bout du fil, Henry se mit à courir.

Colleen

Une mariée trempée était assise dans un fauteuil au coin du feu. Elle portait un vieux manteau et ses cheveux étaient ébouriffés. Des boucles défaites étaient collées sur son front. Les invités se rassemblaient autour d'elle, remplissant presque la totalité du bar. Colleen se fraya un passage parmi eux en jouant des épaules.

Ce n'est pas Claire, songea Colleen. Son cœur se serra. Elle s'inquiétait pour Claire, surtout après le meurtre de Bill. Non, la mariée assise près de la cheminée était Lucy Greyson.

Lucy tendit la main pour saisir le bras de Colleen.

— Il y a un garçon dehors qui rôde avec un fusil. C'est Jacob, le fils d'Henry. Il a quinze ans, des cheveux châtain clair, il mesure environ un mètre quatre-vingt et il a volé un fusil de chasse.

Colleen déglutit. Jacob Farrah avait volé l'un des fusils de l'armurerie ? Cela voulait-il dire qu'un *ado* avait tué Bill ? Elle avait vu Jacob avec son père lors du ball-trap. Elle se rappelait que Bill avait mentionné le fait que l'adolescent avait été particulièrement bavard durant l'activité et lui avait posé de nombreuses questions sur les fusils. Elle se demanda si Bill avait laissé échapper qu'il vivait seul, si Jacob en avait déduit que personne ne s'inquiéterait de son absence ce soir-là. Elle sentit le sang quitter son visage. Un *adolescent*.

— La police est en chemin, l'informa Colleen. Est-ce que vous allez bien ? Avez-vous besoin de quelque chose ?

— Auriez-vous vu mon fiancé, Henry ?

Colleen secoua la tête.

— Je ne crois pas qu'il soit revenu des recherches, mais je vais demander à quelques employés et invités d'essayer de le retrouver. Et si vous alliez enfiler autre chose que cette robe toute mouillée ?

— Je ne veux pas être seule, répondit Lucy.

Tandis que Colleen essayait de fendre de nouveau la foule, les questions fusèrent de la part des convives et des employés.

— Devrions-nous verrouiller les portes ?

— Et barricader les fenêtres ?

— Non, nous devons nous armer, nous aussi. Nous devrions aller chercher les autres fusils et...

— Non ! tonna Colleen, qui ne souhaitait absolument pas que les invités tombent sur Bill. Les routes sont peu à peu dégagées et la police sera bientôt là.

— Et Claire ?

Le regard de Colleen croisa celui d'Adrianna qui se tenait de l'autre côté de la pièce, entourée de ses proches. Elle vit leurs regards la scruter sans ciller, exigeant des réponses.

— Je n'ai pas réussi à la trouver, avoua Colleen.

Une femme un peu plus âgée, sans doute la mère de Claire, fondit en larmes.

— S'il vous plaît, ne pensez pas au pire, ajouta Colleen.

Un flot de voix bruissait dans la pièce. Elle devait reprendre les rênes de la situation avant que la foule ne prenne le dessus. Colleen fit signe à l'un des serveurs d'approcher. Elle lui pointa une chaise du doigt et lui demanda de l'aider à s'y hisser. Elle ôta alors ses chaussures et se tint en équilibre sur la chaise, avant de s'éclaircir la gorge. La foule pivota vers elle, et elle éleva la voix.

— S'il vous plaît, tout le monde doit rester calme, les encouragea Colleen. Tout va rentrer dans l'ordre, et je vais m'assurer que les portes de l'hôtel et les accès aux chambres soient verrouillés. J'ai conscience que certaines personnes restent introuvables, mais nous faisons de notre mieux pour les retrouver. Toutefois, avec ce nouvel élément, il est important de faire preuve de prudence. Les employés vous distribueront des couvertures et des chocolats chauds puis vous raccompagneront à votre chambre. La priorité sera donnée à nos convives les plus âgés. Mais essayez de ne pas paniquer. Nous ne savons rien sur ce garçon ni sur ce qu'il compte faire de l'arme qu'il a volée. Alors, prenez soin les uns des autres, gardez vos portables chargés et restez à l'abri. Les employés de Wilder House feront tout leur possible pour que vous vous sentiez à l'aise et en sécurité. D'accord ?

— Et mon fils ? s'exclama José depuis le fond de la pièce. Il n'est pas revenu. Sa fiancée aussi a disparu.

— Je suis désolée, mais nous ne pouvons plus envoyer qui que ce soit dehors pour des recherches actuellement. C'est trop dangereux.

— N'y a-t-il pas d'autres armes dans l'hôtel ? demanda un homme au crâne dégarni que Colleen n'avait jamais vu auparavant.

— Pas dans l'hôtel même, non, indiqua Colleen. Elles sont conservées en lieu sûr dans l'ancienne maison du garde-chasse.

— Et si ce gamin revenait et volait d'autres armes ? lança un homme.

— Cela semble peu probable, affirma Colleen.

Cependant, elle était inquiète. Elle avait verrouillé l'habitation, mais pas la grille qui retenait les armes. Elle n'avait pas voulu toucher à de potentielles preuves.

— Nous ne connaissons pas les intentions de ce garçon, mais nous devons nous montrer prudents. Maintenant, comme je l'ai dit, je pense qu'il est préférable que tout le monde regagne sa chambre et en verrouille la porte. Si quelqu'un de l'hôtel souhaite vous parler, nous frapperons trois coups à la porte, comme ça, annonça-t-elle en faisant une démonstration sur une table du bar. Sinon, n'ouvrez que si vous êtes certain que de l'autre côté de la porte se trouve quelqu'un que vous connaissez.

La foule s'éparpilla peu à peu. Les convives regagnèrent leurs quartiers, formant de petits groupes en quittant le bar. Elle soupira et s'affala sur la chaise, tout en sentant plus d'un regard aiguisé braqué sur elle. Personne ne l'avait prévenue qu'elle devrait un jour surveiller une centaine de personnes pendant qu'un homme armé se baladerait dans la nature. Personne ne l'avait préparée à cela. Son estomac la torturait de nouveau. Elle ne leur avait pas menti, pas tout à fait, néanmoins elle ne leur avait pas dit ce qu'elle avait vu à l'armurerie. Colleen savait pertinemment que l'adolescent était dangereux. Il avait assassiné Bill. Qui d'autre voulait-il tuer ?

Adrianna

Elle s'éloigna de sa famille, chancelante. Elle avait besoin d'être seule. Elle avait besoin d'un endroit où pleurer sans être dévisagée par les parents de Claire. Elle les adorait, mais ils étaient déjà au bord de la crise de nerfs et elle sentait que ses efforts pour tenter de les calmer infligeaient une trop grosse pression sur ses épaules. Du coin de l'œil, Adrianna remarqua qu'une amie la suivait, alors elle accéléra le pas afin de la semer. La poitrine comprimée, elle n'en pouvait plus. Quelque chose était arrivé à Claire, elle le *sentait* au plus profond de son être. Chacun des battements de son cœur lui soufflait que Claire était en danger, ou pire. *Pitié, non. Faites que ce ne soit pas pire.*

D'après les dires de Lucy Greyson, l'homme armé n'avait aucune raison de s'en prendre à Claire. Néanmoins, même si elle n'était pas sa cible, n'importe quoi pouvait arriver. Ce garçon avait à l'évidence soif de violence et Claire pouvait se retrouver sur son chemin. Ou alors, et si Claire avait eu raison à propos des Botham et que Simon Botham avait réussi à se faufiler dans l'hôtel ?

Elle traversa le restaurant et s'assit seule tout au fond. La traîne de sa robe s'étala sur le vieux tapis brun. Elle voulait retirer cette robe, mais pour se rendre à l'étage, il fallait qu'elle repasse devant ses proches, et elle souhaitait être seule pour le moment. Elle n'en pouvait plus des questions et des larmes.

— Puis-je vous apporter quelque chose ? Un chocolat chaud ? Une couverture ?

Adrianna leva la tête et reconnut le barman qu'elle avait vu la veille. Elle secoua la tête. Il s'apprêta à tourner les talons, mais se ravisa et lui posa une autre question :

— J'ai cru comprendre que vous cherchiez Claire Rivers, c'est bien ça ?

— Oui, répondit Adrianna en sautant sur ses pieds.

— C'est peut-être un détail, mais une femme du nom d'Adrianna m'a confié un message à lui transmettre et…

— Adrianna ?

— Oui, vous la connaissez ?

Adrianna cligna des paupières, ne sachant pas quoi répondre.

— À quoi ressemblait-elle ? le questionna-t-elle.

— Oh, je ne sais pas trop, je dirais qu'elle avait environ la quarantaine, elle était blonde, habillée plutôt simplement pour un mariage.

— Où était-elle ?

— Près de la cave à vin.

— C'est où, ça ?

Adrianna se mit en route dès qu'il lui donna le chemin à suivre. Son cœur s'emballa. Elle se pencha et déchira le bas de la couture de sa robe qui l'entravait, remonta le tissu pour libérer ses jambes, balança ses talons hauts d'un coup de pied et se mit à courir. Elle piqua un sprint comme jamais et esquiva les employés et les invités sur son passage. Ses jambes s'activaient, ses poumons la brûlaient. Elle ne ralentit que lorsqu'elle vit le panneau indiquant l'accès interdit à la cave. Elle arracha la corde et saisit la poignée de la porte.

— Claire ! hurla-t-elle.

La porte ne bougea pas d'un pouce. Elle donna un grand coup d'épaule dedans, en vain.

— Merde !

Hors d'elle, elle la martela de coups de poing. Il n'y avait qu'une solution : retourner dans l'hôtel et demander la clé à Colleen. Elle avait déjà gaspillé de précieuses minutes.

Elle retourna sur ses pas, de la sueur ruisselant sur ses tempes. Lorsqu'elle aperçut un serveur, elle l'attrapa par le coude.

— Où est Colleen ? lui demanda-t-elle.

— Dans son bureau, je crois.

— Merci, haleta Adrianna en se dirigeant vers la réception.

Quelqu'un l'interpella, peut-être la mère de Claire, mais elle l'ignora, passa devant la réception et alla frapper à la porte du bureau de Colleen. Son esprit paniqué s'agitait. *Ouvre, ouvre, ouvre, ouvre !*

— Adrianna ? Tout va bien ? lui demanda Colleen en lui ouvrant, le regard étonné.

— Claire est dans la cave. Quelqu'un l'a piégée en la faisant se rendre à la cave et je crois qu'on la retient là-bas.

— Impossible, la cave est verrouillée. Et j'ai jeté un coup d'œil à l'intérieur un peu plus tôt, il n'y avait personne.

— Non... balbutia-t-elle. Non... Ce n'est pas... Elle est dedans...

— Doucement, tenta de la calmer Colleen. Respirez. On peut aller vérifier une nouvelle fois, si vous voulez. Venez.

Adrianna hocha la tête. Sa détermination commençait à faiblir. Et si elle se trompait ? Et qui était cette mystérieuse femme ? Elle s'en voulait terriblement. Elle s'en voulait de ne pas avoir mieux protégé Claire. Elle aurait dû annuler le mariage. Elles avaient essayé d'aller au bout à cause des sommes engagées, mais elles auraient dû attendre que tout soit résolu.

Colleen s'arrêta derrière la réception et passa les doigts sur les clés accrochées à un panneau de bois. Elle fronça les sourcils.

— Elle n'est pas là, nota-t-elle. Comment est-ce possible ?

— Qu'est-ce qui n'est pas là ? lui demanda Adrianna.

— La clé de la cave. J'en ai une avec moi, indiqua-t-elle en brandissant son gros trousseau, mais nous en gardons un double à la réception. Il faudrait qu'on consulte les images de la vidéosurveillance.

— Pas le temps, s'emporta Adrianna. Nous devons trouver Claire.

Face au silence de l'organisatrice de mariage, Adrianna comprit qu'elle avait peur. Cependant, elle n'avait pas le temps d'avoir peur. Elle devait agir.

— Si vous ne voulez pas venir, donnez-moi la clé et j'irai seule, lui proposa Adrianna.

— Je viens avec vous, lança une voix dans son dos.

Adrianna se retourna et découvrit Peter, le témoin du mariage Rodriguez, qui se tenait derrière elle. Il avait ôté sa veste de costume et retroussé ses manches.

— Vous êtes sûr ? lui demanda Adrianna.

— Oui, je ne peux pas vous laisser y aller seule.

— Allons-y tous ensemble, trancha Colleen.

Elle sortit de derrière la réception et brandit trois lampes torches.

— Nous aurons besoin de ça, leur dit-elle.

— Merci, fit Adrianna en lui en prenant une.

Cette fois-ci, sur le trajet vers la cave, Adrianna sentit ses jambes flageoler. Elle respira profondément dans l'espoir de se stabiliser.

— Ça va ? s'inquiéta Peter.

Elle hocha la tête, mais c'était faux, ça n'allait pas du tout.

— Nous devrions attendre la police, souligna Colleen en hésitant face à la porte de la cave. Nous ne savons pas ce qui se passe là-dedans.

— Pas le temps, lui répéta Adrianna.

Colleen déverrouilla la porte et alluma sa lampe.

— Le sol est instable dans la cave, leur indiqua-t-elle.

— Vous devriez attendre ici, en sécurité, lui répondit Peter en posant une main sur son bras.

Elle poussa un soupir de soulagement.

— Vous avez sans doute raison. Ça fera moins de poids sur le sol fragilisé, c'est plus sûr, affirma-t-elle avant de se tourner vers Adrianna. Faites attention au trou en bas. Certaines dalles ont bougé. Soyez prudente.

Adrianna serra la lampe entre ses doigts et fit un pas hésitant à l'intérieur. Peter se tenait à sa gauche et avançait lentement.

— Où mène ce trou ? demanda-t-elle en éclairant celui-ci de sa lampe.

— Au tunnel qui passe sous la bâtisse, l'informa Colleen.

— Claire ? appela Adrianna. Tu es là ?

Personne ne répondit, mais si Claire était retenue captive par quelqu'un, elle ne serait pas en mesure de lui répondre.

— Tout semble en ordre, commenta Peter.

— Elle est forcément là, soupira Adrianna. Sinon, pourquoi la clé aurait-elle disparu ?

Elle avança à pas prudents et se pencha au-dessus du trou, balayant le tunnel du faisceau de sa lampe torche.

— Oh, mon Dieu. C'est quoi, ça ?

Le faisceau éclaira un sac de couchage. Quelqu'un avait dormi là-dessous. Cette pensée lui retourna l'estomac.

— Peter, regarde.

— Merde alors, souffla celui-ci en se penchant à son tour au-dessus du trou. C'est quoi ce bordel ?

— Qu'y a-t-il ? leur demanda Colleen depuis la porte.

— Quelqu'un a dormi dans le tunnel la nuit dernière, lui répondit Adrianna. Mon Dieu. Je dois descendre là-dedans et trouver Claire.

— Non, c'est trop dangereux, objecta Colleen.

Cependant, Adrianna avait déjà posé sa lampe sur le sol, prête à sauter au niveau inférieur.

— Attends, fit Peter. Je vais sauter le premier et je t'aiderai ensuite à descendre.

Cela ne sembla pas lui coûter le moindre effort. Il posa une main sur les dalles effritées et se laissa tomber. Il atterrit les genoux fléchis et ne dut faire qu'un léger pas en arrière pour se stabiliser.

— Passe-moi ta lampe.

Adrianna la lui lança, et Peter la posa sur le sol, éclairant la cavité.

— C'est bizarre ici, nota-t-il. Quelqu'un a couvert le mur de photos.

Adrianna s'assit au bord du trou entre les dalles. Du bout de ses doigts, elle sentait la poussière et le ciment désagrégé. L'air empestait l'humidité. Peter leva les bras vers elle et saisit ses mollets.

— Vas-y doucement, lui conseilla-t-il.

Avant qu'elle ne puisse se laisser descendre lentement, le sol se déroba sous ses pieds et elle tomba. Par miracle, Peter parvint à la retenir dans sa chute. Elle atterrit lourdement sur lui et les précipita tous deux au sol. Une dalle de béton s'écrasa juste à côté de son bras. Elle se dépêcha de se relever et aida Peter à faire de même tandis que pleuvait la poussière. Ils se hâtèrent de s'éloigner du trou en toussant.

— Ça va ? lui demanda-t-elle.

Peter se frotta l'arrière de la tête, mais acquiesça.

Quand Adrianna récupéra sa lampe torche sur le sol, elle vit ce dont avait parlé Peter. Devant elle s'étalaient les portraits d'une famille heureuse. Kévin Botham lui souriait sur le mur humide. Il se tenait aux côtés d'une femme blonde. Pouvait-il s'agir de celle qui avait tendu un piège à Claire ? Ils étaient entourés de quatre enfants, parfois cinq. Elle remarqua qu'il y avait plusieurs photos d'un même enfant à différents âges. Qu'est-ce que cela pouvait bien signifier ?

— Est-ce que tu comprends quelque chose à tout ça ? lui demanda Peter.

— Oui et non.

Elle balaya les alentours de sa lampe torche et remarqua des tas de vêtements et d'emballages de nourriture. Puis elle braqua le faisceau sur le visage de Kévin Botham.

— Claire a contribué à envoyer ce mec en prison, expliqua-t-elle. Elle faisait partie du jury à son procès.

Elle observa les visages souriants. Il semblait presque inconcevable qu'un tel père de famille puisse être un violeur et un assassin. Puis une pensée la frappa : elles n'avaient jamais songé à la femme de Kévin Botham.

Lucy

Encore tremblante, elle se débarrassa de sa robe de mariée et enfila un pull épais, un jean et des chaussettes chaudes. La robe reposait désormais sur un cintre qu'elle avait acheté spécialement pour l'occasion, sur lequel était brodé « Mme ». Elle ne ressentait rien en la voyant. Cette robe qui lui avait un jour semblé parfaite et synonyme d'amour, de bonheur et d'un avenir merveilleux était désormais réduite à un amas de fil et de tissu. Elle n'était plus rien. Et Lucy était vide. Son cœur était engourdi.

De l'autre côté de la chambre, Beth renifla bruyamment.

— Oh, maman... fit Lucy en allant la prendre dans ses bras. Ne pleure pas. Ça va aller. La police va bientôt arriver.

— Je n'ai encore une fois pas été à l'écoute, balbutia-t-elle. J'aurais dû t'écouter. Si nous étions parties hier soir ou même ce matin, tout irait bien et tu serais en sécurité. Je savais que tu ne voulais plus te marier, mais je n'ai pas agi. Je me suis dit que ce serait dommage de gâcher tout ce que tu avais préparé à cause de quelques doutes. Mais j'aurais dû t'écouter, tout comme la première fois que tu as essayé de quitter Rafael.

Les larmes montèrent aux yeux de Lucy. Sa gorge se serra. Elle libéra sa mère de son étreinte et s'assit sur son lit.

— Tout s'est bien terminé, maman. N'y repensons plus.

— Tu as raison, concéda Beth en essuyant ses larmes et en se dirigeant vers la fenêtre. Je ne sais pas où est Henry… Et toi ?

Lucy secoua la tête et un frisson de peur lui remonta la colonne vertébrale.

— Je ne comprends pas, sa voiture n'est pas sur le parking… J'ai vu la voiture s'éloigner bien trop vite sur la route, puis Jacob qui la suivait avec un fusil. C'est tellement bizarre…

— Il te cherche peut-être, suggéra Beth.

Cette pensée la rendait malade. Et si Jacob tuait son père ? Elle ne souhaitait plus épouser Henry, mais rien que l'idée qu'il puisse lui arriver quelque chose…

Elle tenta de penser à autre chose. Sunil avait voulu se joindre à sa mère et elle, insistant pour proposer son aide en cas de besoin, mais elle ne voulait pas l'avoir dans les parages plus longtemps que nécessaire. Il traînait quelque part dans l'hôtel. Elle se frotta les yeux. Ils s'étaient trop attardés dans la voiture. Lucy s'était sentie profondément épuisée et abattue, et elle ne savait comment, mais les dix minutes pour se réchauffer s'étaient transformées en plus d'une heure. Elle ne s'était pas vraiment endormie, elle avait plutôt flotté dans un état de semi-conscience jusqu'à ce qu'elle se reprenne.

Elle ne faisait absolument pas confiance à Sunil, mais au moins, il l'avait mise en sécurité. La fixette que faisait cet homme sur son fiancé s'était muée en une obsession pour tout ce qui le concernait de près ou de loin. Elle suspectait qu'il voulait tout ce qu'Henry possédait. La pensée de ces trois hommes, Sunil, Henry et Jacob, lui fila la chair de poule. Ils étaient tous tordus et inquiétants à leur manière.

Un coup à la porte fit sursauter Lucy. Quelqu'un frappa trois fois. Elle s'approcha de la porte et regarda par le judas.

— Nous vous avons apporté du chocolat chaud et des couvertures, si ça vous dit, annonça une voix enthousiaste.

Elle déverrouilla la porte et ne l'entrebâilla que d'une trentaine de centimètres. Elle se saisit de ce qu'on leur avait apporté, remercia la jeune fille et referma la porte à clé. Son souffle était tremblant.

— Tiens, maman, dit-elle en lui tendant une tasse.

— Je veux que cette journée en finisse, se lamenta Beth en retournant près de la fenêtre.

— Maman, on devrait peut-être rester à l'écart des fenêtres.

— Oh, mon Dieu, oui, tu as raison. Je n'y avais même pas pensé. Tu crois qu'on devrait s'asseoir par terre ?

Lucy traversa la chambre et ferma les rideaux. Le dernier aperçu qu'elle eut du paysage fut une étendue de neige étincelante sous un ciel d'azur. Un paysage de Noël digne d'une carte de vœux. Pourtant, c'était un sentiment d'horreur qui l'assaillait. Jacob était quelque part au-dehors, et il voulait sa mort.

Mila

Mila avait peut-être été un peu trop ambitieuse. Toute la journée, elle n'avait cessé de saisir les opportunités qui s'étaient présentées à elle. D'abord, Dolores s'était perdue, ce qui l'avait amenée à se retrouver seule avec Rafael tandis qu'il la confrontait à son passé. Elle en avait profité pour assouvir la soif de vengeance qu'elle ressentait depuis la mort de Carrie. Puis elle avait découvert que l'homme au fusil l'avait confondue avec Lucy, et elle s'était servie de ça pour mettre en œuvre quelque chose dont elle rêvait depuis encore plus longtemps.

Peut-être que ce gamin ne voulait pas seulement tuer sa belle-mère, mais quiconque se retrouverait sur son chemin ce jour-là. Peut-être qu'il avait tiré sur le vieux Pat' Crawley pour la simple raison qu'il se trouvait là, sous son nez. Il fallait désormais qu'elle efface ses traces afin de s'en sortir.

Elle devait nettoyer le fusil soigneusement. Il ne devait pas rester la moindre trace de son ADN. Puis il fallait placer les empreintes du gamin sur le fusil. Pour ce faire, il faudrait probablement que le gamin soit mort. C'était triste, mais il fallait ce qu'il fallait. Et puis, il n'était pas tout blanc non plus.

Il n'était pas innocent comme l'était Carrie. Ce petit enfoiré avait volé un fusil, envoyé des messages de menaces contre la fiancée de son père et traquait celle-ci à travers la campagne muni dudit fusil.

La dernière chose qu'il lui faudrait faire, c'était se débarrasser du portable d'Henry et de celui de Pat'. Elle avait appelé son père avec le premier, et cela apparaîtrait sur les deux téléphones. Ils se trouvaient actuellement dans sa poche, et elle devait les détruire avant l'arrivée de la police. Mais comment ?

Mila redescendit la colline en direction du chalet. Avec toute cette neige, il était difficile de trouver des pierres avec lesquelles écraser les cartes SIM. Elle aurait pu se servir de la crosse du fusil, mais la police ratisserait la zone après avoir découvert les corps, alors elle ne pouvait risquer de laisser traîner des éclats de plastique. Elle ne pouvait pas non plus enterrer les téléphones, car le sol était trop dur par ce temps. Il n'y avait aucune rivière à proximité, et le lac était trop loin. Elle se sentait perdue. Elle ne pouvait pas avoir les portables sur elle quand la police débarquerait.

Elle jeta un œil par la fenêtre du chalet pour s'assurer que le gamin était toujours attaché. Puis elle prit un moment pour réfléchir.

La police saurait déjà qu'elle avait utilisé le portable d'Henry pour appeler les secours après l'accident. Elle devait inventer une explication à ce qu'elle en avait fait. Peut-être pouvait-elle leur raconter qu'elle était tombée accidentellement et l'avait cassé dans sa chute. Ou alors que l'adolescent avait détruit le téléphone et sa carte SIM pour effacer *ses* propres traces. Mais qu'en était-il du portable de son père ?

Elle s'éloigna du chalet, à la recherche d'un endroit où le cacher pour le récupérer plus tard ou de quelque part où le balancer, comme une falaise ou un ruisseau. Ses cuisses la brûlaient à mesure qu'elle grimpait de nouveau la colline. Il devait bien y avoir une solution.

Finalement, elle aperçut une sorte de bosse sur le sol. Peut-être une pierre ? Elle s'y précipita et dégagea la neige, qui révéla une grosse pierre saillante aux bords irréguliers. Elle fouilla dans sa poche et en sortit le téléphone de son père, éclata l'écran, puis la coque, et le frappa encore et encore contre la roche jusqu'à le réduire en miettes. Puis elle en rassembla les débris en s'assurant de récupérer la carte SIM. Elle la cassa en deux, recouvrit la pierre de neige, les doigts gelés, et s'éloigna à la hâte. *Monte*, pensa-t-elle. Elle devait prendre de la hauteur. C'était le seul moyen de trouver une cachette. Toutefois, la terre était gelée et ses bottes dérapaient. Le fusil l'encombrait. Elle ne pouvait pas aller plus loin. C'était maintenant ou jamais.

Elle remarqua alors un arbre couché. Elle en retira un peu de neige et découvrit de la broussaille en dessous. Elle couvrit ses mains du bout de ses manches, sortit les miettes du téléphone de sa poche et les frotta entre ses manches aussi fort qu'elle le pouvait afin d'en ôter toute empreinte digitale. Elle fit de même avec les douilles. Puis elle fourra le tout dans la broussaille, y amassa des feuilles mortes et des cailloux et recouvrit l'ensemble de neige.

Il restait toutefois ses traces de pas.

— Merde, jura-t-elle.

Elle avait les nerfs en pelote. Elle n'en pouvait plus. Elle revint sur ses pas et lissa la neige avec sa veste pour effacer les traces qui menaient à l'arbre couché. Si la température augmentait, la neige pourrait fondre et faire disparaître ses empreintes. Toutefois, cela dépendait du moment où la police trouverait le corps de son père. Le plus sûr pour elle était peut-être de mettre les bottes qu'elle portait à l'adolescent et d'espérer pouvoir trouver autre chose dans le chalet. Cela serait cohérent qu'il ait troqué ses chaussures de ville pour des bottes en caoutchouc. À condition qu'elles lui aillent. Elle s'arrêta pour reprendre son souffle. Elle était dépassée. Elle avait commis trop d'erreurs. Et elle ne pouvait s'en prendre qu'à elle-même.

Carrie aurait été tellement en colère contre elle. Même si Mila avait douze ans de plus que sa petite sœur, c'était Carrie qui l'avait fait rester dans le droit chemin. Carrie avait toujours dit à Mila quand celle-ci allait trop loin. Et Mila avait recommencé. Si elle n'avait pas dit à son père de la rejoindre au chalet, elle ne serait pas dans ce pétrin.

Marche, lisse la neige, marche, lisse la neige.

Lorsqu'elle fut proche du chalet, elle ne s'embêta plus à effacer ses traces. Cependant, un bruit attira alors son attention. Le ronronnement d'un moteur. Un grattement. De la neige déplacée.

Un chasse-neige dégageait la route.

Henry

Il entendait le chasse-neige, mais ne le voyait pas. Il avait escaladé la colline aussi haut qu'il l'avait pu dans l'espoir d'apercevoir le chalet. Il n'avait pas su quoi faire après les coups de feu. Que s'était-il passé ? Quelqu'un était-il blessé ? Il avait aperçu plusieurs fermes en marchant. Peut-être qu'un fermier avait simplement tiré sur un rat ou mit fin aux souffrances d'un animal à l'agonie. Néanmoins, vu la tournure improbable qu'avait prise cette journée, il ne pouvait s'empêcher de penser qu'il était possible qu'un dingue rôde dans la nature. Après tout, en entendant les coups de feu, son premier instinct avait été de partir en courant. Mais vers où ?

Le bruit du chasse-neige s'amplifia. Il l'aperçut enfin en train de s'approcher de sa voiture accidentée. Devrait-il redescendre vers là-bas ? Le chasse-neige s'immobilisa et deux hommes en sortirent, vêtus de gilets fluo. Que pouvait-il faire de plus là-bas ? Retrouver Lucy restait sa priorité.

Il tourna à quatre-vingt-dix degrés et s'éloigna. De l'autre côté des arbres, une forme se distinguait sur l'étendue neigeuse. Un cabanon ? Non, un chalet ! Il accéléra le pas, puis il entendit un bruit. Une sorte de bruit sourd provenant du chalet. Puis une voix, suivie d'un bruit d'eau qui coulait. Il se précipita vers l'entrée du chalet et en ouvrit la porte à la volée.

— Jacob ! s'écria-t-il.

Son fils émit un cri étouffé à travers son bâillon. Henry se rua sur lui, à la fois perdu et en colère face à la scène qu'il avait sous les yeux. Pourquoi son fils était-il ligoté et bâillonné ? Pourquoi du sang s'écoulait-il sur sa tempe ?

Cependant, avant qu'il n'atteigne Jacob, une femme s'interposa et brandit un couteau. Son apparence avait beaucoup changé depuis la dernière fois qu'il l'avait vue. Elle portait désormais un jean trop grand, une veste et des bottes. Ses cheveux détachés étaient ébouriffés, et son mascara s'étalait sous ses yeux. Il la reconnut tout de même immédiatement.

— Merde, lâcha Mila.

Avant qu'Henry ne puisse prendre conscience de la situation, elle bondit sur lui en faisant voler le couteau entre eux. Il trébucha en arrière, se raccrocha à la poignée de la porte et sortit du chalet. Elle avança le couteau vers lui, le visage sombre et empreint de détermination. Il perdit l'équilibre et tomba en arrière dans la neige. La douleur foudroya sa colonne. Il ne s'était jamais senti aussi impuissant, incapable de se protéger de ce petit bout de femme. Toutefois, elle était féroce, voire sauvage.

Elle se jeta sur lui. Il lui saisit le poignet juste avant qu'elle n'enfonce le couteau dans sa poitrine. Un grognement de frustration terrifiant monta dans la gorge de la femme alors qu'elle mettait tout son poids sur le couteau. La pointe toucha le sternum d'Henry. Il paniqua, remonta son genou et lui frappa l'entrejambe. Sous l'impact, elle roula sur la droite. Alors qu'Henry se remettait debout, il sentit du mouvement sur sa gauche. Son fils arriva à la porte, un fusil dans les mains. Henry ouvrit la bouche pour lui crier « Non ! » au moment où Jacob leva l'arme, visa et appuya sur la gâchette. Mila hurla.

Et puis plus rien. Pas de bruit tonitruant. Pas de balle fusant du canon de l'arme. Mila, les yeux écarquillés tel un lapin pris dans les phares d'une voiture, pivota et s'enfuit en courant. Jacob leva son fusil à nouveau, mais Henry put cette fois saisir le canon et le baisser vers le sol.

— Qu'est-ce que tu fais ?! le houspilla Henry. Où as-tu trouvé ça ?

— C'est... C'est la femme qui l'avait. Elle... euh...

Henry arracha l'arme des mains de son fils et l'ouvrit en deux. Il la posa sur son bras comme il l'avait fait lors du ball-trap. Puis il soupira, épuisé.

— Tu mens, mon fils.

— Non, je... je ne mens pas.

— Si, tu mens.

Jacob plongea la tête entre ses mains, voûta les épaules et se mit à pleurer.

— J'ai merdé, papa. J'ai merdé. Je ne voulais pas le tuer. Je pensais juste l'assommer un peu... Je ne voulais pas...

Henry eut un mouvement de recul. Il avait l'impression d'avoir pris un coup dans l'estomac.

— Qui ? De quoi tu parles ?

— C'est moi qui ai volé le fusil. Et j'ai... j'ai frappé cet homme... Bill, celui qui organisait le ball-trap. Je l'ai frappé avec un marteau que j'avais trouvé dans l'abri de jardin et... il s'est écroulé et...

Henry entendit des sirènes approcher. Il s'assit dans la neige et posa le fusil à côté de lui. Jacob l'imita, le regard perdu dans le vide. Henry eut l'impression que le temps suspendait son vol. Peut-être que c'était ce qu'il aurait souhaité, car au fond de lui, il savait qu'il ne se retrouverait plus jamais seul avec son fils avant un long moment.

— C'est pour ça que cette femme t'a attaché ? finit par lui demander Henry.

— Oui. Je l'ai vue de loin, et j'ai cru que c'était Lucy, alors je l'ai suivie. J'imagine qu'elle a changé de tenue dans le chalet. J'ai vu la robe de mariée par terre, alors... j'ai cru que c'était celle de Lucy, expliqua Jacob en haussant les épaules.

— Pourquoi as-tu volé ce fusil ? le questionna son père en se tournant vers lui.

— Pour tuer Lucy, répondit-il. Et ensuite moi.

Henry ne savait pas ce qui lui faisait le plus de mal entre le sens de ces mots et cet aveu franc et sans détour. Son fils semblait tellement résigné face à la mission qu'il s'était donnée... Puis tout à coup, pour la première fois depuis la mort de Sue, il comprit de nouveau son fils. Il vit à quel point il était devenu tordu. Il vit que toute la douleur de Jacob s'était muée en une âme sombre, laide, en une croyance dans une cause qui n'aurait pas dû exister. Lucy avait pourtant prévenu Henry, elle lui avait montré des preuves, mais il ne l'avait pas écoutée. Il n'avait pas voulu voir la vérité en face. Il était resté muré dans son déni. C'était peut-être parce qu'il se retrouvait beaucoup en Jacob. Une vérité dérangeante pointa alors le bout de son nez. La violence de Jacob provenait de lui. Quoi qu'Henry puisse croire, il n'avait pas réussi à se débarrasser de sa colère malgré tous ses efforts.

Vivre en faisant l'autruche, ce n'était pas avancer, songea Henry. Une révélation soudaine le frappa en plein cœur. Anesthésier ses émotions n'aidait en rien à surmonter une rancœur profondément ancrée. Elle était encore là, le consumant à petit feu.

Il soupira.

— La police ne va pas tarder, et cette fois-ci, on va tout leur dire. Tu as besoin de plus d'aide que je ne peux t'en fournir, mon fils. Je suis désolé de ne pas avoir été là pour toi comme il le fallait.

Il ôta ses lunettes et les jeta dans la neige. Puis il frotta ses yeux baignés de larmes.

— D'accord, papa.

Quand Henry releva les yeux vers son fils, il vit un enfant le fixer. Un petit garçon en train de barboter dans sa petite piscine durant une chaude journée d'été, ses pieds potelés s'agitant dans l'eau en éclaboussant tout autour de lui. Puis des hommes en uniforme les encerclèrent et leur demandèrent ce qui se passait et où se trouvait le fusil.

Claire

Elle sentit la peau salée de la paume de Natasha quand celle-ci la plaqua sur sa bouche. La pointe du couteau se posa contre sa gorge et la mit en alerte. Alors que Natasha la poussait à avancer dans le tunnel, le cœur de Claire manqua un battement. Quelque part derrière elle, elle perçut l'écho d'une voix. Elle hésita, tenta de ralentir la cadence, puis l'entendit de nouveau.

— Claire !

C'était Ad' qui l'appelait. Claire cria contre la main de Natasha, mais le son étouffé n'alla pas bien loin. Ses pieds trébuchèrent contre le sol froid, et le couteau de Natasha n'attendait que de la taillader si jamais elle s'avisait de tomber.

Sans la lampe torche de Natasha, le tunnel était plongé dans l'obscurité totale et elles avançaient lentement. L'haleine âcre de la femme chatouillait la nuque de Claire. Son souffle se faisait plus saccadé, plus désespéré. Natasha était inquiète. La pression du couteau se relâcha légèrement. Il le fallait ; elles trébuchaient tant que Natasha pouvait à tout moment trancher la gorge de Claire par accident. Et cette dernière savait que la femme de Kévin Botham désirait une meilleure vengeance que ça. Néanmoins, et si Natasha se rendait compte qu'elle ne pourrait avoir mieux ? Et si trancher la gorge de Claire s'avérer être la meilleure option qu'elle puisse avoir aujourd'hui ?

Une fois que l'écho de la voix d'Adrianna eut disparu, Natasha ôta sa main de la bouche de Claire.

— Tais-toi. Pas un mot. Continue d'avancer.

Claire tenta alors de se retourner et de faire tomber son adversaire à la renverse. Elle hurla de toutes ses forces :

— Je suis là ! Je suis là !

Claire entendit un sifflement et sentit un souffle près de son oreille. Elle hoqueta de surprise. Ce devait être un coup de couteau qui l'avait frôlée. Natasha l'avait attaquée et bloquait désormais le passage.

— Tais-toi, gronda Natasha d'une voix rauque.

Claire voulait crier à nouveau, mais Natasha la tenait par le bras et se rapprocha d'elle. Le premier coup avait fait chou blanc, car elle avait brandi son couteau à l'aveugle, mais Natasha savait désormais où pointer son arme. Claire pivota lentement et se remit à marcher, petit pas par petit pas.

— Plus vite.

Une main poussa Claire dans le dos et elle faillit basculer en avant. Avec les menottes aux poignets, elle aurait percuté le sol de plein fouet. Son pouls agité battait dans ses oreilles.

— Je n'avais pas tort, vous savez, commença-t-elle d'une voix à peine plus forte qu'un murmure. Toutes les preuves laissaient penser que Kévin avait violé et tué cette femme.

— Tais-toi, répéta Natasha en poussant Claire au niveau des épaules. Les preuves étaient trop minces.

— La version de Kévin n'avait aucun sens. Et même si elle avait tenu debout, cela aurait signifié qu'il vous avait trompée, Natasha, et ce n'était pas juste envers vous.

— Je n'en ai rien à faire de tout ça, rétorqua-t-elle. Ce procès a tué mon bébé.

— Je suis vraiment désolée, déclara Claire. Mais c'est votre mari qui a pris les décisions qui ont conduit au suicide de votre fils. Je n'y suis pour rien.

Cette fois-ci, Natasha resta silencieuse.

— Était-il violent envers vous ? Je sais qu'il était impliqué dans des affaires d'agressions. Il avait déjà fait de la prison pour des faits similaires, n'est-ce pas ? Il fréquentait des criminels. Son frère trempe dans le grand banditisme, non ? Mais est-ce que votre mari se montrait violent envers vous ?

Claire sentit la main de Natasha empoigner ses cheveux. Sa prise se serra et lui arracha quelques mèches.

— Je t'ai dit de te taire, gronda la femme du condamné.

Quand elle relâcha Claire, celle-ci trébucha et s'étala de tout son long. Elle tourna la tête dans sa chute pour ne pas se prendre le sol en pleine face et éviter de se casser le nez. Natasha lui tomba dessus, puis un tintement résonna. Le bruit caractéristique d'une lame de couteau contre la pierre. Le corps de Natasha se tendit. Aucune des deux ne respira le temps d'un instant. Puis Claire se dépêcha de se tortiller pour se dégager de son assaillante. Elle sentit la prise de Natasha sur sa robe, mais Claire tira jusqu'à ce que le tissu se déchire. Elle pivota alors, perdit l'un de ses talons, faillit chuter à nouveau, puis courut sur la pointe des pieds dans le noir, une main retenant ce qu'il restait de sa robe.

Des chaussures résonnaient contre la pierre derrière elle. Natasha était sur ses talons. Claire avait rebroussé chemin pour revenir vers l'hôtel, mais elle n'avait aucune idée de la distance qui l'en séparait ni de l'avance qu'elle avait sur Natasha. La chaussure qu'il lui restait la handicapait, mais s'arrêter pour la retirer lui ferait perdre un temps précieux.

— Adrianna ! s'écria-t-elle. Où es-tu ?

— Claire ?

Son cœur se serra. Elle aperçut de la lumière au loin. Puis des bras se refermèrent autour d'elle et la projetèrent au sol. Sa tête heurta le sol de pierre. Quelqu'un hurla son nom. Des faisceaux de lumière dansèrent autour d'elle, puis ce fut le noir total.

Mila

Son plan échafaudé à la hâte tombait à l'eau. La police était dans les parages, probablement déjà en train de la chercher. Elle n'avait pas le temps de faire passer le gamin pour le meurtrier de son père. Le père du gamin s'était pointé et avait tout fichu en l'air. Elle était désormais une proie, et elle n'avait qu'une chose en tête : survivre.

Braquer le volant de la voiture pour foncer droit vers l'arbre avait été une chose, mais se laisser prendre maintenant qu'elle était libre en était une autre. Mila décida qu'elle lutterait jusqu'à ce qu'elle soit acculée. Et puis, il lui restait une carte à jouer. Elle courut à travers la cour de la ferme, atteignit la porte et tambourina des poings contre le panneau de bois.

— Denise ! Ouvrez moi !

La vieille dame apparut devant elle, visiblement détendue.

— Vous êtes de retour, nota-t-elle.

— Est-ce que je peux entrer ?

— Bien entendu, ma belle, entrez. Mon Dieu, vous êtes encore plus pâle que la dernière fois que je vous ai vue.

Mila se précipita dans la maison. Elle jeta un œil à Barny, le chien, et au feu crépitant.

— J'ai besoin de votre aide, Denise. Pouvez-vous m'aider ?

L'autre femme acquiesça.

Bon sang, Mila adorait cette petite grand-mère. C'était la reine des sandwichs, et elle était particulièrement docile et serviable.

— Mon mari violent a envoyé la police à mes trousses. Il a tué mon père et m'a accusée de ce crime, déclara Mila en retirant ses bottes. Est-ce que vous auriez un sac en plastique ?

Denise en piocha un dans un tiroir et Mila y fourra les bottes. Puis elle ôta son jean, sa veste et son pull. Elle rendit à Denise le couteau qu'elle lui avait emprunté, puis enfonça toutes ses affaires dans le sac et le lui tendit aussi. En sous-vêtements, elle frissonnait, debout au milieu de la cuisine de la vieille femme.

— Pourriez-vous me rendre service en cachant ce sac ? Il lui faut une bonne cachette. Et je suis vraiment désolée de vous demander ça, mais pourriez-vous sortir pour dégager la neige là où il y a mes empreintes ? Et est-ce que je pourrais vous emprunter des vêtements et une paire de ciseaux ?

— Oui, répondit Denise.

Cette dernière referma le sac d'un nœud serré et le planqua sous l'évier de la cuisine. Elle sortit une paire de ciseaux du tiroir à couverts et la tendit à Mila.

— Allez à l'étage. Je vais aller m'occuper des empreintes.

Mila se rua dans les escaliers, trouva la chambre de la femme qui l'accueillait et se mit à piocher des vêtements dans son armoire. Il lui fallait une tenue qui ressemble à son style habituel, mais avec un col assez haut pour dissimuler les bleus sur sa poitrine. Une ecchymose bleuâtre apparaissait là où la ceinture lui était rentrée dans la peau au moment de l'accident. Elle dégota une robe colorée qu'elle pourrait agrémenter d'une ceinture. Cela ferait l'affaire. Elle fila vers la salle de bain, retira les épingles de ses cheveux et les brossa. Elle s'empara alors des ciseaux et se mit à les couper au niveau de son menton. Les boucles jouaient en sa faveur. Elle se servit des produits capillaires de Denise pour se créer une masse de boucles courtes. Elle rassembla ensuite à la hâte les cheveux coupés, les enveloppa dans des mouchoirs et cacha le tout dans le placard de la salle de bain de Denise. Elle se lava le visage afin de se débarrasser de tout son maquillage, puis elle s'appliqua un peu de fond de teint pour camoufler une égratignure sur sa joue, un peu de mascara et une couche de rouge à lèvres brun. Au premier coup d'œil, elle semblait tout à fait normale, mais si la police décidait de l'observer d'un peu plus près, on remarquerait peut-être cette égratignure.

Elle retourna vite dans la chambre, enfila la robe longue qui lui couvrait les bras et les jambes ainsi qu'une paire de collants et passa une ceinture autour de sa taille. Elle sécha ses boucles humides avec un diffuseur pour les rendre plus rebondies et les faire paraître plus courtes. En sortant de la chambre, elle aperçut une paire de lunettes de lecture de Denise et les mit également. Elle prit cinq longues inspirations. Combien de temps avait-elle passé en haut ? Quinze, vingt minutes ? Elle tenta d'additionner le temps qu'il lui avait fallu pour courir jusqu'à chez Denise à celui de sa préparation. Combien de temps mettrait la police à arriver jusqu'ici ? Il fallait déjà prendre les dépositions d'Henry et de Jacob, trouver un corps, fouiller le chalet... Toutefois, la police était véhiculée. Elle se demandait combien de policiers étaient à sa recherche et de quels éléments ils disposaient pour l'identifier. Une photo sur le téléphone de quelqu'un ? Une description ? Sans réfléchir, Mila s'empara d'une papillote surprise de Noël posée sur la table de la cuisine de Denise, tira dessus par les deux extrémités, en sortit un petit chapeau de Noël et le plaça sur ses cheveux courts. Ce fut à ce moment-là que

Denise rentra dans la cuisine, accrocha son manteau à une patère et lui sourit.

— Vous avez bien meilleure mine, souligna-t-elle.

— Je m'appelle Katy et je suis votre filleule, déclara Mila. Où sont vos tasses ?

Denise lui indiqua le placard à sa droite. Mila en sortit deux tasses, piocha deux sachets de thé dans une bonbonne sur le plan de travail et leur servit un thé à toutes les deux.

— Du lait et du sucre ?

— Un peu de lait et deux sucres, répondit Denise.

Mila ouvrit les placards et mémorisa où se trouvaient les choses. Elle sortit le lait du frigo et attrapa le sucrier.

— J'étudie à l'université de Leeds. Mes parents sont partis en croisière, alors je passe Noël avec vous, poursuivit Mila.

Elle remplit l'évier d'eau savonneuse et y plongea quelques assiettes et couverts, puis elle fit signe à Denise de la suivre dans le salon.

Lorsque la police se pointa, Denise et Mila étaient en train de siroter leur thé au coin du feu en regardant la télé. Barny était couché aux pieds de Mila, ravi qu'on le gratte derrière les oreilles. Denise alla ouvrir la porte tandis que Mila resta à sa place, tenant à la main sa tasse en train de refroidir. Elle écouta attentivement la conversation qui se déroulait dans la cuisine.

— Bonjour, madame, désolés de vous déranger, nous sommes à la recherche d'une femme. Elle fait environ un mètre soixante-dix, de corpulence mince, et porte un jean large et des vêtements d'extérieur. Elle a de longs cheveux bruns. Avez-vous vu quelqu'un qui pourrait correspondre à cette description ?

— Non, répondit Denise. Ici, il n'y a que ma filleule et moi.

— Cela vous dérange si on jette un œil à vos dépendances ?

— Pas de souci, monsieur l'agent. Allez-y.

Mila retint son souffle. Elle n'arrivait pas à savoir s'il valait mieux qu'elle se rende à la cuisine ou qu'elle attende là où elle était. Elle décida de ne pas bouger du fauteuil. Denise revint un instant plus tard.

— Ils fouillent les alentours, indiqua Denise en laissant transparaître son agacement. Ils fourrent leur nez là où ça ne les regarde pas. Vous pensez qu'ils voudront entrer ?

— Je ne sais pas.

Mila éprouva une nouvelle montée d'adrénaline. Elle s'enfonça dans son fauteuil et sirota sa tasse de thé. Barny s'endormit sur ses pieds et se mit à ronfler.

— Mais s'ils reviennent, laissez-les entrer.

Ils n'avaient aucune raison de douter de Denise. Rien ne reliait Mila à la vieille dame, alors pourquoi se mettraient-ils à la soupçonner ?

Quelques minutes plus tard, un nouveau coup fut frappé à la porte et Denise se dépêcha de regagner la cuisine.

— Désolés de vous embêter à nouveau, madame... prononça une voix grave.

— Miller, compléta Denise.

— Mme Miller, pourquoi avez-vous dégagé la neige aujourd'hui ?

— Mon fils doit passer un peu plus tard.

— Et où est la voiture de votre filleule ?

Le cœur de Mila se glaça. C'était la seule chose à laquelle elle n'avait pas pensé. De la panique s'immisça en elle et pétrifia toutes les cellules de son corps. À ses pieds, Barny leva vers elle deux grands yeux marron qui scrutèrent son visage à la recherche d'un danger.

— Dans la grange, à côté de ma Volvo.

— La Fiat ? demanda l'agent.

Mila poussa un soupir de soulagement silencieux. Denise possédait deux voitures. *Merci mon Dieu, Lucifer, Bouddha ou qui que ce soit qui m'a envoyé ce coup de chance*, songea Mila.

— Oui, confirma Denise.

— La Volvo n'est pas en très bon état.

— Oh, je sais. Je ne sors pas beaucoup. Mon fils doit y jeter un coup d'œil.

— Est-ce que ça vous embête si on jette un œil dans la maison ? lui demanda-t-il.

— Pas du tout, entrez.

Ils en firent le tour, et quand deux agents de police entrèrent dans le salon, ils virent Katy, la filleule de Denise, assise près du feu avec un chien qui l'adorait, un chapeau de Noël sur la tête et une tasse de thé tiède entre les mains. Cela suffit à les berner. Lorsqu'ils s'en allèrent dix minutes plus tard, Mila retint un gloussement nerveux qui montait dans sa gorge. Elle avait réussi. Elle gratta l'arrière des oreilles de Barny et lâcha un profond soupir de satisfaction.

Mila passa le reste du jour de Noël à jouer au Scrabble avec Denise, à boire du porto et à trinquer à leur santé. Le feu les réchauffait, et elles échangeaient de temps en temps un regard. Mila perçut un éclat d'espièglerie dans les yeux de Denise. Elle ne pouvait s'empêcher de se demander combien d'autres personnes avaient sous-estimé Denise Miller et, dans le cas présent, Millie Crawley.

Épilogue

Claire hissa le dernier carton sur la table et en sortit des pots de confiture garnis de roses roses. Elle essuya un léger voile de sueur sur son front et prit une pause. Dans quelques heures, elle enfilerait sa robe de mariée, et elle ne voulait pas se donner trop chaud avant. Toutefois, il faisait lourd ce matin-là dans le jardin d'hiver de l'hôtel. Elle s'avança alors vers les portes-fenêtres et les ouvrit pour admirer le reste du lieu de leur mariage.

Au bout de la vaste pelouse, des chaises étaient disposées pour la cérémonie. Leur demoiselle d'honneur disperserait des pétales de rose le long de l'allée que Claire remonterait ensuite. Au bout de l'allée se trouvait une haute pergola garnie de roses et de pivoines. Ce n'était pas le mariage entouré de livres qu'Ad' et elle avaient initialement prévu, car elles avaient cette fois-ci choisi de le célébrer en plein air. Claire voulait pouvoir observer les rayons du soleil projeter des reflets dorés sur la peau d'Adrianna. Elle voulait sentir la caresse du vent dans sa nuque. Elle ne souhaitait pas avoir l'impression que quatre murs se refermaient sur elle.

Claire se souvenait de ce qu'elle avait ressenti en se réveillant dans ce lit d'hôpital avec un néon qui grésillait au-dessus de sa tête. Une douleur lancinante irradiait son crâne. Elle s'était réveillée avec un pic d'adrénaline et l'impression que des doigts glacés allaient lui arracher une mèche de cheveux. Elle avait pensé qu'elle sentirait la lame aiguisée d'un couteau contre sa gorge. Cependant, à la place de tout ça, elle n'avait entendu que la plus douce des voix.

— Claire ? C'est moi, Ad'. Tu vas bien, tu es à l'hôpital. Ça va aller.

La seconde chute lui avait cassé le nez et fait perdre connaissance. Elle avait dû passer la nuit en observation au cas où elle aurait eu une commotion cérébrale. La bonne nouvelle, c'était que Natasha *et* Simon Botham avaient été arrêtés par la police. Elle avait appris dans les heures qui avaient suivi son réveil que trois personnes avaient perdu la vie ce jour-là, dont l'une avait été assassinée par un adolescent, et une autre par Mila Davidson, la future mariée qu'elle avait rencontrée au bar. Elle avait été sous le choc. Elle s'en voulait de ne pas être intervenue lorsqu'elle avait surpris la dispute entre Mila et son père à l'extérieur de l'hôtel. Peut-être qu'elle aurait pu empêcher la suite tragique des événements.

Enfin, Rafael Rodriguez avait péri dans un terrible accident de voiture alors qu'il cherchait sa grand-mère. Il avait semblé que sa voiture avait dérapé sur la route verglacée, foncé dans un champ et heurté un arbre. Rafael s'était noyé dans son propre sang. Elle frissonna. Quel horrible jour pour mourir. Elle aurait écopé du même sort qu'eux si Adrianna ne s'était pas battue pour elle, comme elle l'avait toujours fait.

Dans les jours qui avaient suivi, l'agent Deol lui avait rendu visite chez elle, s'était excusé de ne pas avoir suivi les pistes qu'il avait aussi vite qu'il aurait dû le faire et avait pris leur déposition. Il avait fallu un bon moment pour assembler les pièces du puzzle, mais une fois que Claire y était parvenue, elle avait compris que Polina n'avait jamais signalé à la police le bouquet mystérieux qu'elle avait reçu. L'agent Deol avait peu à peu découvert que depuis le procès, les Botham l'avaient payée en échange d'informations sur Claire. Ils avaient été derrière tout ça. Ils avaient mené une campagne de terreur, lui avaient envoyé les photos de la scène de crime, avaient volé l'argent de son compte en banque et avaient envoyé l'e-mail calomnieux au patron d'Adrianna.

C'était un choc, mais au moins elle savait désormais qu'elle n'avait pas été parano. Il y avait bel et bien eu des gens qui lui voulaient du mal. Toutefois, c'était terminé. Elle l'espérait. Et il était temps qu'elle entame le reste de sa vie. Plus rien de tout cela n'importait maintenant que Simon et Natasha Botham étaient emprisonnés pour tentative de meurtre. Plus rien de tout cela n'importait alors qu'elle allait épouser aujourd'hui la femme qu'elle aimait. Elles étaient entourées de leur famille et de leurs amis, et même le père d'Ad' était présent cette fois-ci. C'était peut-être ainsi que les choses étaient censées se dérouler depuis le début.

* * *

Lucy accepta la coupe de champagne qu'on lui proposa à son arrivée. Elle portait une robe d'été rose pastel, qui mettait en valeur sa peau bronzée, résultat de trois mois sous le soleil espagnol. Trois mois à profiter du sable fin et de la mer, trois mois à sourire, loin de la fraîche campagne anglaise et de tous les mauvais souvenirs qui y étaient rattachés.

Toutefois, la voilà qui était de retour, et pour la plus belle des raisons : l'amour.

Après l'arrestation de Jacob, Lucy avait appris qu'une

autre des mariées avait été blessée ce jour-là dans des circonstances complètement différentes. Elle avait tellement été focalisée sur Jacob qu'elle n'avait pas eu la moindre idée de ce qui avait bien pu se passer d'autre dans l'hôtel. Alors, elle avait décidé d'aller rendre visite à Claire Rivers à l'hôpital. Après tout, elles avaient toutes les deux survécu à une même journée d'enfer. Ça n'avait été qu'à ce moment-là qu'elle avait fait la connaissance de Claire et d'Adrianna en bonne et due forme.

Même après son déménagement en Espagne, elles étaient restées en contact. Elles se demandaient toutes ce qui était arrivé à Mila Davidson, ou Millie Crawley, maintenant qu'elles connaissaient son véritable nom. Après l'accident qui avait tué Rafael – un homme dont Lucy ne pleurait pas la mort, pour des raisons évidentes –, Mila avait assassiné son père violent avant de disparaître sans laisser de trace. La police n'avait pas la moindre piste. Personne ne savait ce qu'il était advenu d'elle.

Chaque fois que Lucy pensait à Mila, elle songeait à leur conversation la veille du mariage. Elle repensait aux conseils de Mila qui l'avait poussée à ne pas se laisser arracher sa voix. C'étaient ces quelques mots qui lui avaient donné le courage de rompre ses fiançailles avec Henry.

Elle se rappelait une autre chose qu'avait dite Mila ce soir-là, comme quoi elle pouvait gérer les choses avec Rafael. Évidemment, le bruit avait circulé que Rafael, sous l'influence de l'alcool et de la drogue, avait renversé et tué la petite sœur de Mila, Carrie, avec sa Porsche. Des rumeurs suggéraient que Mila avait assassiné Rafael, mais Lucy avait elle-même vu Rafael conduire dangereusement, et il avait apparemment succombé à ses blessures à cause de l'accident. Néanmoins, au fond d'elle-même, Lucy espérait que Mila avait joué un rôle dans tout ça. Elle soupçonnait Mila d'avoir orchestré une forme de vengeance à l'encontre de l'homme qui avait tué sa sœur. Sinon, pourquoi se serait-elle donné la peine de changer de nom ? Lucy se fichait de ce qu'avait fait Mila. Elle espérait simplement qu'elle allait bien, où qu'elle soit.

— On dirait que la cérémonie va commencer. Allons nous asseoir, lui suggéra Beth.

Lucy avait proposé à sa mère de l'accompagner au mariage. Elle lui avait demandé de déménager en Espagne avec elle, mais sa mère avait toujours préféré le réconfort de ce qu'elle connaissait. Elles passaient autant de temps que possible ensemble chaque fois que Lucy revenait en Angleterre.

Celle-ci finit sa coupe de champagne et suivit sa mère jusqu'aux chaises. Claire et Adrianna n'auraient pas pu choisir un plus bel endroit, tout l'opposé de Wilder House. Des fleurs roses ornaient une jolie pergola, des rubans flottaient doucement au gré du vent, et de vastes champs verts s'étendaient jusqu'à l'horizon, parsemés de fleurs sauvages. Lucy souriait. Après ce qui s'était passé à Noël, elle avait été persuadée qu'elle ne voudrait plus jamais remettre les pieds à un mariage, mais celui-ci était splendide.

Un violoniste joua les premières notes de *Love Story*, de Taylor Swift. Les quelques dizaines de personnes de l'assemblée se levèrent et se tournèrent pour contempler Adrianna qui remontait l'allée. Ses boucles denses tombaient en cascade sur ses épaules et rebondissaient à chacun de ses pas. Elle avançait au bras d'une femme plus âgée en robe magenta. Adrianna tenait un petit bouquet de roses roses. Sa délicate robe de soie caressait les pétales de fleurs éparpillés le long de l'allée. Lucy fut soudain saisie par l'émotion et chercha un mouchoir dans sa pochette.

— Tu vas me faire pleurer aussi, lui glissa sa mère en reniflant.

Quelques instants plus tard, Claire remonta l'allée à son

tour au bras de son père, un sourire jusqu'aux oreilles. Les yeux de Lucy se baignèrent de larmes. La seconde mariée arborait une robe à fines bretelles et une couronne de fleurs. Ses longs cheveux naturellement lisses flottaient dans son dos. Claire ne posa pas le regard sur la moindre personne de l'assemblée. Elle n'avait d'yeux que pour sa fiancée.

Ça, c'est de l'amour, songea Lucy. Et pour la première fois depuis Wilder House, elle pensa qu'elle en aurait peut-être de nouveau envie un jour. Pas maintenant, non, elle était plutôt heureuse en tant que célibataire. Mais peut-être un jour. Avec la bonne personne.

* * *

Par une chaude nuit d'été, Béatrice Grey leva sa main gauche et admira les rayons de lune qui se reflétaient sur le diamant à son doigt. Elle sourit.

— Il te va bien, lui dit Nico avant de l'attirer plus près de lui.

— Je trouve aussi, sourit-elle en se blottissant contre lui.

Béatrice Grey, autrefois Mila Davidson, et avant cela Millie Crawley, avait passé deux jours avec Denise avant de prendre la fuite. Entre-temps, la neige avait eu le temps de fondre. Denise lui avait gentiment prêté la Fiat qui dormait dans la grange. Après ça, Mila avait pu appeler son frère, Christopher, qui avait soutiré assez d'argent à sa riche petite amie pour qu'elle puisse quitter le pays.

Mila s'était rendue au Portugal et y avait travaillé comme serveuse pendant quelques semaines. Puis elle avait rejoint la Grèce et avait passé un peu de temps dans des hôtels cinq étoiles à se pavaner en robes de luxe (évidemment volées). C'était ainsi qu'elle avait rencontré Nico, un millionnaire italien en voyage d'affaires.

Ensemble, ils observaient la houle et l'écoutaient s'écraser contre la paroi du yacht. Elle saisit la balustrade, leva la tête vers le ciel et laissa le vent faire danser ses cheveux. Ils étaient de nouveau longs, mais désormais blonds.

De combien de temps disposait-elle avec Nico avant qu'il ne perce à jour ses mensonges ? Il croyait qu'elle ne voulait pas retourner en Angleterre à cause d'un ex violent, et non parce qu'elle était recherchée pour meurtre. Il pensait qu'elle était diplômée de l'université d'Oxford. Elle avait même changé d'accent pour lui, éradiquant toute trace de la Crawley en elle. Ça ne l'inquiétait pas plus que ça. Au contraire, elle adorait cette adrénaline. Elle aimait la spontanéité d'inventer chaque jour de nouveaux éléments de son passé. Peu importe ce que lui réservait l'avenir, elle savourait le moment présent.

Elle se tourna vers Nico. Il était plus âgé, mais très beau. Il avait un peu d'embonpoint et ses pattes d'oie se creusaient quand il souriait, mais rien de tout cela n'importait. Elle appuya sa tête contre lui et passa ses doigts dans les poils grisonnants de son torse. Elle ferma les yeux et huma l'air salé. Nico déposa un baiser sur le sommet de sa tête. Elle ne ressentait pas une once de culpabilité vis-à-vis de ce qui s'était passé à Wilder House. Elle imaginait qu'Ana María avait pleuré la mort de son fils. Cependant, José et elle avaient envoyé de l'argent sale à sa famille après la mort de Carrie pour les empêcher de parler aux médias. Ils avaient fait jouer leurs relations afin que Rafael ne s'en sorte qu'avec une petite tape sur les doigts alors qu'il avait ôté une vie. Ils avaient mis un prix sur la mort de sa sœur et avaient essayé grâce à leur argent de cacher la vérité sur ce qu'avait commis leur fils.

Rafael avait été un fléau pour ce monde. Il avait détruit tant de vies par son égoïsme et sa violence, dont celle de la gentille femme que Mila avait rencontrée au mariage, Lucy. Elle se disait qu'Ana María et José seraient les seuls à verser une larme pour leur fils. La plupart des gens que celui-ci avait connus se sentaient probablement plutôt soulagés de sa disparition, même sans trop savoir pourquoi. Le plus important dans tout cela, c'était que Mila avait vengé la mort de sa sœur. Désormais, elle pouvait de nouveau respirer. Et sa nouvelle vie commençait.

* * *

À propos de l'auteur

Sarah A. Denzil est l'autrice de quinze thrillers psychologiques vendus à un million d'exemplaires. *Passé sous silence*, demi-finaliste des Goodreads Choice Awards en 2017, est l'un de ses best-sellers. Ses livres ont été publiés dans différentes langues et ont figuré dans le classement des meilleures ventes du Wall Street Journal.

Sarah vit dans le Yorkshire avec son mari et son chat, profitant de la campagne pittoresque et du temps assez imprévisible. Elle aime écrire des livres sombres, des fictions psychologiques pleines de rebondissements.

Pour être informé(e) des prochaines traductions de mes livres, inscrivez-vous à ma newsletter.

Du même auteur

Le Visage de l'innocence

Vulnérable

Passé sous silence

L'innocence perdue

Brisées

Printed in France by Amazon
Brétigny-sur-Orge, FR

19216647R00202